艺术圈

一群理想主义者的灵魂呼吸与精神挣扎

浪漫斑斓的底色里是他们的沉浮、痛苦与狂欢

傅泽刚 著

Absurdity
Reality

作家出版社

图书在版编目（CIP）数据

艺术圈/傅泽刚著. -- 北京：作家出版社，2020.11
ISBN 978-7-5212-1000-2

Ⅰ.①艺… Ⅱ.①傅… Ⅲ.①长篇小说 – 中国 – 当代
Ⅳ.①I247.5

中国版本图书馆CIP数据核字（2020）第095205号

艺术圈

作　　者：傅泽刚
责任编辑：宋辰辰
营销编辑：商晓艺
装帧设计：意匠文化·丁奔亮
出版发行：作家出版社有限公司
社　　址：北京农展馆南里10号　　邮　　编：100125
电话传真：86-10-65067186（发行中心及邮购部）
　　　　　86-10-65004079（总编室）
E-mail:zuojia@zuojia.net.cn
http://www.zuojiachubanshe.com
印　　刷：三河市北燕印装有限公司
成品尺寸：152×230
字　　数：251千
印　　张：18
版　　次：2020年11月第1版
印　　次：2020年11月第1次印刷
ISBN　978-7-5212-1000-2
定　　价：42.00元

话说艺术圈

说到艺术圈，人们可能会联想到光怪陆离、千奇百怪和五彩斑斓这些词汇，感叹，好奇，甚至有人摇头，都是自然的生理心理反应。吹拉弹唱，舞姿画影，再加上惊艳和绯闻，艺术圈不可能不热闹。试想，如果没有艺术，我们人类将是多么的孤独和寂寞，艺术，是人类心灵、精神和灵魂的伙伴。

一般来说，艺术有教化、审美和娱乐功能，常与美感和艺术家的才情联系在一起，从某种角度说，艺术就是我们现实生活的"诗和远方"，当我们在现实生活的泥潭里无法找到诗意时，诗意就在文字、色彩、线条、身姿和旋律里。我们知道，艺术创造只是少数人的事，这是上天的安排，但我们每个人都应走近艺术，欣赏艺术。我始终认为，没有艺术的人生是残缺的，不懂得欣赏艺术的人生是不健全的。我在多种场合倡导，生活艺术化，艺术生活化，艺术是我们日常生活的肌理和细胞。

而当"艺术"和"圈"组合在一起时，就构成了一个另类的异型部落和特殊的人群社会。文艺界是一个名利场，各种角色，应有尽有；各种表演，五花八门，免不了泥沙俱下，乱象丛生。本来只是个行当的界定词，而在世俗之风的浸染下和约定俗成的市井意识里，"艺术圈"被人们涂上了色彩，或多或少有了负面的含义。

取景决定构图，角度决定视野。

我的价值观和审美趣味，是我的取景框，我用它扫描和审视艺术界，去探究艺术家们的内心世界和他们的精神向度，结果，让我看到的是一幅瑰丽的人文风景。2012年秋，我在北京看过一场特殊的画展，即比利时著名艺术家雷内·马格利特倡导的"图与词"——"语图"创作，这是当代艺术的一个特殊命题，是造型思维和文学思维的碰撞，也是对生活和艺术所指的关注与对能指的解读，探索了视觉观念和艺术文本的动势、诗意与造型、形式与思维、书写与艺术态势的丰富可能性。同理，在此，我试图用文字去构建一座艺术城堡和诗意的都市部落，艺术家们生动而精彩的生活场景和细节，无疑为这部小说提供了文学的精神品质及更为饱满的艺术维度，在我的意向和愿望里，这部小说应是有形的、可感、可视的，切肤之感，伸手可触。

因此，《艺术圈》并不去揭示艺术圈病垢，也不去展现艺术界乱象，而是展现当代社会和文化切面下一群鲜活的生命体征及其精神状态，他们是一群生活在社会边缘地带的理想主义者。小说里的人物，无论画家、雕塑家、诗人、歌者、舞者，大多是精神价值的追求者，他们一方面守望着崇高，一方面又挣扎在世俗的生活困境中，他们为理想、为艺术创造而存在。

为实现自己的理想，小说里的艺术家们不得不向生活低头，开公司挣钱为的是为艺术铺路，却又免不了处处碰鼻。出于一种良知和善良，他们收纳生活中的遇险者和弱势群体，构筑了一个波希米亚的生活方式和特殊部落，这个部落如歌里所唱：

有一个地方

那是快乐老家

它近在心灵

却远在天涯

我所有的一切只为找到它

哪怕付出忧伤代价

也许再穿过一条烦恼的河流

明天就能够到达

我生命的一切只为找到它

让我们真心对待吧

等每一颗漂流的心都不再牵挂

快乐是永远的家

......

　　《艺术圈》将一群年轻的艺术家，置于社会大变革的背景下，浪漫斑斓的底色里，是他们的人生轨迹和精神流向的沉浮，是他们艺术追求和生活境况的痛苦与狂欢，是一群理想主义者的灵魂呼吸和精神挣扎，小说刻画了艺术界众生相，曝料了艺术圈秘闻录，记录了艺术家心灵史，是二十一世纪的艺术谱、青春剧和理想祭。

　　昆明，是这部小说故事发生的主要场地，但这不是狭隘的地域小说，我所表达的图景和意向具有普遍意义。小说中更多的是我的生活感受和精神世界，原稿用的是第一人称，担心读者对号入座，就将第一人称改成了"默子"，总之，此小说是我的生命呼吸和体征，有我的生活踪迹和精神走向。

东山再起，是小说的最后意象。他们在路上，而路很遥远，从内心到山边，山的那边，再到天边，天的那边，和他们一起寻找的，有一路跪拜而去的僧侣，还有无数的心灵脚步，也许他们要寻找的东西，不在这个地理的世界，可能在文化和精神的峰巅，那是人类无法翻越的峰巅啊！他们寻找的东西很远，也许很近，或许就在自己心里。而无论怎样，我要提醒各位，无论最终是否抵达目的地，都不要忘了看看沿途的风景，这也是人生的意义，你说呢？

2020年8月30日于昆明大雁湖畔

一

模特儿事件之后，一个流氓就诞生了。

那天的天空是风洗干净的，阳光里的艺术学院，向日葵一样绽放。音乐学院一女教师，像一柱行走的阳光，步伐矫健，一边走一边吊嗓，"米依依玛啊啊"的声音一个劲地穿过校园，清脆得可以，专业得可以。树上的小鸟一只只惊飞，一见到默子，她的声音戛然而止，喉管像突然卡了痰，张开的嘴竟然僵持了片刻，并拉住身边的女生绕了道，还凑到女生耳边说了两句，其表情诡秘狡黠。

那女生芽一样嫩，哪里经得住老师的说道，所以，女生看了默子一眼，那是针一样的目光，默子感到了疼痛，那一分钟，默子真想是个流氓，货真价实的流氓，上去堵住那女教师，然后告诉她，我要奸你，奸你个人仰马翻。

还能做啥，都流氓了，我就做一回流氓的事吧。

默子是美术学院的招牌，一个有浓重巴黎情结的油画家，长发飘飘，一双黑眼睛嵌在白皙的脸上，忧郁得让人产生怜惜和无望的情绪，一身深黑色衣着，幽灵一样飘浮，有时你会感觉不到他的存在，而模特儿事件，却把他推到了聚光灯下，就像所有的光都集中到他身上，弄得整个校园沸沸扬扬。为此，女朋友潇一，一个美丽的声乐副教授和他分了手，从此，艺术学院一对著名的男才女貌，各奔东西。

和自己最亲近的人，都怅然离去，爱情黄了，职称也黄了，眼看到手的正高也不喜欢流氓，离他而去，默子输得很惨。

模特儿事件，是不是一桩冤假错案，人民群众眼睛是雪亮的，一个才高八斗的才子，一个全国知名的青年画家，怎么会是流氓呢？除非流氓全变成了艺术家。开始谁都不信这事，后来事情说得有经有纬，人民群众开始怀疑，人民群众开始津津乐道，最后听说默子私了此事，人民群众就按各自的判断，在自己心里"啪"的一声枪响，就对默子判了死刑。你说没事私了个啥，私了了就一定有事。所以音乐女教师绕道走，也在情理之中。

所谓私了，就是默子拿自己的钱给那女模特儿，然后女模特儿数默子给她的钱。她数人民币的样子，像数美元，食指蘸了口水，还举过头顶，对着太阳光照了照，直到隐形的伟大领袖显现出来，她才放了心，连伟大领袖都出来了，难道还有假？她信伟大领袖。

问题是私了之后，她又要公了，并扬言要和默子对簿公堂。一怒之下，默子豁出去了，我是流氓我怕谁。后来默子打死也不想见那女人，原因是，一见那女人，他就恶心，感觉这厮，有时奇了怪，出事之前，如果人间有仙女，那女人就是，他觉得她美，美得那个，对，这女孩子美得出神入化，你看，还女孩子呢，多纯的称呼，都矫情得有点那个了，难怪雕塑家西跳对默子说，她都成你心中的维纳斯了。

事发之后，她，狗屎。人拉的狗屎。

无奈之中，默子随时准备上法庭，让事实，也让那女人的阴谋公诸于世。意外的是，那女人甩下"公了"这句话，从此再没露面。

人民群众的传言，并非空穴来风，让事情变得错综复杂。据说当时，画室里还有两名学生，但很快被默子打发走了。学生走后，默子放下画笔，色眯眯地走到女模特儿面前。既然是人体模特儿，自然是一丝不挂，她唯一的外物是胸部挂着的项链，默子的头伸到了女模特儿胸前，不知他是想用嘴唇融化两座雪峰，还是想用嗅觉吸纳沁人肺腑的气息，总之，他说，你的项链真美。女模特儿转了一下身，并用手捂住了自己骄傲的双乳，默子用手扒开她的手说，你真美，你知道吗，你是在为艺术献身。说完，默子就开始抚摸她胸前的双胞姐妹，并试着用嘴将她们融化。

女模特儿开始挣扎，就像一个天使捍卫纯洁与尊严。默子轻而易举地占领了上面，就开始战略转移，开辟新的战场，向下面挺进，势如破竹。当时，女模特儿坐在咖啡色的衬布上，屁股下有了一摊湿痕，默子指着那摊湿痕说，那是什么水水啊，你还真是性情中人。

默子分开了她的双腿……

人民群众相信女模特儿上面的描述，因为人民群众从两个学生那里得到证实，他们确实被默子老师叫出去参加球赛的。好一个流氓老师，把学生打发走，自己好干坏事。人民群众以此揪住默子不放。

学校哗然。风口浪尖上，组织上没有坐视不管，学院党支书开始惩前毖后，治病救人，找默子谈话，对默子做了耐心细致的思想工作，之后，美院领导要默子打起精神，接替班主任。

默子说接班主任可以，如果你们不怕我是流氓。领导说班主任是轮着当的，怎么到你这就卡了。默子说我可以搞作品，给你捧个人奖回来，这班主任，我当不了。领导说这是两码事，我知道你心情不好，过去的事就让它过去，写个检查，承认一下错误，吸取教训就是了。

什么错误？什么教训？什么检查？谁提这事，默子都烦。他真想一拳把这世界打个窟窿，他硬着劲，没接班主任，更没有写什么鸟检查，领导也只有摇摇头，走了。

对此，默子的好友大巴问过他，到底有没有那事？默子不耐烦地说，有又怎样。大巴对默子说，我怕你经不起风吹浪打呢，你有这态度就好，即使有那事也算不了什么，艺术家嘛，并且是著名的，没有绯闻还算著名艺术家吗，只有私生活多姿多彩的艺术家，才算得上一个成熟和完整的艺术家。

说是这样说，默子仍然霜打过一样，整天低着头，怕在校园里露面，就在学校旁的麻原村租房住。见他这样，大巴对他说，回避不能解决问题，重要的是找到证人，证明自己的清白。

大巴说得有道理，而要找到证人，谈何容易？

默子在麻原村里边走边想，在一个转弯处，和一个女生撞了个满怀。对方背着画夹，手里的调色盒被撞到地上，默子手中资料也掉到地上。女生赶紧帮默子拾起资料，然后才拾自己的调色盒。做完这些，她看了默子一眼。那时默子满脸愠色，女生以为冒犯了默子，有些惊慌。他意识到自己的表情后，自责自己惊吓无辜，明明是自己撞了别人嘛，他有些过意不去，连忙对她说，对不起。她说，没关系。

听到女生标准的普通话，默子心里像飘过一缕清爽细腻的风，他这才认真地看了女生一眼，因为这一眼有些神圣，所以，准确说，这是审美。女生一张白得纯净的脸上，闪动着一双幽黑的大眼睛，眼白浸着蓝，像淡淡的海水，荡着灵动的微波，鼻和唇有棱有角，精致巧妙，一头青丝往后脑一扎，就简洁随意地披在后背，再加上她简洁的穿着，不经意间，透着时尚、闺气和美丽。这是一个叫人过目不忘的女孩。这样说吧，她出现在街头，满街的男人，头都会螺丝没上紧一样，通通回过头来，创造无与伦比的回头率。

都说画界无美女，所以女生背着画夹，看上去很别扭，这样的女孩不该画画的。默子问是考生吗？女生点点头，又补充一句，是的。默子似有话要说，但最后也只能说了一句，祝你好运，就离去了。

有人说要看稀奇和热闹，就到艺术学院去。每年二月底，是艺术院校专业考的时候，也是艺术学院最热闹的时候，每个系每个专业都摆摊设点，吹拉弹唱，舞姿画影，样样齐全，像赶庙会，像摆地摊，又像是个花花哨哨的杂货铺。各路考生云集于此，校园里到处是人，考生，家长，亲友，三五成群，背画夹的，手抱乐器的，各种表情，各种状态。哪来这么多和艺术相关的人，默子突然想到一个问题，搞艺术的人多了，未必是好事，那是灾难。而事实上是，上帝并不会安排这样多的人搞艺术，所以，校园里的景象，是社会造成的一种假象，非常可怕。

艺术学院旁的麻原村也不安静，热闹在村子里四处蔓延，饭店旅店人头攒动，全是考生，其中也夹杂一些奇装异服，长头发男生，短头发女生，这十有八九是在读老生，他们像默子一样，不住学校，在麻原村租房。跟在后面的考生，大多是他们的老乡，或者自己带的弟子。

默子一头扎进出租屋，舒了口气，整理刚才被撞落地的精美图册，上面全是巴黎风光，塞纳河畔，卢浮宫，奥赛，十九世纪世界文化的中心，艺术家向往的地方，默子说过他一生的努力，就是去巴黎，到巴黎搞画展，到巴黎去学习，到巴黎去生活，像巴黎人一样生活。

一想起巴黎，他就会心旷神怡，或者说心就漫无边际地飞翔起来，这种美好的心情越美好，就越折磨人，原因是，眼下烦人的事还没完呢，纠缠得他都快疯了，他不能不去寻找那个证人，因为目前，自己还是一个流氓。

默子加快了寻找证人的步伐。那天默子找到岗头村，线索就断了，那人已经离开住地，人海茫茫，到哪去找呢？他望着七零八落的出租房部落，叹了口气，找不到证人，自己就只有落得个流氓的下场。在他走投无路的时候，他突然想起一个人，想起一个他不愿想起又不能不想起的人，就是那个让他沦为流氓的女模特儿，她就住在麻原村，时间过去两三个月，她会不会回心转意呢，他想去试试。

结果，女模特儿的屋子，始终没人，那道门像个谜面，里面锁了一屋子的秘密。招考期过去，麻原村安静下来。

这天晚上月影清风，窗下的水井如一汪清月，像往常一样，默子总想从这城乡接合部的繁杂中，找到一点情趣，就像阳台上的花草一样，总是寄托着城市人的点点乡思，月下井边浣洗的女子，朦胧的身影和清脆的水声，使他无数次浮想，无数次联翩，他每一次伫望水井之前，眼中就有了一种诗意，这是麻原村中唯一让人亲近的地方。

突然，一阵呼救声爆裂夜空，那是能把井水和月光搅碎的声音，开始他以为出自谁家电视，但呼救里夹杂着男人的方言。确认发生什么事后，默子冲出出租房，寻着呼救声跑过去。那间屋里灯影晃动，一个姑娘夺门而出，房里追出一个男人，姑娘本能地躲到默子背后，默子伸手挡住男人，那男人说这是他的家事，叫默子少管闲事。默子相信他的话，转念又想，即使是家事，也要好好说嘛。纠缠之中招来众人，那个男子见势不妙，逃之夭夭。

镇静下来后，默子才说不出地惊讶，姑娘竟是被他碰掉调色盒的考生。

怎么会是你呢。默子问。

她矜持地点点头，但没说话。

默子问她，那男人是谁。

她支支吾吾，竟然说不认识那男子。

就像看一出好戏，人们没看出什么名堂，戏就要结束了，人们摇着头，蜂群一样散去，只剩下默子和女生，如果她不是那个考生，这个时候默子也该走了，问题是，她刚好就是那个考生，于情于理，默子都不能不管。

她告诉默子，她来自四川，从小喜欢画画，去年高中毕业没考上大学，就过来报考艺术学院了。默子问她为何住在这里，她说她是来找表姐的，她表姐在昆明做生意，她只见到她表姐一面，以后就再没见到了。考过美术专业后，她留下来等她表姐，也等候考试结果。

看她柔弱的样子，默子一边安慰她，一边想从她的谈话中弄清真相，但什么也没搞明白，最后默子对她说，你关门睡吧。她犹豫了一下说，老师，我有点怕。默子没接她的话题，而是问你怎么知道我是老师。她说，我知道你就是大名鼎鼎的默子老师，我从报刊上看过你的照片，你还撞掉过我的调色盒，说到这里，她偏着头，有些忸怩地看着默子说，撞坏了不要紧，我又买了新的调色盒呢。

和刚才相比，她判若两人，刚才她和一个男人，和一种纠纷，而且还可能和一种暴力联系在一起，而现在的她，一个十足的学生，单纯而简洁。默子相信她是一个学生，正在考大学的学生，本来事实也是这样。

看着她的样子，默子担心起来。麻原村人迹混杂，到处是不明身份的人，鬼鬼祟祟，像藏了一村的地下工作者，说不清是艺术学院影响了麻原，还是麻原影响了艺术学院，住在这里，像掉进一个泥塘，臭的，往村里走一圈，就会耳闻目染许多怪事，一个洁身自好的人，特别是一个女生，最好别住这里。

她说那个男人还会来的。她很无助的样子。

来了你就叫我，我就住在那栋楼的二楼，我听得到。默子把自己的住所指给她看。

默子的窗口像一只大眼睛，正好可以看到她的出租屋，她从窗子也能看到默子的房子。接下来的几天，默子看到那男人又来过两次，奇怪的是女生没喊叫，听到里面的说话声，什么也没发生，默子摇摇头走了，以后他就再没管这事了。

她的出租屋经常黑着灯，默子猜测着她的种种去向。那天晚上，她房内的灯光意外地亮了，也许想弄清她经常不在的原因，默了刚想去找她，她房内就传出呼救声。默子没犹豫就赶了过去，但怎么也敲不开门，里面是打闹声，并有东西重重地砸到地上，可以想象，里面的危险程度。默子拾起一块砖头砸门，倒不是想破门而入，目的是想制止里面的打闹，但没起作用，他就绕到房后的窗前，刚过去，就见那个男人破窗而逃。这次默子看清了那男人，一个疤脸男人。

先犹豫了一下，她还是开了门，她像个做错事的孩子，没敢看默子，而是整理着自己凌乱的头发，她脸上的血，像油画中最鲜亮的一笔朱红，极不谐调的一笔颜色，她用手擦了一下，脸上就鲜红一片了，她说不要紧，是自己弄伤的。

她这样说，大概是想淡化事由，越这样说，默子越是有了种种猜测。他想安慰，又不知从何说起，他甚至想用手擦掉她脸上的血，这个时候，男人都会本能地同情女人，何况是一个漂亮可爱的女孩，他的恻隐之心在所难免。其结果，他什么也没做，什么也没说。

房里一片狼藉，散落一地的东西中，他发现了画夹和调色盒，他帮她拾起画具，她连忙接过，并开始说话，她说的话，心离神游，心不在焉。他想问个究竟，但她始终守口如瓶。默子只能说一些安慰的话，并且说得水乳不融，就在他正准备离开时，她终于想说什么，但又没说。他说如果你需要我的帮助，你尽管说。她说，麻原村我是不能住了，老师，你能帮我租个房子吗。

本来，默子可以让出自己的出租屋，但自己都被流氓过一回了，不想再流氓了，麻原村是一个生产是非的工厂，因为它总和艺术粘在一起，艺术又常和绯闻有染。

天色已晚，又不能挨个儿去找出租房，见默子面有难色，她说不为难了。她虽然这样说，默子也不便离开，她已经把难题出给他，她没叫他帮找房之前，他还可以一走了之，她的求助提出来，而他又没帮她解决，这种情况下，默子不能不管。情急之中，默子想到了大巴的公司。

想到大巴的公司，就像捞到了救命稻草，把她安顿到大巴那里，最合适不过。大巴公司不远，默子带她走路过去，经过盘龙江时，一江支离破碎的流光溢彩，浮游着神秘和浮华，夜色中，春城妩媚而充满诱惑。她神色有些茫然，这么大个城市，难道就没自己安身的地方吗，她叹了一口气，他对她说，你会有安身之地的。

默子知道，他这种安慰很勉强，就像夜色也会抚慰人心，但不能保证，夜里就没有危险和孤单一样，所以，他对她的安慰，显得苍白无力。

那晚一路走下来，俩人说了很多话，甚至当她问默子，艺院老师为何还在麻原村租房时，默子竟然把模特儿事件说了，他后悔不该告诉她这些事，没想到她反而安慰他。

江对岸就是大巴的公司，那是一座三层楼的西式建筑，是当年传教士留下的，门面像西方人的脸，轮廓分明，有哥特式建筑特点，一种叫爬山虎的藤蔓植物，爬满墙面；墙面斑驳而沧桑，两块中英文相间的招牌，像两块标签贴在门侧，大的一块是"奥赛艺术开发公司"，小的一块是"昆明向日葵画会"，奥赛公司用的是变体美术字，还用了一小排英文，洋味十足，画会牌子用的是中文草书，字里行间留下的沙笔，超然而脱俗，自有一番东方神韵。

默子在门口叫了两声西跳，西跳在里面应着，他知道是默子来了。默子带着四川女生穿过前院，里间的门虚掩着，西跳说进来呀。默子让四川女生走了前面，她开始犹豫了一下，最后还是推开了门。就在她进门时，她哎呀了一声，门头一把扫帚砸到她头上，西跳一看砸到的不是默子，先是一惊，然后开怀大笑，屋子里的人都笑得人仰马翻。

默子说，西跳，你少来这一套。西跳没忙着搭理默子，而是指着四川女生问默子：她的什么的干活。默子对西跳说，你先跟她道歉的干活。西跳对女生说，当然当然，我之罪，我之罪，小姐受惊了，我们这些人都没教养，俗得都狗屎一堆了，谅一回吧。

走云对西跳说，说你自己吧，别把我们扯进去，我们雅着呢。西跳对走云说，你狗屎还不如嘞。走云没理西跳，拉过女生悄声解释说：本来我们的目标是默子老师，是他推你先进门的，等于是默子老师害了你，把阶级仇恨记到他头上吧。

走云说得再小声，默子还是听到了，默子说，走云你的意思是我害了她？还没等走云说话，西跳说，走云，你胆够大的，敢调戏你默子师傅？走云对默子说，老师别生气，刚才我说漏嘴了，是西跳这厮带着干的。默子说胁从不问，胁从不问。

西跳对女生说：不过我们以这样的方式相识，不是更有意思吗。女生说谢谢。西跳对女生说，你真幽默，头上挨了一扫帚，还谢嘞，你不用谢，这是我们应该做的。默子说，西跳你少油了，照你这意思，你们还要再接再厉？

西跳说，随意随意，痛改前非，下不为例，都一样，都一样。他转过头对女生说：我们就算认识了，请问芳名，年庚几何。女生说，我二十岁，叫水儿。西跳说这名鲜、嫩，好听。水儿说：我是水边长大的嘛。西跳问什么水边。水儿说金沙江和岷江的交汇处。

西跳一时间口若悬河，如长江之水，滔滔不绝，他说那是长江第一城，也是中国著名的酒乡，酒量再大的人到了那里，就可以不喝酒了，整个城市像泡在五粮液里，到处飘香，连飞机一到那上空，就直摇晃，为什么？请水儿同志回答。水儿摇摇头，西跳说请走云同志回答。走云也摇摇头反问：为什么。西跳卖足了关子说：醉了。

连飞机都醉了，真是不得了哦。走云对西跳说：你真博识，我好崇拜你哦。

正在西跳满足之时，走云问西跳：为什么苍蝇飞到马桶上就捂着鼻子，请西跳同志回答。西跳回答：熏的。走云问这故事谁告诉你的。西跳说你呀。走云说这就对了，飞机醉了和苍蝇捂鼻子不是同出一辙吗。走云对西跳说你以为你谁呀，蠢材一个，老跟着别人把少女比作鲜花，应该说鲜花像什么，鲜花像少女，就像我这样的。

哈哈，茄子。

西跳是默子美院同学，他俩一个油画，一个雕塑，默子长发飘飘，西跳头上却一根毛没有，整天光着头，走到哪儿亮到哪儿，朋友们都说他那个大灯泡节能，没电也很亮。他个头不高，但一双眼睛却叽里咕噜地会说话，经常一身牛仔，却很少有干净的时候，他说搞雕塑的嘛，得有个雕塑的样子，整天跟泥巴打交道，穿得太干净是装洋。

走云是艺院工艺学院刚毕业的学生，她的特点是年轻另类，染一头黄发，穿一身花花哨哨的民族服饰，既传统又现代，老到家了也就时尚到家了，最古老的也是最现代的。杨丽萍就这样穿着，再民族再古老的服饰，穿到她身上就成了最现代最时髦的，她的服饰常常是艳惊四邻，但艳而不俗，杨丽萍就是杨丽萍。西跳打击走云：杨孔雀是全国著名舞蹈家，她不是人，她绝对不是人，是妖，是仙，是神，上帝派她到这个世界，就是来跳舞的，凡人没法和她比。走云说，你把我说得太没个性了，我比不了杨孔雀的成就，但在穿戴方面，我有自己的习惯，用不着比谁。

说得也是，不管天冷天热，走云头上总扎着一条绸巾，花的，很养眼，本来嘛，也是一种头饰。在她身上有诸多为什么，但当你问她为什么时，她总是一句话：我是搞工艺美术的。平时她话很多，遇到别人问她时，就这八个字，我是搞工艺美术的，回答得莫名其妙，什么也没告诉你，这八个字的潜台词很明显：我应该这样，因为我是搞工艺美术的。

她曾把她男朋友衣服脱光，往上面涂颜料，一幅男人体彩绘就诞生了。那个年代，人体彩绘还只停留在词汇上，同志们还没来得及实践，就更不用说观众了。走云对她男友说，艺术品属于大众，真想把你弄到大街上去。没想到她男友说，可以呀，我真想在大庭广众面前暴露自己，特别在年轻漂亮女士面前，我有裸露癖。走云说，我看你不是裸露癖，是耍流氓。

走云说，原来在人体上抹颜色这般过瘾，痛快。那以后，她决心有生之年彩绘一百个男体。西跳说谁脱给你画。走云说，为艺术献身的人还是有的。西跳说除非你男朋友，但你男朋友应该只有一个呀。走云说，你说的是应该的时候，不应该的时候，应该很多的，为了艺术，我要找一百个男朋友。西跳说我先报名，算我一个吧。走云说去你的，你看你这体形，本身就影响市容了，还想丢人现眼？

按理说西跳是默子和大巴的同学朋友，而走云又是默子的学生，西跳算起来应该是走云前辈，但现实生活中，有时不能理论，比如西跳和走云，他们完全是性格使然，天生没有障碍，也许这是西跳努力的结果，他不想和女生有距离，亲密无间，多好。

看时间不早了，默子对走云说，鲜花同志别逗了，今晚水儿就跟你了，你安置一下。西跳对默子说：怎么回事？你家里不是很宽敞的吗，有三室一厅的房子，还有麻原村的别墅。默子一巴掌打过去，西跳两眼一愣一愣的，西跳凑近默子耳朵问：她不是你粉子呀？默子说，你以为个个都像你。西跳说，可惜可惜，资源浪费啊。一旁站着水儿，装着听不懂他们的谈话。

默子把水儿的事对大伙说了，但说得含糊其词，本来默子对水儿也所知甚少。但西跳听得认真，并对水儿说，我们都是阶级兄弟，这里就是你的家了，你进了这里，就相当于进了保险柜，我就是这保险柜上的一把锁，谁敢欺负你，我就把他砸出地球。

走云对西跳说，什么家不家的，跟你没关系，还保险柜呢，我看你是最不保险的，你那点小九九，我还不知道？水儿跟你没关系，我会照顾她，你少在这里热乎。

个个都来关心水儿，他们把她当小孩了，看上去水儿的确很单纯，不谙世事的样子。西跳很兴奋，说话时眼里有电，他这人就这样，兴奋起来，什么都不顾，默子走的时候悄声对他说，不准你打她的主意。

二

　　大巴是这个故事里的中心人物，是魂。他和其他画家不一样，不是光头，也不留长发，而是留一个平头，透出干练和简洁的气质，讲究穿着，一身名牌，但看上去不"作"，不同于商场官场上的人，一看就是个有品位的艺术家。如果要介绍大巴，他有一段著名的自我介绍，曾经在美术界传为佳话。

　　那是二十世纪八十年代，大巴从中国一所顶尖美院毕业，留校是顺理成章的事，但他不留，一心回故乡云南画少数民族，他以为靠名气才气，再加上成就，不但可以进艺术学院，而且可以昂首挺胸地进，结果他的想法错得一塌糊涂。

　　那天他抱了一大堆画，认为凭这些敲门砖，就没有敲不开的门，结果门的确开了，但只是一条小缝，决定他命运的人只露出一只眼，多么珍贵的一只眼，准确说，那是一片闪着寒光的眼镜，除了从窗户映到镜片上的天光，大巴什么也没看清，他没看清镜片后面的表情，所以，大巴情绪饱满，自信得满面春风，他听到门内的人问，你是谁。

　　大巴忙呈上一份自我简介：大巴，昆明人，毕业于A美院油画系，作品多次在《美术》《画廊》《江苏画刊》《世界美术》等刊物发表，参加过法国秋季画展、全国美展、全国青年美展，并获奖……

那个决定他命运的人似乎笑了一下，生活中的笑，包含多种取向，有大笑微笑，有恶意的笑善意的笑，还有皮笑肉不笑，大巴感觉到了笑，但没搞清笑的内涵，以为那人很满意他的情况。那人没看完简介，扶了一下眼镜说，你就是大巴？大巴说，我就是大巴，这是我的参展证和获奖证。大巴说这话时很自豪，没有理由不自豪，他等着那人请他进门，然后对他说你是人才，我们要了。但结果出乎意料，大巴很失望，那人瘪了一下嘴，略停了一下才说，你是条大鱼，我们塘子小。

大巴弄不明白，自己为什么进不了艺术学院，就因为自己是条大鱼？也许不是，也许道理很简单。总之，当时中国红极一时的美术新星，高才生大巴进了歌舞团，经营起舞美这行当。舞美在舞台上的定位是背景，大巴也没有理由不成为背景，前台是大红大紫的俊男靓女，大巴说，和这些神气活现的人处长了，人会变得肤浅，别说画画儿，连人也会变得女兮兮的。

大巴在歌舞团这口大缸里，怎么也没染上颜色，整天灰灰的，和那些昂首阔步的人怎么也染不到一处，他不声张也不说话，只管干活，像个民工。那样子的确跟民工没两样，穿的衣服不仅脏，还看不出固有色，色彩斑斑点点，像迷彩服，整天爬高下低，侍弄着布景道具之类的东西，那不叫画画儿，是刷墙，整块整块的景片，整块整块的大墙。有时没耐心，他就将一盆色彩全泼上去，这样倒很干脆，而且效果不错。

一次舞台上要画个太阳，团长说大巴没画圆，大巴说我从没画圆过，团长说用圆规呀，大巴说不会使那玩意儿，从小上数学课就头晕。团长摇摇头走了。幸好画圆的时候少，不然大巴就真成阿Q了。

　　刚开始，没人注意刚分来的美工大巴，即使是几年后，刚进来的一个女声独唱演员，细皮嫩肉，样子比大巴小七八岁，她也没在意美工大巴。那天美工大巴弯腰干活，那独唱演员只看到他的背，不管他是美工还是勤杂工，在演员心里，这两种工种都差不多，就叫他把她的演出鞋拿过去。大巴开始没理，等那女演员再叫时，他站了起来，自然也没拿鞋，而是一脚将鞋踢了过去，不偏不歪，鞋刚好砸到那女演员脸上，只听那独唱演员惨叫一声，像是一嗓花腔女高音，从此她脸上留下了一个疤。其实，这一脚是小儿科，大巴可是足球前锋。

　　独唱演员叫合子，我们应该记住这个名字，因为这一脚，她和大巴就有了故事。当时合子脸上擦出了血痕，眼泪珍珠一样，一粒一粒溅到地上，然后粉碎，当大巴看清她脸时，就有些后悔，准确说是惜香怜玉，这球怎么踢的，可以踢到世界任何一个地方嘛，但不能踢到她脸上，因为，那张脸实在是太漂亮了。心高气傲的女声独唱演员，那时也心高气傲地看着大巴。她回过神来时，才看清了大巴的脸，她也同样觉得，当初不应该叫他帮自己拿鞋，因为，这是一张不但帅气，而且是不同凡俗的脸。

　　也许是合子的阳光普照，一场暴风骤雨的情恋之后，大巴变了个人似的，突然倾情现代艺术，他的画笔下，一改过去的古典写实风格，而是魔术般变形的女人体，难道这也是来自爱情的神力？

　　那个年代，现代艺术很时髦，有很多西方流派，像些招摇过市的洋玩意儿，在中国的艺术殿堂登堂入室，艺术圈大谈现代艺术，不谈就有落后之嫌。各种变形抽象的东西，出现在展览上，但很难进入中国艺术的主流，因此，大巴格外引人注目，成了现代、先锋、前卫，甚至行为艺术的代名词。一不小心，大巴成了中国现代艺术运动的领军人物，著名前卫艺术家，够成就了吧。而大巴最受人称赞的，不是他的成就，而是他的人品，他人品和成就加在一起，就等于他的地位和影响，自然大巴这个名字像块金属，在云南大地掷地有声，叮当作响，他像一块磁场，周围总有一群艺术青年，个个铁马金戈，大有为艺术赴汤蹈火的阵势。

西跳成了大巴最贴近的人，那段时间，西跳不想搞创作，只想搞粉子，大巴骂他是匹种马。西跳说，我对艺术思考得太多，思想和激情在体内咆哮澎湃，总想找女人泄放一下，这也是为了艺术嘛。

每次放纵自己，西跳都有冠冕堂皇的理由，甚至他在女人身上摸摸搞搞，也被他说成是摸骨点，专业行为。说得极是，雕塑人体写生时，允许在模特儿身上摸骨点，是研究人体，了解人体的构造。但有一次，大庭广众之下，他的臭手竟然摸到了女人胸脯上，默子对他说，那儿没有骨头，还是收敛一点为好。西跳说，那里虽然没骨头，但有温暖，艺术家需要温暖。

西跳算是玩疯了，你说他·句，他就有百个理由等着你。

那段时间，同志们的激情，金沙江一样奔腾，大家都玩命，疯狂地画画，个个玩点莫迪、达利、康定斯基，当然还有凡·高，大多是个性张扬的画风，而默子迷恋的，却是美国油画家怀斯的写实怀旧风格，那是现代人的孤独和迷茫。大巴喜欢默子怀斯式的写实风格，他说默子的画，画出了现代人的精神状态，仍然有很强的现当代意识，有了这个定位，也算是和现当代这个词搭上了边。

同志们的作品逗不得，纷纷在画展上露面，大巴画过一批画，笔触洒脱奔放，色彩绚丽灿烂，像画展上的太阳，观众说画面激情饱满，神采飞扬，同行说透过画面，我们感受到云南大地的热情，那是向日葵一样绽放的土地，凡·高也没这样燃烧过。于是向日葵画派就诞生了，大巴，理所当然成了画派的创始人。

画派成立，需要一些经费，大巴咬咬牙，自己垫付了，大伙凑在一起，激情澎湃，浮想联翩，画派的成立仪式应该这样，应该那样，诸如此类，出了很多主意。设想倒是美丽而充满创意的，但钱呢，仪式场地、酒会、广告、邀请媒体都需要钱，没钱，一切免谈。大巴叹了口气，虽说钱不是万能的，但没钱又是万万不能的，钱是什么，钱是爷，爷就是天。同志们都不是拜金主义者，但这件事对大家触动较大，大巴在想，画会应该有经费保证。

所以，画会成立没搞任何仪式，倒是同志们搓了一顿，入伙的人大多是昆明的青年艺术家。

画会应该有个场地，大巴自己掏钱租了房，专门找了昆明的一条文化街，抗战时期，西南联大的许多教授文化大师就住在此，是当年文化名流、进步青年的活动场所。附近的西仓坡，就是国民党枪杀闻一多的地方，可见大巴租用此房的良苦用心。

奇了怪的是，画派成立后，向日葵们的画被各种画展拒之门外，长时间以来，同志们在展厅外耗着，晾着，悠着。进不了门的苦恼，像团阴沟里的淤泥敷住脑袋，想扒也扒不掉。恼了就聚到一起牛一通，然后酒一通，再然后就个个都成大师了，那种感觉真他妈的。但这样像催加剂，酒一次苦恼就加深一次，次数越多越苦恼，醉着的时候还好，一旦醒来，那恼得，就不再是淤泥敷住脑袋了，直接就没淤泥。

大巴突然变得沉默寡言，本不抽烟，烟却自己找上门来，苦闷啊，不抽行吗，一向乐观自信的大巴，刚毅坚实的脸上，第一次出现了迷茫。默子对大伙说，都咋了，个个霜打似的，不就是上不了画展吗。

大伙扎在一起时都默着，空气酒着，心情阴着，画出的画不再向日葵，而是巫婆的脸。

那天一顿饭，大巴半月的工资牺牲了，酒精在他们体内东奔西窜，同志们七八个人搂肩搭脖，互助挽扶，来到黄昏的盘龙江边。大巴站在前面，面对一江的污流浊水，心情也像一江污流浊水，太阳掉下江里，就被漂浮的垃圾网住，网住的好像不是太阳，而是一群乱糟糟的人影。默子站在最后，醉眼看去，城市楼歪影斜地映在江面，一朵乌云飘过来。

灰亮的江水衬托出几个浓重的身影，悲壮得可以，西跳说这是一九二七年，革命志士屹立黄浦滩头，大革命处于低潮时期。

后来大巴的一句话，成了燎原的星星之火。

大巴说这话的时候，天空闪出一条白光，就像天被撕开一条缝，所以大巴的话，像天空中沉闷的雷声，从同志们心中滚过，从同志们的头顶炸过：展不了画，就卖画，利用我们的专业开公司，以专业养专业，画会应该有资金支撑，找钱，然后把画展到国外去。

找钱，找钱，这个声音成了那个时候的最强音。

成立画会简单，成立公司困难就更大了，六十万的注册资金，就够大巴喝一壶的，同志们跟着大巴折腾，俗话说有锅的凑锅，有勺的凑勺，没钱没锅没勺的，就把自己人凑上，像时装模特儿，不唱不跳就上了前台，要钱没钱只有人一条，凑个人数吧。

话又说回来，谁有钱也得考虑一下，谁敢说这不是打水漂呢，大家可以有理想，可以有激情，可以动嘴，可以策划，可以做梦，但面对六十万的注册资金像面对个炸药包，绕开吧，哥们儿不是二百五。最后西跳出了十万，又借来十万，说三个月就得还，其余四十万大巴自己扛了。

还好，大巴卖过一些画，有点积蓄，但其中三万也是讨来的，为了这三万，大巴耗上了个款姐，款姐是他中学的同桌媚角。大巴开口要三万，媚角说给三十万行吗。大巴笑笑：你在说明你有钱，我很穷，是吧。媚角说你还老脾气，敏感，都四十岁的人了，怎么就不见长进呢。大巴说，我就一破牛车，没办法。她说，我是真心帮你。大巴说，我知道你很富有，但请不要戏耍老同学。

时间在这里停顿了一会儿，媚角望了望天空，叹了口气，这一叹有两层含义，其一是大巴误解了她，其二是大巴说她富有触动了她，所以她说，其实我很穷，穷得只剩下钱了。大巴问什么意思？她说，你会明白的。

她望着天，眼里有片潮湿的蓝。

大巴没想到媚角如此伤感，什么意思嘛，时代先锋，巾帼英雄，人民楷模，天之骄子，社会栋梁，这些金光闪闪的帽子都可以戴在她头上，还有什么不满足，人这东西就是怪。

大巴从媚角手中接过三万块钱，有一种把自己卖了的感觉。大巴记得中学时，一次演讲比赛，媚角送了礼物给评委主任，结果媚角得了第一名，此事被大巴知道，媚角知道大巴的脾气，如果此事被捅出去，媚角这团支书还怎样当？中学生很单纯，容不了这等事，媚角担心大巴讲出去，就请大巴吃德克士，当然媚角知道，大巴不吃这一套，不能跟他直说，就编了个理由，说放了学去看望一个病重在家的同学，要大巴陪她去，这同学和大巴关系较好，大巴自然答应了。那时已是晚饭时分，肚子很饿了，经过德克士店铺时，媚角说，先饱肚子，我请客。

德克士是昆明最早的西式快餐店，大巴也没品尝过，显然，拒绝这样的邀请等于愚蠢。结果吃到中途，媚角就把送东西给评委主任的事说了，大巴正吃得高兴，自然也明白媚角的意思，就说，我什么也没看见，我什么都不知道。

大巴说完，媚角大笑起来，媚角的笑声刺激了大巴，大巴有一种被收买的感觉。所以，这一次，大巴接过媚角的钱时，内心感慨，并且酸楚。这三万人民币仅仅是开始，接下来的事，媚角慢慢浸润了大巴的生活，并改变了大巴的生活。

大巴接过钱时骂了一句，钱是什么，是杂种。

公司就这样成立了，算是股份制吧，大巴和西跳，两个股东，一个任了经理，一个当了副经理。

默子在画会是副会长，大巴是会长，按此推理，默子在公司的职务也应该匹配，所以大家推默子当副总。在默子看来，这简直是笑话，最后，默子没参加搞公司，倒不是他不愿拿钱入股，默子知道自己能干啥，自己没那能耐，搞不了公司，更当不了副总。

大巴很希望默子入伙，但他知道默子的性格。

有人说一山不容二虎，大巴搞的事，默子是不会参加的。其实不然，默子和大巴是好朋友，默子敬重他的为人，当年他俩几上圭山，同甘共苦，身上都养了圭山的虱子，肚里都装了圭山的土豆，一同睡在圭山的石头屋里，像搞同性恋，后来都靠画圭山出了名，在云南美术界传为佳话。默子不参加的原因，西跳没思考过，大巴心里清楚，默子这人天生孤僻，不喜欢热闹。显然，默子把开公司当成了热闹，一帮画画的能开公司？不被别人卖了才怪，这不是瞎折腾吗。

其实，默子不参加公司的原因，主要是模特儿事件，目前他还是一个流氓呢，哪有心思开公司？连出现在校园都怕，躲进了麻原村。

默子不再画人物，开始关在麻原村，闷着劲儿弄大风景。偶尔出现在校园，遇到熟人，对方会问进修了？默子含糊其词，笑笑，点点头。

默子认为云南这地方应该出风景大师，否则就枉对云南大好河山。西跳说，你说得对，云南就是出风景大师的地方，但不能画那个叫西双的版纳，热带雨林，太柔弱，版纳最稀奇的是什么，是奇花异草，这些玩意儿太小气，画就画香格里拉，香格里拉大气，且不说文化，就是一座梅里雪山，就是一座卡瓦格博峰，也要把你给镇了。你把香格里拉画绝了，一个大师也就诞生了，那才叫彩云南现呢。

西跳说话时，语气和表情都极度夸张，默子不想看他，闭目养神，似听非听，西跳这一说，默子突然想起什么，忙问你说什么，他说彩云南现呀。默子着魔似的自言自语，对，就画云南的云，云南，云的故乡嘛，云南的云确实太美了，那是一种美轮美奂的境界。见默子突然情绪激昂，西跳夸张地摇摇头，走了。

西跳被同志们称作小聪明，天生喜欢对粉子动脑筋，昆明画界习惯称女人为粉子，首先声明，称妓女为红粉是旧时的事，在这里，粉是漂亮的意思。

西跳说他离开粉子就活不成，粉子是什么，是艺术家的养分，养分都没了，还会有艺术家吗，自然就更不会有艺术品了，就像没养分的土地，自然长不出庄稼，自己作为艺术家，当然要培育自己的养分喽，鉴此理论，西跳演绎过很多风流韵事，多少花朵被他摧残。

有一个事实，必须承认，他极有艺术天赋，他的雕塑作品，简洁而生动，有很强的视觉感染力，本来他可以留校，但出了一点"生活作风"问题，就回了昆明。毕业后，默子昂首挺胸进了艺术学院，他去了工艺美术研究所，还算专业对口。什么三个代表，什么三讲教育，都跟他们不沾边，保先教育就更扯远了，所以他很少开会，西跳说，人嘛，各有各的职能，有人天天三个代表，那是工作，我们都去搞那玩意儿，谁来弄艺术？

　　他俨然一个社会闲杂人员。其实没事干的日子未必好过，心里闷得慌，而且，无事就生非。那天西跳突发奇想，就做了义工，他说闲着也是闲着，不如把自己派上用场。有人说，他做义工是赶时髦作秀，与其为他人做这做那，不如为自己义一回，把身上的脏衣服洗了。他的衣服一般一次性使用，从不洗理，穿烂扔掉了之，他管这叫风度，女孩子喜欢着呢。大巴说没哪家闺女绕着你转呀，他说还没脏到份上。说得也是，如果脏是一种风度，越脏就越风度的理论就成立了，虽说他穿戴有些拖泥带水，头上却是干净利索的，一根毛没有，只要往你面前一站，你眼前就会为之一亮，俨然一颗灯泡，二百瓦的。

　　西跳很牛，牛得不知天高地厚，当然不能说他不服人，他服的人也有，但只有一个，这个人就是大巴。

三

第二天，大巴一早来到公司，第一件事是看西跳做的浮雕。雕塑工作室在后院，堆满了杂物和塑泥。浮雕接近完工，大巴很满意，他对西跳的雕塑一向赞赏有加，正看着，走云和水儿就站到了他后面。

走云说，大巴老师，我们这里来了一个新客人。

大巴继续看浮雕，没转身，说，默子已经电话告诉我了。

走云说，是个美女。

大巴笑起来，仍然没转身。走云说，你看都不看一眼，作为领导，你不能漠视一个人的存在，并且是一个美女的存在。

大巴说，你少烦我，别用美女来说事，我不吃这一套。

走云说，哦，天下的老板没你这样坐怀不乱的。

大巴说，所以我不是老板。

走云说，有的人不像你，见了美女就放电。

西跳像突然被电触了，说，走云你说谁呀，背后说人坏话，你这德行不好。西跳这样说时，不见其人，说话声好像来自卫生间。

走云说，哪是坏话，是赞美你，况且又没说你。

西跳没接走云的话，只听卫生间传来一响屁，有些肆无忌惮，有些气壮山河，大巴忍不住笑了，笑的时候不自觉地转了身，目光和水儿的目光碰在了一起。那时水儿也在笑，是笑不露齿的那种，大巴好久没见这样的笑容了，现在的女子，不是放肆地笑，就是皮笑肉不笑，走云就是一个例证。

当时，大巴触电一样，或者说，水儿的美丽使他防不胜防，迎头一击，水儿的美不是简单的形象，而是一种感觉，不仅眉目之间，就是她脸上的酒窝也在传神，滋润而甜美。

很难形容大巴当时的表情，总之他很尴尬，他本想对水儿热情一点，或者说是对美丽热情一点，但又不能和刚才的冷淡形成对比，更不能失态，所以他最后表现出来的举止，很冷静，很得体，心中纵有千军万马，表面依然风平浪静，旁人看不出来，这是大巴式的成熟。

大巴和水儿没多说话，只简短地说了几句，也只是安慰之类的话，大巴就开始叫同志们干活。

其实，在大巴看到水儿的第一眼，他就有了一个想法，应该给水儿画张肖像，不然就是资源浪费。

默子平时很少来公司，把水儿带来后，他就不能不来了。西跳凑到默子面前，说默子一波未平又起一波，真是后浪推前浪，模特儿事件还没完，又领来个女孩。

默子没理西跳，而是抓起一块雕塑泥往墙上砸去。大巴知道，这是默子愤怒至极的表现，他对西跳说，老大不小的爷们儿了，还不懂事，默子没找到证人，这段日子过得没彩没味的，你他妈还烦他。

默子苦笑了一下说，没事。话刚落下，走云突然声音高八度地说，什么没事，有事，你们看水儿都成什么样子了。同志们聚焦过去，只见水儿一脸的稀泥，西跳说谁给你弄的，看我收拾他。

走云边给水儿擦边说，都是默子师傅那把稀泥惹的祸。

话一说白，西跳看了一眼默子，就笑开了。知道是自己造成的，默子就跟水儿道歉，想用手帮水儿擦，又觉得不合适。走云说，师傅，你就心安理得地一边去，有徒弟我呢。

走云找来毛巾和盆，水儿一直笑眯眯的，她说没事的，我自己来。

刚才大巴他们的谈话，水儿都听到了，她是第二次听到了，她后来问默子，找到那证人很重要吗？默子一时语塞，不知从何说起，就告诉了她事情的真相，并说了证人的情况和重要性。其实，默子就是应付性地说说，没想到说者无意，听者有心，水儿记住了这一切。

水儿闲不住，帮着干这干那，西跳对她说，你别忙乎了，像你这样的形象，只要往大门一站，我们的业务就会火起来。一直埋头设计的大巴听到这里，突然抬起头来，他从西跳的话中得到启示，应该把水儿留下来。

大巴想找水儿谈留下来的事，可那几天水儿一直没来公司。大巴急了，问走云，走云竟然说不知道，她要大巴问默子，怕默子误解，大巴想想还是算了。

水儿不是公司职员，几天不来很正常，但水儿是美人，容易引起同志们的注意，她的离去，别说大巴和西跳有失落感，就连公司的工人也说，水儿在这几天，我们革命加拼命，干劲都冲天了，干再脏再累的活，也不累，美人一走，我们就漏了气。

男人们都怎么了，走云觉得好笑。

终于有一天，水儿来了，大巴却不在。走云马上打电话给大巴，当大巴赶到时，水儿又走了。看他急的样子，走云问有事吗，大巴装着无所谓的样子，说，我只是想为水儿画幅肖像，下次她来，你叫她留下电话就行。走云说，她手机掉了，还没买新的。要找她也简单，默子老师应该能联系上她。

不是什么大不了的事，不必了。大巴边走边说，上了二楼。

公司开办两年来，整个一个生锈链轮，运作不畅，业务进不来，赚来的钱最多只能发工资。公司开张三个月时，西跳说借的十万该还了，对方催呢，大巴焦头烂额，头都大成了又烫又响的锅炉。

媚角知道后说，不就是十万吗。大巴说，知道十万在你那里不是大数目。请你千万别再帮我了，给我个锻炼的机会，也让我茁壮成长。

说的比唱的好听，茁壮成长就能生出十万大元？大巴只有跟西跳说再等几天吧。西跳担心地说，过几天还不了怎么办。大巴说，还不了就把我毙了。

大巴真火了。

再过几天，也赚不来十万，没办法只有找借主谈谈，大巴对西跳说，不为难你，眼下一分钱也没有，这事你别管，我来跟对方说。西跳表情复杂地点了点头，几分钟后，他又对大巴说，你不必和对方谈，我跟他说就行。西跳说这话时，怪头怪脑的，大巴不知他葫芦里卖的什么药。

因发不起工资，工人干活没积极性，工人贵田说，我们打工，为的是养家糊口，发不了工资，我们靠什么活。贵田向大巴要工资，公司财务一分钱没有，贵田硬要，大巴只有把自己单位发的工资给了他。贵田要了工资，还扬言说要去有关部门告状，说大巴拖欠农民工工资，西跳说贵田是刁民，贵田不服，和西跳争吵起来，西跳很想一拳过去，大巴拉开了。事情都到这份上了，贵田肯定是不想干了，不久他就离开公司，另谋活路去了。

大巴工资给了贵田，自己身无半文，妻子嘎隅不见他拿回钱来，还天天回家吃饭，嘎隅怀疑他养了小三。不管妻子怎样误解，大巴都没解释，哪怕在妻子面前，他也怕失了面子，这就是大巴，倔强。

　　那段时间，大巴穿了件T恤，上面写了几个字：别理我，我烦着呢。结果同志们都不跟他说话，几天过去，他急了，问大伙为何不理他，走云说，你不是说不让我们理你吗。大巴被搞得莫名其妙，反问走云，我这样说了吗？走云指着大巴的T恤说，那不是写着吗。大巴苦笑，脱下T恤扔了。

　　平时默子很少到公司，一门心思搞作品，准备到巴黎搞画展，他已经跟巴黎一家有名的画廊联系好，举办自己的风景专题展，通过绘画，把云南的美丽风光带到巴黎。巴黎方面肯定了他的选题，但还没说到具体操作方式，只是个意向，等画准备得差不多了，再和对方进一步商谈。

　　其实到巴黎搞画展，并不是默子的终极目的，他的想法是能够像巴黎市民那样在巴黎生活。大概他小学三年级时，知道了巴黎这个词，那只是极其模糊的一个概念，后来才慢慢知道，巴黎是十九世纪世界文化的中心，出现过世界级的大作家、大艺术家。他知道一个叫雨果的老人，当英法联军侵略中国时，老人一针见血地批评了他的国家，他愤怒地说："那是赤裸裸的掠夺，一个国家的真正强大，是那个国家不会侵略其他国家，这样的国家就是中国。"老人的良知让他感动，并知道了罗丹、毕加索、凡·高、柯罗等和巴黎有关的名字，知道了卢浮宫、奥赛博物馆。直到上世纪七十年代末，默子在北京看到法国二十世纪风景画展，才嗅到了法国泥土的芬芳，也闻到了巴黎的浪漫气息，对巴比松画派、印象派有了感性认识，也从电影电视里，从书籍报刊上看到，巴黎街头那些伟大美妙的雕塑和绘画，还看到塞纳河迷人的风光。巴黎在他心中，是充满灵性、浪漫、艺术的美丽之都，到那里体验和生活，是默子的梦想。

其实，大巴何尝不是如此，在每次谈到巴黎时，默子就看到他眼里的兴奋和激动，他说美国是现代而开放的，只有巴黎才是艺术而温情的，美国流溢着一种世俗和烦乱，法国透着美丽的典雅和高贵。

哦，巴黎，我们向您致敬。

默子也知道，大巴找钱不是目的，最终目的是艺术，或者说，艺术才是他们的终极目标，而巴黎是艺术的天堂。默子曾多次梦见天堂，那里阳光朗照，百鸟腾飞，腾飞的百鸟在阳光中，闪烁成片片阳光，金黄色的花朵，铺满云朵上的土地，圣母玛利亚和天使们踏歌而来，大师们漫游其中，个个春风拂面，谈笑风生。

这样的景象，常常出现在默子脑海中，或者梦境里，他知道，这样的景象，只能在梦境中和脑海里，或者说，在现实无法抵达的彼岸。

那段时间，大巴公司没有业务，大家闲得慌，大巴想与其这样，不如画点画，但他怎么也提不起画笔，那种感觉，难受，公司像无形的紧箍咒箍着他，

两年过去，西跳借的十万，每一次都说还，每一次都没还。每一次大巴都说还不了，不为难西跳，要亲自跟借主说，结果，每一次西跳都同样让了步，说自己跟借主说。

那一次，西跳对大巴说，公司开不走就停，把借来的钱还了，大巴没说啥，大巴不想说啥，他真想给西跳两下，妈的，咋就这样没出息。骂了之后，他才意识到，不知骂西跳，还是骂自己，骂过之后，手机就响了。一个娇滴滴的声音。

大巴通了电话后，愣了半分钟。

大巴应约来到香格里拉酒楼，服务生领他进了对方订好的碧塔海包间，对方还没到，到约定时间还差几分钟，大巴心情复杂地坐下。他觉得事情有些蹊跷，电话里对方不说自己是谁，哪家单位，什么业务，一样没说，只说有笔业务要谈，只许大巴单独一人来酒楼，是一个很磁性很有教养的女音。

会是谁呢？大巴梳理了一下记忆，摇摇头，不认识这个人，对方神秘兮兮，什么业务，要他单枪匹马，如今的项目都是乙方求甲方，甲方就是上帝，乙方是孙子，乙方要请客送好处给回扣，每档业务都等于求来的抢来的，哪有送上门来的，还甲方请客吃饭。大巴越想越觉得不对劲。他下意识地用右手按住左手腕动脉处，一分钟过去了，脉动一百一十下，平时只有六十六下，今天怎么了，紧张啥呢。他感到自己有点好笑，像第一次约会的少男。

这时有人敲门，一个又轻又柔的声音，神秘的人马上就要露面，大巴下意识地理了理头发，会是谁呢。结果，进门的是送水服务生，大巴看了一下表，刚好十八点整，当他看完时间抬起头时，一副熟人的面孔出现了，此人穿着不凡，步履悠缓，容貌文静，气质高雅。她走到大巴面前，大巴其实心里有些预感，但没确定，他问了对方。

他问，你来这里干什么？

对方回答：和你一样，约会。

他问，和谁？

对方说，和一个人，当然是男的。

他摇摇头。

对方说，吃醋了？

他说，哪儿跟哪儿，我又不认识你。

对方说，不认识就好，我和一个白痴约会。

大巴大笑。

对方是媚角。

大巴说怎么会是你呢。媚角反问怎么不会是我呢，那你希望是谁。大巴没直接回答，而是问你怎么不自己打电话，而叫一个女秘，柔声柔音的，诱惑我？

媚角说我是老总，如何办理业务我说了算，况且也值不得诱惑你，这样做有问题吗？

自然，大巴哑口无言，秘书替老板打个电话，很正常的。大巴自然明白，用这样的方式谈项目，已经很特殊了，要是换一个乙方受如此待遇，那就应该叫受宠若惊了。媚角在昆明可是如雷贯耳的名字，全国大名鼎鼎的绿色医疗保健集团，是她亲手创立，北京的重要人物来昆明也免不了光临一下。算她一个女强人中的女强人，一点不过。面对这样一个女性，他对她为何敬而远之呢，说不清道不明，尤其是男女之间的事。

整个社会都在注意媚角，大巴也佩服她，但总是和她不远不近的。人的感觉有时说不清，不是因为媚角长得丑，应该说，媚角还算漂亮，四十岁的女人，不显老，身上有一种成熟女性的味道和气质，可谓风韵犹存，但大巴就是喜欢不起来，而媚角却喜欢他。这个女人，中学时就非同一般，她是团支部书记，整天风风火火，抛头露面，太成熟，太老练，大巴不喜欢这样的女生。那次演讲比赛，她给评委送礼，这件事，即使是行贿，也很正常，只是觉得她特厉害，在大巴的价值观里，女人不能太厉害，而作为一般朋友，大巴是喜欢和她交往的，但一触及感情，大巴就有了一些戒备。

此时媚角就坐在面前，大巴目光像束聚光灯，涂在媚角脸上，她没有避开,什么场合没见过,还会在你这小沟沟里翻船?四目对视,她的脸像一篇抒情散文,大巴读到了蕴含其中的中心思想,他撤回了目光,把话题转到了正题。他笑了笑问,你约我见面,一般都是好事,说吧,是什么阳光雨露?

呵呵,不是什么阳光雨露,是我要麻烦你,我办公大楼有堵墙还空着,你去弄幅壁画,浮雕也可,你叫人明天找我办公室主任就行,现在不谈这个。

那应该谈什么?谈人生?谈友谊?谈爱情?这些话题只有中学生感兴趣。

那就怀旧吧,你千万别说这是中学生话题,中学生是无须怀旧的,这是老年人的话题,有时我感觉自己已经老了。

如果可以,我想忘掉过去,我现在唯一的想法就是朝前看,说朝钱看也可以。

你不要艺术了?

艺术需要钱的滋养,我们不能饿着肚子画画,不能乞丐一样求这求那,有了钱,我想怎样画就怎样画,用不着看别人的脸嘴,找钱也是艺术的一部分,当然只是手段,不是目的。

那天两人喝得渐入佳境,当然XO算不了什么,媚角叫五粮液,大巴一伸手,挡了。媚角越喝话越多,话音里带着一些伤感的喉音,渐渐泣不成声,什么家庭,什么丈夫,全被她抛了出来。开始大巴不理解,后来才明白,她前次所说的除了钱,自己一无所有的真正含义。

媚角的大学,读的是生物科学,而她却一心想从政,媚角为这事伤脑,自己家祖宗三代,包括远近血亲,没一个当官的。她和大巴上大学就没在一地了,所以,大巴成了她抽象的念想,她一心想找个有背景的男朋友,为自己从政铺路。但结果是,一不小心，找个男朋友也没背景，那男朋友是她大学同学，不但长得帅，而且很有思想，算是优秀的那一类，但毕业那一年，她跟他拜拜了，用她的话说，他只能用来爱，不能派上用场，而自己要找能派上用场的，这对她来说很重要。经人介绍，她认识了一个公子哥儿，对方父亲是个厅局级干部，用媚角的话说，对方算是达标了，她原来定的标准是副厅以上干部，结果来了个正厅的。

在她大学毕业后的第二年，她结婚了，说不上幸福，就那么回事吧。没想到的是，她公公犯了经济案，翻了船，这一翻，连同媚角的梦想也一起翻了，并且，在老公公翻了后，她才发现，丈夫一身的毛病，简直不是毛病，用现在的话说，是硬伤，公子哥儿嘛，大多逃脱不了吃喝嫖赌的德行。问题是，公公出事之前，她一点也没发现，这是个很奇怪的问题。

真是聪明反被聪明误。

四

水儿一月无踪，大巴多次问起，走云都说不知道，要他问默子老师。其实，默子也不知道水儿的去向。

不想听一伙人唠叨，默子带走云到水儿出租屋，问了房东，房东说她也没见水儿。一开始，见有人找水儿，房东很紧张，她说她听说有个变态男人，专杀年轻漂亮女子，用尸体喂狗，手段残忍。房东这样说，默子他们听了毛骨悚然，特别是走云，联想到了一些凶杀强暴场面，好像水儿就是被杀中的一个，他们为水儿担忧，更想把事情弄个水落石出。走云坚持要撬房门，她说是死是活，看个究竟。

默子同意走云的说法，但不能撬门，先从窗户看，他叫来一个村民，翻上窗户，但窗户关了窗帘，很难看到里面的情况。村民下来，默子找了根铁丝，自己爬上窗子。看到默子爬窗台的样子，走云想笑，默子爬的样子是笨了一点，但他看到了里面的情况，里面的东西好好放着，画具也好好摆着，没发现有任何异常。

房内越正常越说明事情不妙，默子和走云分析着。走云要报警，默子说再等等看。走云回公司把情况说了，大巴也急了，也说要报警。但默子始终认为，水儿是个谜，他们对她的情况不甚了解，她具体四川什么地方的人，怎样报警，这些情况警方都要登记的，而他们一概不知。两人只有打道回府，白天不在，晚上总该回来吧，默子准备晚上再来。

擦黑时分，天色含混不清，麻原村人影模糊，来去匆匆，说不清那些人到底干什么的，默子从水儿出租房正门绕过，没发现什么，刚转到窗子边，就发现一个男子，正趴在水儿窗子上窥视，形迹可疑。默子为自己壮了一下胆，走到那男子身后。也许是那男子感觉后面有人，他转过身来，和默子碰了个满怀。默子注视几秒钟后，双方几乎同时说话：你把水儿弄到哪里去了？双方说完这句话，都愣着。

他就是和水儿打闹过，并两次仓皇逃出水儿出租屋的男人，一个疤脸男人。

凭默子直觉，此人并非好人，可以断定，他和水儿关系非同一般，默子一直怀疑，水儿失踪和他有关，现在他也在找水儿，水儿去了哪里，默子一头雾水。默子正要问他，他却没和默子说第二句话，转身走了。

那天大巴约默子去公司，商量水儿的事。西跳说，水儿八成被人害了，漂亮女人随时都是危险的。走云对西跳说，你怎么老往坏处想，如果这样，也是遇到你这样的色鬼。走云这样说，西跳有些不快，现在是分析问题，怎么瞎扯呢。大巴说，不管情况怎样，我们也要尽力。本来他想说，死马当活马医，但没说出口。

原来默子认为，要找到水儿，要先找到疤脸男人，见到疤脸男人后，他想起水儿说过，她有个表姐在昆明，这是一个线索，问题是怎样才能找到她表姐呢。

最后商量的结果是报警，默子也同意了，事到如今，只能如此。

当时大巴面朝大门，正说着，同志们发现他盯着门外的眼睛，睁得很大，脸上的表情突然呆滞了，奇怪，大家都不明白怎么回事，都转过身去，不转过去则罢，一转过去，同志们也惊住了。

水儿出现在门外。

走云最先过去，拉住水儿的手，生怕她再跑掉。

没有任何人问水儿的情况，倒是她先说了话，她说她给默子打过手机，但总是关机，包括刚才还打过，也是关机。默子看了一下手机，果然关着，默子对水儿说，对不起，我经常忘了开机。走云问水儿，我们怕你出事，到处找你呢，怎么回事。

水儿什么也没说。西跳说，先不说这个，回来就好，老大，意思一下吧。大巴问意思啥？西跳说水儿回来了，高兴。大巴开玩笑说，你请客？西跳说，叫默子请，水儿是他带来的。

默子说那就我请吧。

大巴说，先吃饭，谁请都可以，说着就拨了卡拖和合子的电话。卡拖是诗人，合子是流行歌手，都是好兄弟好姐妹，用西跳的话说，不仅难兄难弟，还狐朋狗友呢，很铁。卡拖是随叫随到，这次他还带来一个小妹子，舞蹈的，有一个可爱的名字：米朵。和米朵的清纯靓丽相比，卡拖胡子拉碴，红衣黑裤，显出既潇洒又深沉的气质，又小又细的眼睛里，透着智慧。

合子来的时候不多，不是她不想来，是她太忙，唱歌厅跑夜场，一句话，挣钱。但这次她来得很快，用她的话说，好久没见到同志们了，想。每一次她的到场，一种叫情绪的东西都会到沸点，不仅因为她的穿着，更因为她一种与生俱来的气场。这样说吧，只要她出现在大街上，就是街上一道靓丽的风景，人还没到，就气场先登，所以她不仅在台上，台下也招人。

时间差不多了，大巴看了一眼默子，默子自然知道大巴的意思，就说，不必等了，她可能不来了。

他们说的自然是默子的女朋友，准确说是默子前任女友潇一。大巴拨了电话，那头潇一说有事不能来了。同志们心里自然清楚，什么事不事的，还不是因为默子。好像那头的潇一知道大家心里想的一样，大巴都没挑明事由，她却反复强调不是因为默子。

什么鸟人，这么虚伪，她来了我还不欢迎呢。默子嘀咕道。

见此事引起不快，大巴引开了话题，他说今天是欢迎水儿，我们应该高兴。

听大巴这样说，合子才注意到了还有一个生人，美得有点过分。当大巴给她和卡拖、米朵介绍水儿时，合子莫名其妙地说了句"引无辜入狼室啊"。说完，她又补充了一句，我什么也没说。大巴说我们也没听到你说什么。西跳说，我听到了，是一句"狗嘴里吐不出象牙"。

合子刚想反击，大巴敲了一下桌子，对西跳说点菜。然后对合子说，有什么慢慢交流。

西跳知道不会自己破费，就大着胆子点了一桌子菜，并声称非茅酒不喝，大巴问西跳你知道茅酒是啥，西跳说国酒呀，大巴说，错，茅酒是茅房里的液体，这回你知道了吧。

默子说，说得有道理，据说最初酿造茅酒还加小便的，当然是童子娃的小便。合子说，这个我信，电影《红高粱》里，那些男人还往酒缸里撒尿呢，大伙还一个劲地唱好酒好酒。

西跳对合子说，我们倒没见哪个男人往酒里撒尿，你看见了？

哈哈，茄子。

笑是笑了，大巴还是对西跳说，说话收着点，合子是女同胞，不要乱了分寸。

西跳赶紧跟合子认错，没想到合子对西跳说，这不是你的性格。西跳好像得到合子的鼓励，就越说越开了，他说，从前有一个女兵女扮男装，在一次激战中突然来月经，血染红了两腿，连长问哪里受伤了？女兵说，没事没事。连长听了觉得不对呀，就强行扒下女兵的裤子，一看便大吼一声：东西都炸飞了，还说没事？

哈哈，茄子。

虽然合子笑得最开心，但骂得也最厉害。她骂西跳土匪加流氓。西跳对她说，在你的词典里，流氓是不应该存在的，这不是你的性格。合子说，我骂你了吗？西跳说，你骂我流氓。合子说，我是说了句流氓，但那不是骂，是赞美你，在我的词典里，流氓是褒义词。

西跳听合子这一说，高兴得手舞足蹈，并对合子说，请你放心，我会好好对你流氓的。

大巴听到这里，哼了两声，西跳突然意识到什么，就打住了话题。大巴的意思不是因为合子是女同胞，是因为水儿在场。

饭桌上的水儿很高兴，但还是话少，只有西跳和合子嘴里像爆干米，吐出来的话像一堆爆米花，又绽又放，喜笑颜开。

走云对水儿说，今天你是主角，大家为你而聚，云南文艺圈各种行当的名角都来了，还是你逗不得，连默子老师都不敢不来，平时默子老师很少参加我们的聚会。

西跳听走云这一说，就转了话锋，避开了合子，开始一个劲地对水儿献殷勤，夹菜劝酒，说这说那，感谢你，今天是你给我们一个吃馆子的机会。

大巴听了对西跳说，今天可是你请客，我们都要感谢你才对。西跳对大巴说，我请也未尝不可，你大老总报账不就行了。

默子说不是说我请吗，怎么就剥夺我的权利了。大巴对默子说，没说不是你请，你请客我买单。其实大家知道，这种场合一定是公司请客。

默子这一说，西跳就将目标向准了默子，要和他雄酒，其实他们也知道默子不喝酒，就是闹着玩。西跳对默子说，今天水儿是主题，你为水儿也该喝一杯。卡拖一旁帮着腔，道理说了一大通，想方设法要默子喝。默子说，其实喝也可以，不就是酒吗，关键是你们太霸道，非要我喝不可，这样不公平，如果是这样，我就跟你们赌吃辣椒。

默子叫服务员找来了小米辣，顶级辣椒，怎么样？西跳软下去了，本来嘛，你硬要和我拼喝酒，我就和你赌吃辣椒，这样才公平。最后他们没吃辣椒，默子也没喝酒，不就是闹着玩吗，目的达到就行。

开始，也许酒还没到位，诗人卡拖一直闷着，米朵也跟着闷着，同志们都知道，等卡拖酒性差不多了，到时就只有听卡拖讲的份了。他的口才逗不得，从远古到未来，从国外到国内，从天上到地下，无所不知，这世上好像没他不知道的事，没他没看过的书，这是惯例，等于跟同志们普及知识。但今天，他话极少，大伙都准备好了洗耳恭听，他习惯性地扒了一下头发，然后皱了一下眉头，说，全国诗人都下岗了，只有自己还走着，像个梦游者，执迷不悟，撞到南墙也不回头。

西跳问走到天黑也不止步？卡拖说这路上本身就没太阳，天一直黑着。

说这话时，卡拖眼里有些潮湿，心沉得像块铅。

见卡拖眼睛湿润，米朵用纸巾帮他擦，卡拖有些激动，一把将米朵搂在怀里。大巴安慰卡拖说，就是就地打住，你也是座丰碑，躺下是长江，站起来是珠峰，中国文学史就绕到外国去，也绕不开你，搞不好别人把你的机票都订好了，等你去瑞典和诺贝尔握手呢。

默子看大家把话都讲到这份上了，就破例倒了一点酒，和卡拖碰了一下酒杯说：兄弟顶住，坚持就是胜利。

大伙眼睁睁看到不胜酒力的默子把酒喝下去，可见事情到了很重的分量。

"兄弟顶住，坚持就是胜利"，这句话很有名，好像是一个有名的外国人说的。西跳故作高深地说。

大巴对西跳说，难道现在说这话的就没名？显然大巴指的是默子。西跳说，哪里哪里，谁不知道云南三剑客，前卫大巴，油画默子，诗歌卡拖，这也是云南新十八怪中的三怪，第四怪就应该是舞蹈杨丽萍了。大巴说，杨丽萍可是新十八怪之首哦。西跳说，但她户口不在云南，严格说她已经不是云南人了。大巴说，她魂和根在云南，最近都在昆明，准备搞一个大型少数民族原生态歌舞。卡拖说，凭杨孔雀的灵气和执着精神，她能出好东西，大巴，你和杨孔雀熟，我们哪天去看看。大巴说，她整天像打仗一样，很难有闲下来的时候。卡拖说，你的意思是见她很难？合子插话问，要买门票吗？

大巴对合子说，买门票咋了？有些人，不买门票也没人看。

大巴虽说没挑明说的是谁，但合子心里清楚他是说自己，这句话有点伤自尊，她竟然没生气。只是说没人看自得清静，遇上你们这等色鬼来找，并不是什么好事。西跳对合子说，我敢说老大是跟你开玩笑，据我所知，追你的歌迷不少，话又说回来，没人找你，我找你，到时你不会叫我买门票吧。合子说，那要看太阳是不是从西边出了。

大巴跟合子碰了一下酒杯说，刚才是开玩笑，你了解杨丽萍的，她很好相处，什么时候我把她约过来。

听大家说到杨丽萍，米朵来了兴趣，中国舞蹈三花旦，杨丽萍、沈培艺、刘敏，杨可是排在第一位的，她虽然学的是民舞，但她最崇拜杨丽萍。

杨丽萍搞原生态是正确的方向，绘画与诗歌也该如此，云南的广大原野就是原生态现场，民俗风情的宝库，粗粝、古朴、神奇，原汁原味，律动着生命最原始的状态，任你提取，取之不尽，用之不竭。二十世纪七十年代末，画家袁运生在首都国际机场的墙上，画了一幅西双版纳的傣族人体，算原生态吧，结果一下就出名了，比较之下，云南诗歌，不原不生自然也就不态了，有些贫血和阳痿。

西跳对卡拖说，云南诗歌就靠你来雄起了。卡拖摇头对西跳说，诗哪像你说的那样简单？云南诗歌要输血，中国的诗要输血，不是靠我卡拖就能解决的。西跳说，除非诗人们全脱光衣裤，集体裸游昆明城，那样就原生态了。

大巴说，如果这样，应该叫行为艺术，艺术家常常借此表达一种态度，表达一种观念和倡导创新精神，它没有恒定的艺术标准，行为艺术的意义，不在艺术创作领域，它所带来的启示是全社会的，对人类各种活动和实践的创新都有带动作用。

走云小心谨慎的样子，问大巴，老大，你说行为艺术没有恒定的标准，我看是有的，行为艺术的特点就是倡导创新，颠覆现有的任何一种方式和秩序，从这个意义上说，行为艺术越是惊世骇俗，越是具有艺术价值。

走云矜持地看看大伙，又说，我不知我说清楚没有。默子鼓励她说，你已经说清楚了，并且说得很有道理。

五

　　水儿美术高考落选，是默子意料中的事，默子看过她的画，问题不少，她是真喜欢画画，但她本身却不适合画画，默子怕她接受不了，没这样说，艺术这条路很残酷，不是你喜欢就能学好的，但水儿没死心，她准备明年再考。

　　水儿有了新手机，有一次，她接到个电话后就一脸愠色。走云问她什么事，水儿总是吞吞吐吐，她只告诉走云，自己遇到了危险，没地方去了。走云说，没去处就别走了，老大希望你留下呢，你安顿下来，一边打工一边准备明年考试，一举两得。虽然目前公司不景气，但也算有个安身之处。水儿说，我怕老大，他总不讲话，好像不高兴的样子。走云说，老大平时话少，该讲的时候比谁都讲得多，他是好人，天底下最好的人，他很关心你。

　　进门的大巴，听到了她们的谈话，就对水儿说，我没有走云说的那么好，但我们欢迎你留下。

　　水儿就这样留下了。

　　水儿初来乍到，也没多少事，就趁机画了不少画，大巴看后皱起了眉头，她的画和美术高考的要求相距甚远，大巴知道走云在指导她，走云的另类和个性不适合指导基础训练，大巴建议她多请教默子，水儿说，默子老师很忙。

那段时间，默子的确忙，忙着画风景，画了很多云南的云。千万别以为云朵虚无缥缈，没有结实的造型，不适合油画表现，其实云的造型里有个性，有情趣，有想象，有意境，有美感，特别是清晨和黄昏，色彩绚丽多变，作为艺术，你还需要什么呢。默子总觉得，云，是云南的一个文化符码，而且是独有的，也是丰富、神奇、美丽的一部分。

大巴和西跳、卡拖都看了，他们认为，这是他们看到的最好的风景油画。一位上海油画家，看了这批画，激动得说了句上海人最爱说的一句脏话，好像这样才能表达他的情绪，他建议拿到上海展出，让上海那帮死不奄拉的人精看看，什么叫风景油画。

云南的地理，给画家提供了一种天然的画本，高山峡谷，河流湖泊，这是大自然提供给画家丰富而神气的画本，厚重而大气。

实际上，辅导水儿的任务落到了大巴身上。

那天，大巴正讲着水儿的画，门外就传来西跳的笑声，这个笑声有些突然，好久没听到这样的笑声了，西跳的光头也好像比往天更亮了，他一进门，室内就阳光灿烂，大巴问捡着金银财宝了？西跳说，何止是金银财宝。大巴说，不就是签了个合同吗。西跳没回答，而是慢慢地找个凳子坐下，然后叫水儿泡了杯茶水。大巴知道是好事，就故意急西跳说，你不讲我也不问，说着就往外走。西跳忙拉住大巴，一字一句地说，你那女同学真够意思，合同已经签了，十平方米不到的墙，一出手就是二十万，而且先给钱，后做事，天底下哪有这等好事，这里面的名堂只有你知道，老实交代，你和她什么关系的干活？大巴说，你得了好处不说，还说三道四的，把你这德行喂狗，狗都不吃。西跳说先别狗不狗的，还有一个更振奋人心的消息，你不知道吧，大伙当然就更不知道了，待我慢慢讲来。

走云说，狗嘴里吐不出象牙。

西跳说，今天我真要吐出象牙给你看看。西跳说完愣了一下说，我怎么这样说呢，好像我真是狗一样，不说了。大巴掌握了西跳的心理，就说，我们并不一定要听，如果你不讲，你就永远也别讲了，大家干活吧。听大巴这样说，大家没再理西跳，西跳急了，说，不行，我激动，我必须说，这样的好消息烂在心头，将是这个世界的不幸。

西跳要说什么，大巴自然清楚，媚角已经在电话里和大巴说过，大巴没急着讲这事，是因为还没到时候，如果西跳要说，就由他了。

同志们都伸长脖子，西跳告诉大家，媚角老总告诉他，准备和大巴们合伙干艺术工程。这消息好像云开雾散，同志们叫开了。大巴说，高兴归高兴，那是以后的事，现在合同已经签了，我们还是抓紧时间干活吧，第一，这个壁画项目，走云同志负责，先设计方案，要出质量；第二，西跳同志结束原来的活计后，再负责壁画制作，媚角的二十万一进账，就把那借的十万还了，并附上两年的利息；第三，今晚吃馆子。

第三点叫大家兴奋不已，山呼万岁。

同志们正在高兴时，西跳突然对大巴说，借给我们钱的人说了，那十万不用还了，对方的意思是将这钱入股。大巴说，不行，我们亏了怎么办，还是算上利息还他。西跳说不行，对方说要亏就一起亏，一定要入股。大巴先觉得这事有些奇怪，不是天天催还钱吗，怎么又要入股了？大巴想想，当初别人借钱给我们，算是帮了大忙，现在他要入股，我们不答应不够意思吧，大巴算是同意了。

大巴电话通知各路人马吃饭。默子很快赶过来，合子赶夜场，没来，卡拖和米朵打的过来，卡拖先进门，西跳没见米朵，就对卡拖说，你没带上你那米小妹？卡拖没回答，西跳大着胆子，说，老卡，你那米小妹也太嫩了点，你看你胡子拉碴的，也忍心老马啃嫩草？你不怕老天一个响雷劈了你。

卡拖见西跳说得过头了，忙用大拇指向外指了指，意思是米朵就在后面，结果西跳领会错了，以为卡拖鼓励他讲得好，就更大胆了，他对卡拖说，米小妹肯定被你开过苞了。西跳说这话时很小声，但还是被进门的米朵听到了，而她好像屁事没有，上前挽住卡拖手臂，很亲热的样子，咋了，你西跳不服？

西跳见了米朵，忙对米朵说，我什么也没说。米朵一副天真相：我什么也没听见。

西跳哈哈大笑，那就好，那就好。米朵不明白地问，这也好笑吗？西跳说，我这人没见过世面。

这次，西跳对卡拖真是服了，服得五体投地。妈的，真是天外有天啊，我是不是应该胆子再大一点，步子再快一点，我这人也会落伍？今儿这个时代，传奇。精彩。西跳自言自语，语气里有些失落。

一干子人来到光头火锅城，本来已到晚上，但火锅城明亮如昼，上有顶灯一个一个亮着，下有数不清的光头，一个一个地放光，而且那些光头，清一色的粉子，她们笑容可掬地穿来窜去，不仅头亮着，笑容也灿烂，为食客们服务，整个气氛逗不得。看着满屋的光头粉子，西跳说，妈的，绝了，这创意很牛B，老板简直就是艺术大师。

西跳兴奋得狗日不离口，大家先是看粉子们的光头，后来都不约而同，把目光聚集到西跳头上，不仅大巴他们，整个食客们的目光都往西跳头上看，连光头粉子们也在看。西跳意识到了什么，下意识地摸了一下自己的光头，终于明白了，他这一摸，整个大厅突然生动起来，哈哈，茄子，同志们会心地笑了，整个餐厅的人都笑了。大巴指着西跳说，你和光头粉子在一起，地地道道一个洪常青。

回过神来的西跳，没有认为这有什么不好，而是洋洋自得，其乐陶陶。

看到这个场面，卡拖诗性大发，他对西跳说：那些粉子都是月亮，只有你的是太阳，雄性的光芒四射，世界一片亮堂。同志们感悟着卡拖的诗意话语，西跳摇了摇头说，你这诗狗屎。

饭桌上，同志都在雄酒，卡拖连水儿也不放过，本来水儿喝红酒，卡拖硬要水儿喝白的，西跳拍案而起：卡拖，随你，水儿的酒我代。卡拖说你是她什么人，不合你帮嘛。大巴对卡拖说哪有男跟女斗酒的，凭这就该罚。

卡拖也觉得亏理就喝了。卡拖虽然喝了罚酒，西跳还觉得不过瘾，就挥戈转向，直指米小妹，结果，西跳一不小心也犯了大忌，步了卡拖的后尘，犯了同样的错误，那就是跟女斗酒，罚。西跳自然一杯下肚，连说好酒好酒。

这时的米朵极少说话，一直紧靠着卡拖，小鸟依人的样子，脸红通通的，像花苞儿，看了让人怜惜。不仅他们一伙，整个火锅城的男人都羡慕卡拖，当然，这些男人的目光中，免不了还有忌妒，甚至还有不服气的目光。

米朵和卡拖那样默契，大巴颇有感慨，自己和老婆这么多年，包括谈恋爱时，也没如此这般默契，卡拖这厮咋就这样有福气呢，不服不行啊，当然喽，卡拖自然有他的优势，全国大名鼎鼎的诗人，光彩夺目，能说能讲，妈的，什么是诗人，能钻到女人心窝里说话的人就是诗人。用西跳的话说，爱情最初的方式，是从欺蒙拐骗开始的，卡拖骗功好，大巴没服过西跳，但认为西跳这句话是绝对真理。

想到这里，大巴下意识地看了一眼水儿，水儿被西跳控制着，看得出来，水儿并不喜欢西跳，大巴试图改变这种局面，但又不便插进去，他觉得其实西跳很蠢，追女人没技巧，只凭激情，一个劲地穷追，也不顾他人的感受，这叫死缠烂打，当然也有些女人是经不起如此这般的。

大巴把水儿和米朵做了比较，米朵是那种吃巧克力和奶油长大的，长得甜，且有几分妖；而水儿是吃五谷杂粮长大的，是一个真实的存在，美丽迷人。米朵的眼睛很媚，水儿的眼睛传情，黑幽幽的，从看到水儿的第一眼起，那双眼就一直在大巴面前晃动。

默子把这一切看在眼里，他理解大巴。大巴结婚十多年，即使夫妻关系好，也免不了有腻的时候，艺术家需要有情感刺激，情感生活保持鲜活状态，才能出好东西，毕加索是这样，海明威是这样，这两位大师每换一次女人，就出一批作品。大多数作家艺术家极希望这样，但受到道德约束，特别是在中国，多数作家艺术家恪守品行，所以情感生活质量都不高。况且，大巴的婚姻似乎从开始就有些问题，是属于问题婚姻那一类，不是说他老婆不好，当然也不能说他老婆优秀，总之，他老婆嘎隅和大多数女人一样，平庸而世俗。这不怪嘎隅，社会就是这样，只不过作为艺术家的大巴，更注重精神生活，而这一切，嘎隅没有给他，她那种麻将加吃穿的生活，使大巴感到悲哀。

看大伙都差不多了，大巴说撤吧。西跳说大家还没尽兴，改KTV吧。大巴说也行，去红都，按常规要小姐的自费。

红都是昆明最火爆的夜总会，粉子一个比一个靓，再严谨的男人去了那里，不会湿脚，才怪。再郁闷的人到了那里，不快乐都不行。

想不到的是水儿坚决反对去红都，谁也不知道水儿不去的原因。一伙人去了另一家夜总会，西跳要了个中包，刚坐下，卡拖号召大家赛歌，同志们纷纷响应。卡拖说，要是合子在就好了。西跳说，合子是专业歌手，她在也不让她参赛，她赛了我们还能唱吗，我们拒绝专业，拒绝表演，我们只是自娱自乐。走云说，合子在就让她当评委。西跳说，我们也不需要评委，我们不赛嗓音，不赛歌喉，更不赛演唱技巧，我们赛豪情，看谁的音量大。结果，西跳的歌声跟屠宰场的声音一样，不是唱，是嚎，是吼。

水儿先坐在走云和大巴之间，后来又过来坐在默子身旁，她对他说，默子老师，听说你歌唱得好，唱两首吧。默子笑笑说，我一般水平，要唱也可以的，看情况吧。

正说着话，卡拖就把话筒递给了水儿，要水儿唱，水儿对卡拖说你先唱，卡拖就说我笨鸟先飞喽。

歌声就如性格，卡拖唱得张扬，表情夸张，同志们评价过默子和卡拖的嗓音，说默子唱得不露声色，把一首歌的感情处理得恰到好处，用大巴的话说是业余中的专业，专业中的业余。但那晚默子没唱，不想唱，大家再三吆喝，默子还是没唱。见默子不唱，西跳就叫水儿唱，水儿先谦虚了一下，说好久不唱了。大巴说，唱得不好也不要紧，又不是专业表演。

水儿开始有点腼腆，但唱起来就进入了角色，她唱了《妹妹找哥泪花流》和《二泉吟》，想不到的是，水儿不唱则罢，一唱把大伙给镇了，真人不露相，露相的不真人，这才叫声乐艺术，水儿的歌声逗不得。她脸上竟然挂着一丝泪水，她唱《妹妹找哥泪花流》的时候，深情而动容，同志们先是呆着，沉浸在水儿的歌声里，回过神来才赞叹不已，大伙发现了一个唱歌天才，个个都兴奋起来。水儿的歌声把大伙的情绪推到了高潮。

西跳邀请水儿跳舞，水儿说真不会跳，走云对西跳说你少缠水儿，我俩跳。

同志们忘情地跳着，唱着。

大巴没想到水儿唱得如此之好，他刚才还对水儿说，唱不好不要紧，他对自己的判断失误觉得好笑，他注意到此时的水儿，也许是有几分兴奋的缘故，她脸颊挂了一丝红晕，在灯光的辉映下，眼睛特别有神，大巴发现她和走云跳舞时的舞姿都很美。

默子没想到，水儿唱歌时的状态，和他对她平时的印象，判若两人，他感觉她有生活的另一面，她生活的那一面，凶险叵测，但她唱歌时的神态，给他的印象很好，他不知如何评价她。

默子和大巴都没唱歌，也没交谈，歌厅太吵，震耳欲聋，给交谈带来障碍，但默子注意到了大巴对水儿的眼神，那眼神又黏又稠。

默子觉得自己应该走了。他跟大巴打过招呼，怕扫兴，没惊动同志们，独自一人出了KTV。

在过道上，默子遇到很多小姐，她们跟默子打招呼，这是她们的职业习惯，其中一个走到默子跟前笑了笑，默子也只好对她笑了笑。在他笑的时候，小姐期待着下文，她看默子没有下文就说了句，先生，需要我陪吗，默子说谢谢。小姐说，谢谢是什么意思，是要还是不要。默子说没意思。小姐自讨没趣，摇摇头走了。

默子走出KTV，夜空中吹来一阵清新的空气，他一下子觉得轻松了许多，心头也就通透了。只有比较，才会感到歌厅里空气稠密浑浊，人们互相交换着气流，那些气流中，尽是人们五脏六腑的气息，使人感到混浊和压抑。

月明星稀，他感觉身后一个人跟了上来，他闻到了一股小姐的气息。他并不讨厌小姐，其实她们也不容易，不都是挣口饭吃吗，她们比那些贪官污吏要光彩得多。

他猜测着身后的小姐的模样，他甚至猜想她一定很性感，这样一想，他的手就有了一些欲望，腿根部开始有了些感应，那种感应，在慢慢坚硬的欲望中，空前地孤独和空洞，总想触摸光洁柔软温暖的肤肌，总想找到一处实实在在的存在，然后将自己敷住，将自己套住，严严实实地包裹住。他想要冲锋陷阵，他想要融化在其中，他开始为自己担心，他担心她是他渴望的那种粉子，在这个夜深人静的暖昧的夜晚，一个孤独的男人，是很难扛得住性的诱惑的。

她终于上来了，他甚至有些欣喜，流浪者要回家。但没想到的是，她竟然是水儿。一见是水儿，刚才那种感觉慢慢消退，是水儿比那些小姐差吗，不是，绝对不是，无论是形象还是气质，所有的小姐都是不能和水儿相比的。

他说，怎么会是你呢？

她说，怎么不会是我呢？

他说，你应该跟他们多唱一会儿，你的歌唱得真好。

她说，我现在只想去看看你的画，如果可以的话。

他说，不买门票的，但今晚不行。

她说，为什么？

他说，今晚太晚。

不知水儿是否理解默子的意思，她后来的语调沉闷而客气，笑容也有些不自然，她说了声再见。默子说，他们还等着你回去唱歌呢。她又笑了笑，这次的笑容很自然，是由她内心牵引出来的，但他从那笑声里感觉到了一种情绪，一种不愉快的情绪，这使得他在她离去的时候，转过身去看了她一眼。那是一个夜色中独单的背影，白色的衣裙在KTV的灯光下，透亮而温暖，大概是高跟鞋的缘故，她的步态矜持而忸怩，一阵夜风拂过，他看到她在KTV的门前滑了一下，没倒下去，但她极度倾斜的身子，显示出女性婀娜多姿的身段，那是透红透亮的一个造型，很美，他突然觉得，刚才他不应该拒绝她。

在她身子将要滑倒的时候，一个小姐模样的人扶住了她，那粉子装束妖艳，一身通透的黑纱，好像刚要出门的样子。没想到的是，水儿和粉子很亲热，看上去，她们很熟，他当时想，她大概遇到老乡了。

他看见妖艳女子搂住水儿肩膀，推着水儿要走，水儿开始好像在拒绝，她们又说了一会儿话，然后，水儿就跟着妖艳粉子走了。

她们上出租车的时候，往他这边看了一眼，当时他站在暗处，自然水儿没看到他。看着出租车远去，他猜测着她们的去向，他突然意识到，应该跟着看个究竟。他打了出租跟了上去，转了几个弯，一辆淡蓝色的桑塔纳，车的后窗玻璃上，贴着杨丽萍《云南映象》的宣传画，《云南映象》因为经费而搁浅，杨丽萍的杨字还被撕了一个角，他印象很深，没错，她俩上的就是这辆出租车，他跟了上去。

他隐约看到出租车内，水儿的脑袋在晃动，和旁边的路灯一起晃动，因为路灯一盏一盏地往后退，车内就一闪一闪地晃动，他没法看清，只觉得她们的头靠得很近。

车经过一片红灯区，尽是闪闪烁烁的KTV和桑拿洗浴场，这其中最耀眼的是红都娱乐城，按他原来的猜想，水儿她们会在附近下车，但没有，那辆出租继续往北，穿过北环路，上了白龙路，往世博园方向驶去，莫非她们要去世博园看水幕电影？但不可能，时间已近凌晨一点，世博园早关门了。

在世博园大门前的广场上，那辆出租兜了两圈，走走停停，好像在犹豫，最后绕过世博园大门，左转驶向了金殿后山方向。

昆明城向后隐退，路灯渐渐稀少，两个女子到底想干啥？

看得出，出租车司机在犹豫，他对他说，请帮个忙。司机说，出租车拉客不算帮忙，是职业，但我不明白你跟踪那辆出租是什么意思？司机这样问，默子意识到眼下的情景，很像电影电视里的某些情节。一想到这里他就笑了，他对司机说，你别紧张，前面那辆出租车上有我表妹，我想弄清情况，就这样，很简单。

水儿她们没上金殿后山，出租车在世博园侧门停下。门前的广场有个很漂亮的花园，台阶上还坐着几对情侣。

默子没忙着下车，全神贯注地看着窗外，没想到，那辆出租车下来的竟然不是水儿，是一对男女，出租刚开走，那男的就迫不及待，一把将女子按倒在草地上，一场现场直播即刻开始。

默子对司机说，撤吧。司机直盯着前方草地，头也不回地问，那女子真是你表妹？

默子没说话，眼前晃动着夜空中的圆月。

默子下了出租车，一个人走了，对着夜空出了口长气，那条路好像是穿金北路，路灯大概是电力不足，一闪一闪的，跟他眨着眼，像那种不正经女人的眼神。

默子回到麻原村已过凌晨三点，进了出租屋，他就把自己脱了个精光，怎么也睡不着，好像什么事还没做完，他在床上成大字形张开，在这个大字形的中心位置，英雄挺立，气壮山河，傲视整个屋子。

英雄很独孤，英雄无家可归，英雄想有一个家，英雄只是一个孤独的流浪者，在夜色中漂泊，在夜色中孤独，这是一个孤独的流浪者想回家的夜晚。

六

其实，到 KTV 唱歌的那天晚上，大巴一夜无眠。他没回家，老婆嘎隅自然不高兴，说他不想要家了，大巴没跟嘎隅论理，就压了电话。大巴相信，世间没有永远不变的爱情，如果夫妻之间，爱能转化为亲情，说明婚姻就有了保障，因为世界上，只有亲情才是不变的，如果没有爱了，也不能转化为亲情，这样的婚姻也就该结束了。其实大巴是个很有责任心的男人，他从没想要结束这个家庭。

话又说回来，作为男人，并且是一个搞艺术的男人，大巴很郁闷，他没情感寄托，心绪云一样飘着，他渴望得到爱，也渴望爱别人，他要的感情和爱，是亲情以外的。毫不夸张地说，这样的想法，中国百分之八十的已婚男人都有，所以，大巴极想找个女人来爱，要说明的是，这个想法的基础，并不是想毁掉一个家作为代价，家只能有一个，老婆也只能有一个，这就像血缘一样不能改变，大巴想的，仅仅是找个女人来爱，跟家没有任何关系，更不能影响家庭。

在艺术圈，情人不再是个秘密，都认为这是个人的私生活，大家都能理解，所以，朋友聚会，或是公开场合，常有人带着异性朋友来，早已习以为常，大家都以有情人为荣，至少是件很时髦的事情，没人遮遮掩掩。

那晚大巴留在公司，是以为水儿回公司了。他走进办公室，刚坐下来，突然座机响了，可能是夜深人静的原因，电话声很大，大巴吓了一跳，深更半夜的，哪来的电话?! 没想到是老婆打来的，电话里也没说啥，大巴心里自然明白，是老婆落实一下自己的去向。和老婆通了电话后，大巴心情一直不好，他隐约感觉到嘎隅在慢慢离他而去，从双方通话的语气，就能感觉得到一条路快到尽头了，一种缘分就要结束。很长时间，他和老婆没了床上那点事，老婆怀疑他在外养了小三，大巴没有申辩，不申辩就是默认，这是嘎隅的逻辑。因没证据，也就暂时没闹开。其实，不闹更可怕，双方心里都承受着一些潜在的不安，有猜测就会有心理重压，如果说出来就会好一些，很多事就这样，没发生之前，觉得可怕，一旦发生，才发现，其实原来并不可怕。

大巴躺在经理办公室的沙发上，老是睡不着，水儿的歌声不停地在耳边回荡，水儿的样子更是挥之不去，他注意过水儿唱歌时的表情，这表情再加上她美妙的歌声，已经在大巴的脑海中定格了。

当时，默子离开KTV后，水儿对大巴说，她找默子老师有点事，就出去了。大巴以为她说两句话就回来，没想到水儿一去不回，大巴意识到了什么，心里一下子就有些落寞，水儿只有两种可能，要么去了默子那里，要么回了公司，这是当时大巴的判断，为了得到证实，所以他回了公司。

大巴后来告诉默子，那晚他一直等在公司，以为水儿很快会回来，并且默子会送水儿回来。但事实是，水儿一夜未归，眼前的事实，不得不让他产生各种各样的猜测，因此，大巴一夜未眠。

如果那晚水儿到默子那里看画，事情就说不清了，后来默子和大巴讲起这事，大巴还有些不相信。虽然默子和大巴是信得过的朋友，但面对情感纠葛，就很难说清道明了，一个外国名人说过，人一旦恋爱，就变得不可思议。

那晚水儿去了哪里，那个娇艳的粉子又是谁，默子不得而知，没有搞清的事，不能随便讲，即使大巴怀疑，默子也只强调那晚水儿不在他那里，而没说水儿那晚的情况。

不仅个人情感，大巴苦恼的东西还很多。现在市场竞争大，任何工程都需要公开招标，以标榜公正。当然不是公开招标就公正，这里面也有名堂，在中国恐怕没有绝对公正的东西，走走形式走走过场，在中国算是老把戏了。但作为一个公司，要想发展就要竞争，而综合实力是竞争的基础，朝开夕闭的公司多了，市场检验一切，不服不行。所以，大巴认为，公司的规模、技术力量、名气和关系都缺一不可，到目前为止，公司也只是小打小闹，没有大的业务，这主要是公司规模小，注册资金少，得不到甲方的信任，这和庙小没可信度一样，就自然不会有香客。有些工程，方案很好，对方也很满意，眼看就要到手了，结果又黄了，其原因就是得不到甲方的信任，或者只用你的方案，另找施工单位，这样的结果自然是没了经济效益。

其实找不到工程的原因，不仅是大巴说的那些，还有就是搞艺术的人不适合经商，这是艺术家的性格所致，别以为艺术家开艺术工程工司就有优势，其实不然，市场上很多效益好的装修装潢公司，广告公司，艺术品工程公司，老板不一定是艺术家。

大巴为此大伤脑筋，同志们盼望媚角的阳光雨露，如果媚角的一千万注册资金入账，客户就会有一种信任感，信任度增加，加上媚角的影响力，再加上公司的艺术品牌，情况一定会大为改观。

最近，大巴考虑了很多，不仅是和媚角合作的问题，如何改善办公条件，外塑公司形象，内建强大的设计队伍，靠艺术的含金量，靠设计方案的优势来抢占市场，借名家的光辉打造品牌，这是大巴的基本思路。而做到这些谈何容易，改善办公条件是要钱的，公司连一辆车都没有，这是硬投资，有的大老板，一屁股就坐一百多万，或者几百万，不是大奔就是宝马。不是说其他车就不好，其实，几十万和百多万的车，功能都差不多，开起来也说不上好坏，如果这样认为，就说明你没认识到车的作用了，车是什么，车是面子，面子是什么，面子是生产力，生产力是什么，生产力就是效益，效益是什么，效益就是钱，钱是什么，钱就是大爷。

　　没条件搞硬投资，大巴决定先搞软投资，把艺术学院的教授、云南的雕塑名家、工艺名家吸引过来，打造云南第一家艺术工程公司，有时候虚即实，实即虚，虚实结合才是最佳境界。大巴把这意思跟默子说了，动员默子加入进来。

　　他对默子说明了想法，他们是哥们儿，应该凑在一起干点事，找钱不是目的，但没有钱，又什么也办不成，有了钱，到巴黎搞画展就不是什么问题了。大巴话都说到这份上，默子还有什么可说的？算是答应了。

　　当初公司注册，需要钱，而在艺术工程公司运作当中，是无须多大资金投入的，关键要有业务，所以入伙的方式不是入股，而是扩大再生产。这需要一支过硬的设计队伍，项目需要有人负责，艺术工程公司，就是要有艺术含量，大巴要默子进公司不仅是参与设计，还要负责项目，每月发两千五的基本工资，如参与设计，另计报酬，如果自己方案中标，或者谁的关系拿下工程，就按比例提成。当然，这一切都是在不影响自身单位工作的情况下进行。

　　其实后来默子才知道，大巴叫他入伙是有思想斗争的，这种思想斗争缘于水儿。水儿是他介绍进公司的，大巴发现水儿和他关系不一般，如果他到公司，至少为他和水儿的交往，提供了方便，这是大巴不情愿的。大巴之所以是大巴，就是他能衡量利弊，顾全大局，再加上他们是哥们儿，他没有过多计较此事。

　　默子入伙后，在公司的时候就多了。水儿也经常在他身边，而他却始终保持距离，不仅因为大巴的因素，他本身就没心思男女情长。

　　他发现水儿的秘密，是在那个灯火迷离的晚上。那天七点过一刻，他刚走到公司门口就发现了水儿，她的打扮让默子警觉起来，虽说不上十分妖艳，但一身透明的黑纱和鲜红的嘴唇，已经很说明问题了。她并未急着上出租车，而是四处张望，然后才上了出租，显然她没看到默子，也就想不到默子也同样上了一辆出租，并且是跟踪她。

　　一切都在默子的意料之中，她进了红都夜总会，跟其他妖艳的三陪女一样，鱼贯而入，这个时候，小姐们三五成群，像赶一个热闹的庙会。

　　看到红都的豪华门面，默子才恍然大悟，上次水儿坚持不去红都的原因，现在有了答案，她怕别人发现自己的秘密。

　　进去还是不进去，默子犹豫了。

　　如果进去，场面一定尴尬。夜总会不是什么好地方，娱乐场所嘛，免不了男人粉子搂搂抱抱，乱摸乱搞。默子不愿把这样的事和水儿联系在一起。

　　一定要把水儿拉回来，默子心里想。

　　水儿的事，他没告诉任何人，更不想让大巴知道，从本质上讲，水儿不是坏女人，凭一个男人的直觉，他估计事出有因。

纸包不住火，事情没按默子的意愿进行，那天，那个疤脸男人竟然找到公司，当时水儿不在，疤脸男人就在公司等着，一个工人问他是水儿什么人，那人犹豫了一下，说自己是水儿家里人。工人见是水儿家里人，就倒了茶，直到默子进门，那个疤脸男人就慌了，默子问他来干什么，他支支吾吾地说，水儿去夜总会坐台，我来说道说道她，那地方脏着呢。听他这一说，默子一气之下对他说，你马上离开这里，如果你还想活命，从此不准再找水儿，不信试试。

疤脸男人正想解释，就被默子轰走了。

默子没想到，疤脸男人是开奔驰来的，妈的，还是个大款。

工人们也没想到，疤脸男人被默子不分青红皂白地赶走。其实疤脸男人至今还是个谜，默子并不知道水儿和他的关系，但默子敢断定，这个男人和水儿并不是亲戚，也不会有情感纠葛，默子知道，他伤害过水儿，并想继续纠缠，竟把水儿去夜总会坐台的事暴露了。

水儿坐台的事，已不再是秘密，水儿怎么会坐台呢，默子告诉所有在场的人不要相信，也不要乱讲，更不能把疤脸来过的事告诉水儿，而事实是，此事在公司不胫而走，只是水儿被蒙在鼓里。

没想到，大巴早就知道水儿坐台的事，他甚至同样跟踪进了夜总会，和默子不一样的是，他当场就领走了水儿，她含泪向大巴发誓，以后不再坐台。出于和默子同样的考虑，大巴没告诉默子。现在，既然大家都知道了，默子和大巴就没必要躲躲闪闪了。大巴说他从红都领走水儿后，她还是躲着去过一次夜总会，有个很妖气的粉子经常找水儿，那粉子一定是个鸡，一看就知道。

水儿怎么会这样，此事往默子心上插了一把刀，他问过水儿，水儿说得轻描淡写，没什么，朋友约着好玩就去了，她要默子和大巴相信，她是有底线的，从不和那些男人有进一步的事情。

什么叫好玩，什么叫底线，玩过头就没底线了，虽然默子和大巴都相信，水儿和那些不三不四的女人不一样，只是到夜总会陪唱陪喝陪跳，即使这样，也很危险，上了那条船就很难不湿脚，事情没有说的那么简单。

大巴和默子商量办法，大巴说先给她找个音乐老师吧，准备明年报考音乐系，或许这样会好一些。

默子说，救她最好的办法是用爱情这服良药。

默子说用爱情救水儿，是说给大巴听的，目的是提醒他对水儿加紧攻势，这是两全其美的事。但大巴知道水儿和默子亲近，就没有探讨这个话题，而是把话岔开，他又问起前次KTV那个晚上水儿的去向，默子的回答很肯定，这次他信了。如是这样，一个新的问题就出来了，那晚，水儿去了哪里？即使陪跳陪唱，也不至于通宵吧。

大巴问了水儿，她的回答很简单，那晚她的确去了红都，后来到姐妹家睡了。水儿的回答，让大巴和默子半信半凝。默子想起疤脸男人，每次提起疤脸男人，她都不愿说下去，更不愿提到自己的家庭。

水儿沉闷了一段时间，看得出，她确有回心转意之意，在同志们的建议下改学音乐，大巴帮她找了潇一，准备明年报考。潇一说，水儿素质好，很有音乐天分，把视唱练耳、键盘练一下，再靠她的天生丽质，考上艺术学院是有可能的。

潇一这一结论，给大伙吃了颗定心丸，默子却不以为然，潇一讲的就是法律吗。大巴说，我们应该相信潇一。西跳拍着默子的肩膀说，以前的事就让它过去了，何必呢。听西跳这样说，默子就来气了，他对西跳说，别把我和潇一的事扯进来，两码事。

水儿白天在公司干活，晚上去潇一那里学音乐，彻底告别了夜总会事件，她很聪明，和她相熟的三陪小姐，没一个知道公司地址，她换了手机号，所以，就少了来往和纠缠。

水儿和公司里三个男人之间的微妙关系，大家心照不宣。其实也没什么，至少目前是这样。男人们关心她很正常，面对一个美女，艺术家们不会无动于衷，而默子和大巴关心水儿，还多了其他人不知道的原因，那就是用关爱感化她，而西跳的动机，大伙也自然清楚。

大巴喜欢水儿，西跳装心头不明白，暗地里加大马力，向水儿发起总攻，像火力侦察，他对水儿关心备至，手把手教水儿做雕塑，水儿也没忌讳什么，自然西跳很卖力，并说只要她跟他学上几年，一个雕塑家就诞生了，并且是著名的。水儿似乎是信了，干得很来劲，经常一身一手的泥。这天水儿脸上泥成了个花脸，大巴见了想笑，又没笑出声来，而是叫水儿马上停止，不准她再上泥稿，她问为啥？大巴说你现在要练琴，是未来的音乐家，音乐家的手是弹钢琴的，要像保护眼珠一样保护手指，对于一个手不离键盘的音乐家来说，再去弄泥就等于犯罪。

见大巴一脸的认真，西跳改弦易辙，打圆场地说，大巴老师说得对，你看你那手，天生就是弹钢琴的。水儿对西跳说，你不是要我当著名雕塑家吗。西跳说，我是希望你当著名雕塑家，但仅仅是希望，我都还说不上著名，哪轮得到你，骗你的。水儿再没讲啥，闷着头去洗了手。

水儿去洗手时，西跳跟大巴说，现在公司情况有所好转，我们买辆车吧。大巴说，现在还为时过早，要买就买辆好车，目前钱不够，以后再说吧。西跳说，有辆七成新的敞篷吉普车，只要四万，怎样？

四万算不了什么，大巴同意了。

敞篷车牛高马大，往院子里一停，野气十足，霸气冲天，西跳说像个现代雕塑作品。走云爱不释手，围着敞篷车转，西跳问走云，你知道你为啥喜欢这辆车吗？走云心想，我喜欢啥还用自己猜吗，什么逻辑，为啥喜欢就不告诉你。

走云没理西跳，见走云不理，西跳自问自答地说，那是因为这辆车像个男人，雄性十足，野性十足，女人看了过瘾。走云气得一巴掌过去，西跳说打是亲骂是爱。西跳就这样，能跟任何一个他想接近的女人接近，按理说，西跳是默子的同学，是大巴的朋友，而默子和大巴在走云面前，是绝对的老师，恭而敬之，但西跳却和走云这么随便，这正是西跳要的结果。

车买来就派上了用场，第一次使用，是拉默子的油画到公司，公司挂满了默子的油画，都标了价，把公司装饰得像个画廊，能卖就卖，不能卖就营造点艺术气氛，大巴说，这也是塑造形象的一个方面嘛。

看到默子这些画，大巴心虚地说，我最近两年没画什么，搞艺术的，还是要有作品。西跳说他也有同感。本来春节有个画展，但同志都表示不参加，说准确一点，是大巴们的作品不一定进得了展厅，西跳说，那伙评委不青睐我们，此处不赏脸，我们还脸都不转过去呢，这叫啥？不屑一顾，让那些搞主旋律的去展吧。

大巴说，请大家不要忘了，我们是搞艺术的，我们的目的是画画，搞作品，没有第二个目的，开公司找钱只是一种手段，就目前来说，我套用一句官话，我们一手抓物质文明建设，一手抓精神文明建设，两手都要抓两手都要硬。

大巴提议画会也搞个画展，向日葵也该绽放绽放了，官方展览拒绝个性化的作品，我们还专门弄些探索性、学术性和个性化的东西，冲冲画坛，这个发了霉的画坛该冲冲了。别老是苏联那一套，苏联都不存在了，我们还坚守阵地干啥，这不是在开玩笑吗?! 毛泽东同志不是说过吗，百花齐放嘛，这里面自然应该包括我们向日葵，其实在花的世界里，向日葵是开得最灿烂的一种。

同志们纷纷响应，画展定在元旦。

七

　　市里要搞一个标志性雕塑，公开招标，大巴叫默子负责这个项目，组织大家搞方案，默子把那些牛哄哄的艺术家全叫来了，冠以专家教授，卡拖也来了，负责文案和标书之类的工作。

　　那天，大巴的讲话极富权威性和煽动性，好像是代表市长讲话，一个老兄说，大巴这厮，说话一板一拍的，长进了，越来越像领导了。西跳对那老兄说，那当然，大巴是谁？老总，你知道吗，我们知道的老总不多，抗日战争时期有一个，姓朱。

　　西跳这话牛得大了，那个老兄对西跳说，你的意思是提醒我们，你是副总，要我们说，我们认识的副总也不多，抗战时期有一个，姓彭。

　　西跳说，这话我爱听，哈哈，茄子。

　　很快同志们拿出了方案，质量却一塌糊涂，大巴直摇头。妈的，这些狗日的专家教授，个个高看自己，以为自己是谁，市场经济要重质量，他们只认钱，不认质量，不给他们提高点认识，社会怎么发展。

　　大巴叫他们重新设计，要有创意。一个教授问什么是创意？大巴问那教授，真不明白？那教授说，我当然明白，我可以说出创意的准确定义，但怎样才算创意，怎样才能创意，我们心中无数。大巴说，在此我不想讲理论，我只要求设计方案要有创意，如果你不明白，那我告诉你，什么是创意，给太阳安上开关，给飞机装上倒挡，给长城贴上瓷砖就是创意。教授推了推眼镜，眼睛往上翻了翻，似乎明白了。

"一伙饭桶！"大巴小声骂道。方案每个给两千元，太差的不给，中标的给两万元，然后再按造价比例提成。这样一搞，大家第二次拿来的方案果然创了意，不错，真是重赏之下必有勇夫。

其实，最好的是卡拖写的文案标书，那真是妙笔生花，华彩文章，要文化有文化，要意义有意义，说得头头是道，没道的也被说成了道，没办法，诗人就是诗人，谁也没有怀疑过卡拖的才华。文案用诗写，方案用艺术做，还有什么挑剔的呢？大巴对方案很有信心，没有信心的是，下一步如何运作，这方面不是本公司的强项，也没有谁有抛头露面的本事，大巴也不擅和人打交道，但没法，他只有把自己推上前台，赶鸭子上架。

默子是此项目负责人，按理说应该多出面，但默子深知自己的能耐，他见到那些官场上的人就头晕，没办法，权力在他们手里，等于说命运在他们手里，说穿了做生意就是跟人打交道，或者说是跟魔鬼打交道。

那天晚上请城建的吃饭，谁陪？默子是项目负责人，自不必说要参加，大巴是公司老总更要参加，大巴在想一个问题，考虑了很久，为了效果，要不要叫上水儿，他知道水儿这叫什么？叫花瓶，实话说让水儿当花瓶，大巴不情愿。

俗话说，十个男人十一个色，那些权贵们更是如此，有人说过这样一句话，人类社会靠两个字支撑，一个钱字，一个性字，就个人来说，这两个字既是运行的手段，又是运行的终极目标，有人要权，实际上也是为了这两字。这道理是否正确，先不说，但有一点可以肯定，性很重要。

如果这样说，叫上水儿跟城建的一起吃饭，也是一个性的阴谋，大巴这样想时，浑身不舒服，但转念又想，也没什么，生活中，人们常说，男女搭配，干活不累，男女跳交谊舞，女性服务员等等，都有性意味，性无处不在，这是浅层次的性，我们日常生活中的性，随处可见，似乎也没有什么。所以大巴考虑再三，还是决定带上水儿，无非是让那种场合增添点色彩，让对方赏心悦目，叫那些男人们看得见，吃不着，搞得对方心痒痒的，心越痒事就越能加快步伐，不经意间，事就成了。其实，在大巴的掌控中，水儿是绝对安全的。

大巴找到水儿的时候，水儿正在宿舍里找英语书，翻箱倒柜，昨天还看的书，咋就找不到呢。水儿翻起自己的枕头，也随手翻起走云的枕头，还是不见，就在她放下走云枕头时，发现了几个小塑料袋，仔细看清时，水儿不免心跳了起来，本来也没什么，不就是几只避孕套吗？她没想到，这种东西应该是男用的嘛，怎么会在走云枕下？

水儿突然想起昨晚的情景，她从艺术学院上课回来，怎么也打不开房门，钥匙也差点撬断，她估计走云在里面换衣服什么的，就下楼上了卫生间。回来时见西跳正从二楼下来，当时西跳的表情不对，按常理西跳遇见水儿会问这问那，而西跳什么也没说，只是笑笑就下了楼，那笑怪怪的。当时，水儿也没觉得什么，上了二楼见房门已经开了，只见走云头发散乱，一边理床一边对水儿说，今晚为啥回来这么早？水儿说老师有事，提前了半个小时下课。水儿进屋后，习惯性地倒在床上，又习惯性地拿起镜子照了照，她一边照镜子一边对走云说，我还以为你在换衣服，原来是在睡大觉，反锁门干啥，怕流氓进来？走云没直接回答，而是莫名其妙地告诉水儿，她和男友拜了。走云说和男朋友拜了时，也没表现出任何情绪反应，像是说别人的事。

直到发现避孕套，并用过两个，她把昨晚走云的事和西跳联系起来，一想到西跳，水儿就有点不自在，也有些紧张，她发现了走云和西跳的秘密。

正在这时，敲门声响了，水儿心想，糟糕，走云回来了，她赶紧理好走云的枕头就开了门。结果门外站着大巴，水儿没回过神来，见她这般表情，大巴觉得奇怪，笑了笑，水儿跟着笑了笑。见是大巴，水儿就平静了下来，听说晚上要她一起陪人吃饭，水儿很高兴，因为那晚正好不上课。

水儿穿了一身淡紫色的衣服，看上去，不但好看，还高雅，不但高雅，还有文化感。说来很怪，水儿还没上大学，但那感觉，很有书卷气。四川有些地方就这样，即使是农村女孩，看上去不是大家闺秀，就是小家碧玉，即使是文盲，看上去也极有文化感，真是一方水土养一方人。

到了饭桌上，大巴才后悔，不该带水儿来，对方都是些色狼，眼睛色眯眯的，一个劲地和水儿套近乎，搞得水儿很不轻松，张处长要电话号码，水儿只能给，除非不搞这个雕塑。事前大巴知道会这样，也和水儿沟通过，怎样对付这些男人，既要坚守做女人的原则和底线，又不能惹他们不高兴，要做到这一点，很难。

按行话讲，张处长坐了主席台，左右应该是大巴和默子，但还没坐下，张处长就坐水儿旁边，和水儿黏上了。服务员把小块卫生布从桌上取下，铺到大家腿上，再为大家斟上酒，大家就吃开了，酒过三巡之后，张处长就把目标转向了水儿。

说来也怪，张处长就像认识水儿一样，而水儿非常尴尬，并且紧张，心神不定，有些反常。当张处长和水儿说这说那的时候，大巴想法引开他的注意力，但事情没那么简单，张处长像只坚定不移的绿头苍蝇。

开始，大巴认为，这是男人好色的表现，但又觉得不对劲，他们的谈话，他们的表情，都有些不符合常规，大巴想弄个明白，又不便问啥。后来张处长一定要和水儿喝交杯酒，水儿坚持不喝，水儿如此态度，张处长自讨没趣，才停下来，转过头来对大巴笑了笑，大巴本来也不高兴，只有强装笑颜，和张处长碰了一杯。张处长对大巴小声说，还是你有本事，连水儿这样的女子也弄到手了。大巴问什么意思？张处长说，我认识水儿，她在红都是最吸引人的，可没一个男人能碰她，她只陪喝酒唱歌，决不让男人靠近，几天前，一个年轻帅气的老板以一座别墅相送，也没得到她的芳心。

得知水儿几天前还去红都，大巴心里犯嘀咕，说明她并没有听他们的话，他看了水儿一眼，水儿满脸愠色地出了包房，大巴怕出事，随即跟了出来，他本想问她为何还去红都，看到她情绪低落的样子，他没问。倒是水儿主动说了去红都的事，她没说去的原因，但强调了自己在男人面前坚守的原则，看大巴一脸疑云，她向大巴做了保证，保证今后不再去了。

大巴说，红都的事回去再说，他要她顾全大局，回到酒桌上。水儿听了大巴的话，回到包房，仍然坐那个位子。当时，水儿进来的时候，看默子的眼神很特别，默子对她说，如果不能喝就不喝了。没想到她说，喝，怕啥，不就是酒吗。张处长听水儿这一说就来了精神，给水儿倒了酒。

水儿这样说是在赌气，她已经有了一些醉意，张处长也喝得差不多了，醉壮色胆，这酒喝得循序渐进，而最终的结果是人想咋地咋地。大巴预感到一种潜在的危险向水儿靠近，张处长的兴奋一下子就冲向了天，一杯下肚，又叫服务员斟满。大巴趁机出了包房，他在走廊上打了水儿的手机，水儿一边接电话一边对张处长说，对不起，接个电话。说着就出了门，默子见大巴他们都出去了，就和张处长喝了一口红酒，张处长对默子说，男人啊，还是要喝点白酒的，不然就不是男人了。默子听了他这话很不舒服，又不便显露出来，就半开玩笑说，我天生不会喝酒，我跟你赌吃辣椒怎样？张处长说，中国没这个传统呀！默子开玩笑说，中央也没规定一定要拼着喝白酒。张处长醉醺醺地说，也倒是，也倒是，咱们各喝各的，随意随意。

水儿出了包房，大巴的意思是让她先回去。水儿知道大巴的用意，没说什么就走了，那样子像个临阵脱逃的羔羊。

张处长见水儿没回包房，就追问水儿去哪儿了，大巴说，水儿接到个电话，有急事，去一会儿就回来。

酒桌上男人最感兴趣的话题就是女人，处长问默子有几个情人，默子不好正面回答，说有不妥，说没有也没面子，这个年代没情人是一种悲哀，用他们的话讲，商人有情人，艺术家有情人，商人加艺术家，双料的，情人也应该是大大地有。所以默子没承认，也没否认，只好开玩笑地说，离党和人民的要求还差得很远。处长大笑起来，拿出手机给默子发了信息，是条老掉牙的信息：家不能不顾，情人不能不处，漫漫人生路，谁不错几步，喝多了我也吐，骑自行车我也上过树，看见美女我也迈不动步，这就是男人的人生路。

一旁的大巴说不怎样嘛，张处长就又发了一条：老婆是家，情人是花，累了回家，闲了陪花，工资交家，奖金养花，在家别想花，陪花勿念家，常回家看看，常陪花转转，心里惦着家，脑里在浇花。

大巴对处长说，这是你的生活？张处长说我说你呢。说着就好像想起了什么，往旁边看了一眼，问，水儿呢。大巴明白他的意思，就忙说，水儿被电话招走了，办完事就来。默子看张处长喝得差不多了，已经快人仰马翻了，就对大巴点了点头。大巴还没说啥，处长就说，下半场吧。大巴他们都明白他说下半场的意思，这种场合酒后不活动一下，是收不了场的，按他们的说法是文娱活动。

一伙人酒气醺天，醉眼蒙眬，只有默子还算清醒，一伙人来到红都娱乐城。一看到红都，张处长就兴奋起来，他捲衣扎袖地说，水儿一定在里面。听他这样说，默子和大巴心头都不高兴，这时，大巴才悄声对默子说了水儿离去的事。听大巴这样说，默子心就轻松了许多，如果水儿在，还不知道要闹出些啥来。

生活中有许多通道，红都的那一条，应该是最有特色的，也是最著名的。这通道是由红粉组成的美人巷，可谓风情万种，美不胜收，粉子们齐刷刷地站在那里，一方面夹道欢迎客人，一方面站出来让客人挑选，说穿了她们就等于橱窗里的商品，这个创意使人过目不忘，让这座城市的男人心猿意马，春心荡漾。两边的粉子穿着妖艳，祖胸露腿，靓成一道艳俗的风景，红粉们秋波频传，张处长边走边向她们挥手致意：小姐们好，同志们辛苦了。粉子们异口同声：为人民服务。

一伙人在包房刚坐定，妈咪就安排了一串粉子进来，张处长笑得合不拢嘴，他眼过几巡之后，竟然问那些小姐，水儿呢。一个小姐说水儿早走了，张处长说，那那，那怎么行，没水儿，你、你，你们这里还叫红都吗。大巴真想一拳打过去，但没有，而是对张处长说，处长挑一个吧，你不挑，兄弟们就不好下手了。

张处真醉了，还在到处找水儿，大巴骂了句狗日的。和张处长一起来的人听见，知道大巴不高兴，就知趣地给张处长找了一个小姐，张处长抱着粉子就开始动作起来，跟张处来的两人也没闲着，都各自要了一个小姐。

把那几个狗仔仔安排好了之后，默子对大巴说，我已经忍受不了了。大巴说，你也找一个。默子以没找到合适的为由，单着，大巴要了一个，总不能"省嘴待客吧"，这样叫人看不起的，逢场作戏也是必要的。见那几人打情骂俏，歌来舞去，默子到走廊上透了一口气。大巴见时间也差不多了，他知道这种时候该怎么办，所以，他拿出准备好的信封，分别给了三人，张处长假惺惺地问什么意思，大巴说我们有事先走一步，对不起，余下的消费你们自己结。三人都意会地接了红包。

回来的路上，大巴对默子说，我们这样做他们高兴，这是策略，给钱叫他们自己结账是借口，贿赂是真，处长二千，其余两人各五百，三千元小意思，这只是开场白，以后还会送得更多，出点血是小事，只要这档子事拿得下来，现在是用我们的钱，业务拿下来之后，用的就是他们的钱了。

嘿，大巴还真出师了。

从红都出来，两人正准备回家，就看到天桥下坐着一个人，是那人的叫声吸引了两人。那人头低着，盘腿坐在地上，旁边铺着草席，周围用粉笔写了很多字，借着红都的灯光，他们看清了地上的字，内容写了他是外来打工者，因施工而伤残，老板买通有关单位，坚持不按公伤处理，他无路费回家，留宿街头，向行人求助。本来两人像很多过路人一样，看看就走了，结果，那人抬起头来，默子和大巴惊奇地发现，此人竟然是田贵。

田贵在奥赛公司时间不长，今天不遇到，大巴已经淡忘了，而默子印象就更淡了。他离开公司时，追着大巴要工资的样子，大巴印象很深。

大巴查看了他伤残的大腿，好像也并不严重，但总是因伤丢了工作，看在田贵在自己公司工作过的份上，不管不好，大巴把他弄上车，拉回了公司。田贵感动得有点过意不去，接连对大巴说对不起，当初我是鬼迷心窍，对不住人了。大巴笑笑说，没关系的，当初你要工资，也是正当的，只是你要得太急，当时我们真没钱发给你。

西跳一见是田贵就上了火，想把他赶走，又碍于大巴的面子，西跳见不惯田贵，当初叫他下料，他总给你缺斤少两，把节约下来的东西卖了，这样的人还能理他？西跳对大巴的做法大为不解，郑重地对大巴说，你也太菩萨了，人不能干坏事，但好事也不能做过头，不然就违背自然法则了。大巴也只是让田贵先住下来。当然，要说法则，大巴也有大巴的法则，大巴经常爱讲一句话，凡事，人不要跟人计较，要计较就跟事计较，对事不对人，做人不容易，大家互相让着点。

结果没想到，田贵住在公司就不走了，西跳火了，大骂田贵，田贵知道自己的德行，没给大家好印象，就很诚恳地对西跳说，今后如果自己再干对不起公司的事，就让雷劈了。

八

　　和媚角合伙搞艺术工程的事，媚角没动静，大巴也好像没事一样，倒是西跳急了，他多次提醒大巴，而大巴说媚角都不急，你急啥。西跳说，这事应该我们主动，是我们借她的光，照我们的事，如果你们之间有什么的话，请你不要感情用事，应该为公司的前景着想。

　　大巴听了西跳的话，心里不高兴，什么你们之间，什么感情用事，全他妈扯淡。其实，大巴不是没考虑此事，只是他不想太主动，说不清道不明的原因，谁主动谁先提起这个事，都不是无所谓的事，这里面有些微妙的因素，有个话语权和角度问题，再则就是一个大男人去借女人的光，是不是有点那个，当然，也许并没大巴想得那样复杂。

　　有些事就是这样，想起来很复杂，做起来其实很简单，事实说明了这一点。当终于有一天，大巴和媚角坐在一起商谈此事时，媚角只讲了一句话，我把一千万的注册资金打到你账上，不就完了？至于运作那是你的事。大巴说你不分成了？媚角说，实话讲，我不想赚你的钱，但为了跟我那边有个交代，你给我提百分之三的管理费，怎样？

还能怎样，事情就这样定了，只是大巴受恩于女人，一个大男人，心头还是有点不好受。但有个事实必须承认，一千万注册资金到位后，大巴的奥赛艺术工程公司，成了艺术工程类的大公司，同志们那个高兴劲，就像云开日出，翻身农奴把歌唱。

大巴和媚角的交往也就多了起来，都合伙做事了，不可能还绝着缘。他们在一起时，大巴从不叫她媚角，叫同桌，媚角也不叫他大巴，叫公交车。其实公交车不搭其他人，有时搭上一张桌子叫同桌，同桌说公交车不是公交车，而是私家车，但不知它的主人是谁。大巴说反正不是你。同桌说难说。

一切都走着瞧。

一天同桌电话说有事商量，"公交车"的敞篷车轮子一转，就过去了。他们又在香格里拉见了面。媚角先到，看着大巴停车时的样子，媚角心情花一样。

媚角说，我们达成一个协议，今后凡是我们俩在一起，我停开宝马，改坐你的敞篷车。

大巴说，什么意思，奚落我？

媚角说，你还那脾气，敏感，其实没什么意思，就是想坐那辆车，那才叫车，过瘾。没想到大巴说，理解，那牛高马大的越野车，野气十足，雄性十足。

媚角说，是又怎么样？

大巴说，不怎么样。

大巴问，找我来有什么事。

媚角说，私事，不行吗？

大巴说，你说什么都行，千万别把你的隐私告诉我。

媚角说，今天不说隐私都不行。

大巴说，女人不该这样霸道。

媚角说，正因为我是一个女人，才想倾诉，至于慰藉嘛，我不敢奢望。

大巴说，一个女强人，怎么搞得这样稀里哗啦的。

媚角没有再说，眼眶竟湿润了。大巴也不想再说，他很为难，不知如何是好，他最后还是说了句，有什么你就说吧，如果我能帮你，我会尽力的。媚角说，如果你不愿听，我就不说了，不为难你，不过有一点我想说，你真能帮助我。大巴说，那你就说吧。

媚角说起了自己的家庭。

她男人在外吃喝嫖赌不说，这笔钱还要她来给，不给不行，跟他理论他就打人，跟他离婚他不离。开始媚角一直忍着，后来他竟然把女人带回家，媚角无法容忍就搬出来了，所以现在一人住。

她说的时候，眼里淌出了眼泪，大巴没想到一个女强人也这样脆弱，一见女人流泪，大巴心就软，他给媚角递纸巾，没想到，媚角没接，而是将脸凑过去，示意大巴给她擦，自然，大巴给她擦了。

没想到这一幕，竟让熟人看见，既然熟人看到，就等于大巴老婆看到，这在中国不是稀奇的事，这样的事大家都关心，本来关心了也就关心了，问题是，这成了他老婆和他离婚的理由之一。

最后，大巴终于成为一名单身汉。

大巴并不想离婚，但他早就预感到，离是迟早的事，没想到来得这样快。默子对他说，你这是光荣退役，世界上又多了一个自由人，我代表全世界的自由人欢迎你回归。大巴看了看天空，和默子击了一下掌，苦笑了一下说，只有如此了。

同志们都说默子是独身主义者，其实不然，结婚不是简单的事，当然你也可以把它当成简单的事，一个男人和一个女人睡在一张床上，就这样简单，但这只是性，并非婚姻。婚姻就像配血型，配对了就不会有问题，但问题是，相同而又不排异的血型太少，所以，默子的观点很简单，没合适的，宁可不娶。

现在朋友们纷纷离婚，路上遇到不再问吃了吗，而是问离了吗，或者问又结了吗，这是人类的悲哀，或许又是人类的进步，有今日何必当初，如此而已。

大巴离婚的事，最先只有默子知道，他握住默子的手说我也光了棍，我们是真正的同志了。默子说你还有女儿，她虽然跟了嘎隅，但你要比以前关爱她才对，孩子是无辜的。默子这样说，大巴叹了口气。

稍息之后，大巴笑了笑，说，不好意思，其实从某个角度讲，离婚就像结婚一样，没啥的。应向人类社会提议，结婚时大设宴席，鞭炮轰鸣，离婚时也应该披红戴绿，同喜同庆，与其离婚时悲悲戚戚，不如结婚时不要轰轰烈烈，这是大巴的观点。一个大老爷们儿，没什么扛不住的，只是我一想到孩子就控制不住，对不起了。默子说孩子是个问题，但不是终极问题，慢慢就好了，事都这样了，只能面对现实。

大巴话锋一转，问默子怎么样了，有目标了吗？默子摇摇头，不急。大巴说，水儿很可爱的。默子说是的，她很可爱，像小妹子一样地可爱。大巴说为何只是像小妹子？默子说，说不清，但她只能是个小妹子。

默子知道，大巴这是在试探，这是个信号，说明他要对水儿发起进攻了，要侦察一下默子和水儿的情况，准确说想弄清默子对水儿的态度，所以，默子必须表明态度，让他吃颗定心丸。

大巴做事，不像西跳一概火着枪就响，打雷就下雨，西跳向水儿求爱的方式，惟妙惟肖地临摹过凡·高大师，一次当他请水儿吃过晚饭之后，就向水儿发出爱情的信号，水儿防不胜防，被他的举动吓住了，他还一个劲地乘胜追击：请你相信我，如果你需要我的耳朵，请给我一把刀子，如果你要我的心，请你给我一把锄头。后来大巴知道后，警告西跳说：下酒也不用你的臭耳朵，如果你要寻短就自己解决吧，别再吓唬水儿，如果你再吓唬水儿，我真下了你耳朵，干吗？喂狗。

当然这只是开玩笑，过后连西跳自己都笑了。自那以后，西跳好像明白了什么，就再没敢和水儿亲近，而是改弦易辙，向走云发起了进攻，并且是火着枪响，这是西跳的风格。

大巴对默子进行火力侦察后，就心中有数了，但他追水儿的进度并未加快，还是那样儒雅和含蓄。搞不懂他葫芦里装什么药，也许还有其他什么原因。

水儿改学音乐后，就把画放下了，她白天干些公司的活，晚上学音乐，或是补习文化课，时间抓得紧，好像换了个人似的。默子原以为是爱情的力量，但又觉得大巴和她并不像那么回事，倒是为了不影响她的学习，大巴给她安排的事很少。

默子尽量避开水儿，他必须考虑大巴的因素。而实际上，他并不喜欢太年轻的女孩子，她们没性别，女人没了性别就没女人味，没女人味就没吸引力；女人和性是联系在一起的，可爱的女人是性感的女人，没有性的女人虽然也可能可爱，但你不会想和她有亲密的肉体接触；没有肉体接触的女人，再亲密也不能成为伴侣，一般来说他喜欢成熟的女人。

大巴说默子的理论怪异，像艺术品一样有个性，大巴不敢苟同，一个女孩子青春靓丽，活泼大方，小鸟依人，难道不可爱吗，难道这会成为你和她亲密接触的障碍吗，任何事情都有其道理，不能强求一致，各取所好而已。一般说来，喜欢成熟女性，是恋母情结的延续，和个人的成长经历有关，是一个心理学、生理学和社会学问题，和正常的情欲无关，当一个人心理出现问题时，爱情就会有偏差，甚至会出现变态情恋。大千世界无奇不有，任何一种现象都有它的合理性，扯远了不是，话说回来，其实爱情这厮，并不神秘，说穿了就是一个缘字了结。

九

真是功夫不负有心人，城建的那个雕塑还真拿下来了，这其中，媚角的关系、水儿的因素都起了决定性作用。当然，水儿没少受罪，那段时间，她多次接到张处长的电话，不是要请她吃饭就是请她喝茶，有次还请水儿到海南旅游。自然，水儿一次也没有应约，但又不能得罪他，大巴再三给水儿说，不要耍性子，拖住他，不然就前功尽弃了。水儿自然明白大巴的意思，在电话中就推说自己不在昆明，等回昆明再联系等等，如此如此，有理有节地钓了张处长的胃口，甜言蜜语地跟张处长泡电话粥，弄得张处长心里痒痒的，对水儿充满幻想和憧憬，在憧憬、幻想和等待中，业务就定了。都说男人在想着一个女人时是傻瓜，张处长这样精的人也不例外，这是一个迷宫，说穿了，这就是性的力量，性是什么，性就是生产力。

整个过程中，虽然水儿同志倍受折磨，但没有缺斤少两，用老百姓的话说，没有让色鬼占一次便宜，而且充分显示了水儿同志的智慧，用西跳的话说，是一次美人计的成功范例。经大伙决定，给水儿发了奖金。水儿拿着这笔奖金，心里自然高兴，只有大巴心里不是滋味，心情复杂。

这个雕塑搞成后，公司有了转机，改善了办公条件，并买了一辆别克车，大巴开着很神气，他对默子说，你赶紧准备作品，像这样的效益，过不了多久，你到巴黎搞画展的钱就OK了。

公司情况有了起色，来转悠的人更多了，说得准确点是来画会，本来嘛，向日葵画会，画家们的家嘛，其实在人们心目中，公司和画会是分不开的。

人就是这样，心中认定了一样东西，就有了分不开的情结，心里老想着，久而久之，就成了生活的一部分，所以大伙都说，十天半月不来奥赛两次，心头不踏实。一时间，奥赛艺术工程公司，昆明向日葵画会，成了昆明画家扎堆的地方，甚至可以说，是大家朝圣的地方。人来多了，公司就容纳不下，地点成了问题，总不能让同志们站着吧？

一天大巴看着隔壁的老厂房突发奇想，当然也是受到北京、上海、深圳的启示，北京有个798，上海有莫干山路，深圳有个达芬村，昆明不能没有呀，他跟默子商量此事的时候，眼里闪着光芒。其实，默子也在考虑此事，他们不约而同，默子为此兴奋了好几天。

公司牵了个头，跟厂家进行了商谈，厂家很高兴，老厂房派不上用场，闲着也是闲着，租出去就产生经济效益，何乐而不为。由画会来统筹，动员同志们都来租房做画室，默子率先第一个租了房子，一时间，老厂房租出去了大半，一个老厂房，一座沉寂了很久的废墟，一下子就变了脸，生动而时尚起来，人气丰旺，还成了昆明最有吸引力的艺术吧区，俗称艺术公社。

无可置疑，大巴是一个优秀的艺术家，也要承认，他不乏商业头脑，老厂房的利用，艺术品牌的确立，让大巴看到了商机，他把同志们找来谈了自己的想法。但实际上，那天同志们商量的结果，并未给大巴提供多少参考价值，卡拖说，办个艺术沙龙，合子说，搞一个剧社。这些想法只停留在表面，怎么办怎么搞，谁来搞，并未深入下去，没谈出一个可操作性的意见。

大巴的意见，不是搞社会公益活动，而是要从商业的角度来操作，办成有经济效益的实体，只有这样才能长久。大巴想叫合子来开创这个局面。没想到合子很牛，一副雄心勃勃的样子。

不久，公司开了营业性的茶吧，并大力宣传普洱茶，经营包括咖啡在内的各种饮料，也搞点快餐之类的食品，生意不温不火。算是投石问路，按大巴的设想，要把这片区域打造成艺术吧区，也就是说，这里不仅是艺术品的创造地，还是和艺术有关的活动场所，这就少不了相关的商业门店，如餐饮，休闲场所。

大巴和合子的关系，表面上很简单，很随便，知道他们内情的人感觉得出，他们的关系不一般。自然，圈子里的人个个都知道，大巴和合子曾经是那么回事，准确说，很长一段时间以来，他们的关系进入了冷战阶段，但水儿来了以后，就改变了这一切，大巴一心在水儿身上。

一般说来，合子晚上时间紧，在昆明跑场唱歌厅，每晚赴汤蹈火，满脚流金。当大巴叫她搞艺术吧区时，没想到她很乐意尝试一下，所以不是特殊情况，晚上她仍然跑夜场。

这天晚上，深圳的几个朋友要来，合子就只有等着了。合子遛达，经过默子的出租房时，进去看了一下，当时水儿也在。合子一见水儿，就说水儿如何漂亮，默子有这样的助手一定画得出好画，虽是好听的话，却被她说得阴阳怪气。默子说你一个大明星也深入基层，问寒问暖呀？合子一阵大笑，像花腔女高音。默子又说，电视里的你，生活中的你都越来越靓了。合子说，笑话，我的样子越来越对不起观众了。

合子很逗，也很好玩，就是有点装洋，她眉头有颗痣，就常对别人说，关牧村的眉头也有一颗，她也不说她和陈明很熟，而是说陈明和她很熟，主谓语颠倒，还说刘欢也喜欢她的嗓音，如此等等。她表达了想看默子的画，默子说欢迎，不买门票的，只是像你说的一样，我的画对不起观众。她说彼此彼此，谦啥虚呢，其实，我们都是云南的精英。

呵，够牛的。这种话只有她说得出来。默子说我算不了啥精英，芸芸众生一个，如果你要看好画，我们正准备搞个画展，过几天就展了，同志们的画都比我好，到时来瞅瞅，大巴没向你汇报？合子说别提他，我对他没兴趣，他对我也没兴趣，我们的兴趣都喂狗了。

合子接了一个电话，说朋友来了，就出去了。

水儿那晚没上课，过来帮默子收拾屋子。就像合子说的，那晚水儿穿了绿色的套装，梳了两根辫子，很闺气很时尚，也很漂亮。

房子很快就收拾好了，水儿洗了手，没忙着走，两人闲坐下来。那晚默子觉得她很美，艺术家什么都可以拒绝，唯独不能拒绝美，水儿的美不是形而上的，不是不食人间烟火的，是有生活质感的美，是可以触摸的美，这种感觉再一次困扰默子，这是一种奇特的感觉，有了这种感觉，他很害怕，他怕他管不住自己，这是一个孤独的流浪者想回家的夜晚。

默子的画室很偏僻，他怕热闹，这是里外两间结构的房子，外面一间是画室，满屋的画。世界上最脏最乱的地方，大概就是画室了，画室只负责生产美，但不保证本身的美，就像很多艺术家一样，他们带给这个世界以美、快乐和幸福感，但艺术家本身却并不快乐和幸福，甚至是这个世界上最孤独、最痛苦的人。

默子的画，大多是画云，表现出云的色彩斑斓，形态万千，神秘而高远，苍茫而绚丽，有的以天空为背景，有的画出大地的轮廓，配以高原骏马，漫游的牛羊，或是一方残垣断壁，一条延伸的道路，画面深邃、宁静、厚重。

画得真好，水儿说。

默子说，不是我画得好，是大自然本身就美，我常常感到，自己力不从心，表现不出大自然的美丽神奇，特别是变幻莫测的天空，透出一种灵动、透气而苍凉的大美，绘画很难表现形和色彩以外的东西，比如说意境。有一次夏天，默子到户外写生，太阳西沉，时近黄昏，天气突然变幻，风急剧地调度着云朵，雷声被厚厚的云层包裹着，隐隐约约，好像费了很大的劲，但雷始终没有突破出来，而太阳给云朵描绘出美丽的金边，气流和云层减去了多余的细节，把一个神奇壮美的天空，特写一般展现出来。他的注意力也集中到了天空，那一刻，也不再是一般意义上的欣赏，而是灵魂出窍，大脑中储存的所有人间图像，荡然无存，有的，是神的牵引和感召，是心灵的震撼和神悟。

很难说清，默子为什么讲这些，但他注意到，水儿听的时候，那种神情专注得可爱，这也是他给她讲下去的理由。以前那个水儿渐渐淡去，那个和男人和纠纷和暴力联系在一起的女子，恍若隔世。他怀疑她们不是同一个人。

也许，水儿本身就是一个可爱的女孩。

他告诉水儿，他想搞个人画展，并且准备展到巴黎去，让不同种族的人都能感受到云南的美丽。水儿说，我代表全国人民支持你。

默子第一次发现水儿很逗，她因此有了可爱之处。

默子的画室虽然零乱，里间却布置得井井有条，墙面全是红色的砖头墙纸，正墙上是一面圆形的艺术草编，中间挂着一只山羊头骨，下面墙角置有一套音响，两侧墙上挂着暖色调蜡染，一排墙台摆满了民间工艺品，墙脚四周摆了七八只蜡烛。点亮蜡烛，水儿才看清地面是红色的地毯，屋中间有一木桌，桌上放置了一套茶具，一束灯光刚好投到茶具上，一切都好像是构图的需要，精致，独到。水儿说整个屋子温暖极了，安静极了，也神秘极了，有一种宗教氛围。

两人在桌子两头席地而坐，像是出家人盘腿诵经，默子冲了两杯速溶咖啡，递了一杯给水儿，两只杯子里的雾气向上缓慢飘动，这样静如止水的屋子，有了一点动感。光源在两人背后，两人的面孔，成了模糊的背光面，相互看不清对方的面孔，只有桌面微弱的红色反光，投到他们脸上。他说他有意营造这种效果，她问，为什么？他说，这样更轻松一些。她说，你好神秘哦，你的面孔像一本读不懂的书。他说，如果是书，没必要读懂，我们此时的关系就是说话的对象，想啥说啥，随意一些轻松一些。

那时夜很深了，外面人影稀疏下来。突然一声闷雷，把时空推得很远，繁杂的世界也随着雷声消隐，雨就在这一刻到来，雨声淅淅沥沥，那是当时夜色中唯一的声音，仿佛天籁。

默子自己也没想到，那晚他心情极好，他给她唱了一首加拿大民歌《红河谷》。看得出她很陶醉，随着旋律，她的神情告诉他，她正漫步在遥远的原野上，眼前是广袤的大地，绽放的花朵，延伸的小路，宁静的村落和荡漾的河流。

其实，音乐就是流动的画面。默子发现她听的时候，眼睛是闭着的，一种很陶醉的样子，一个音乐家说过，只有如痴如醉的人才会如此神情。

她说他的音色好听，厚实而有磁性，总使人想到大地和父辈之类的意象，这是最坚实最厚重的意象。他对她的艺术感觉感到惊奇，但他没去称赞她，而是说，主要是歌本身的旋律很美，你联想到大地和父辈，是因为你漂泊在外，想寻找依靠和力量。

她说，谢谢你给了我这种依靠和力量。略停顿了一下，她又说，可以这样说吗。他说，这只是一种艺术的感受和体验，是极端个体化的，没人可以剥夺你这种权力，这种感受和体验还可以是多向性的，不同的人有不同的体会和理解，这也正是艺术的魅力所在。

她似懂非懂地点点头。

她说她还想听，她这样说的时候，表情有些撒娇，有些矜持，又有一些偏执。一个大老爷们儿，哪受得了这个，在劫难逃，在劫难逃啊。他接着唱了《老人河》《桑塔露琪亚》和《草帽歌》。

他更多的时候是哼唱，不想让歌词限制艺术的联想和空间，再美的旋律加上歌词这把锁，艺术的感染力就大打折扣，很难想象，如果给《绿柚子》《二泉映月》这些曲子填上歌词，将是个什么样子，他自认为，音乐是一门抚摸心灵的艺术，是能够叫人淌眼泪的艺术。

没想到，她大概是睡着了，她趴在桌上的样子，像只熟睡的猫。他歌声停下的时候，她动了一下身子，他估计她没完全睡着，就放了一张音乐碟，那是萨克斯《回家》。音乐拂过，他的血液像一条暗河，在体内奔涌，东奔西突，找不到方向，找不到归宿，迷茫而苍凉的夜色，辽阔无边，灵魂在荒芜的原野上漂游，漂游，我要回家，我要回家，这种感觉由来已久，孤独的流浪者想回家。

欲望铺成的回家之路，在体内延伸，有一双手牵引着他，他离家越来越近了，那里没有归鸟，没有炊烟，没有消解风尘的老井，没有除寒的火塘，没有纳凉的浓荫。他感到了一种张望，回家的门已为他洞开，他要回家，这是一个孤独的流浪者想回家的夜晚。

他用手开启那道门，那是一排纽扣，一颗一颗的纽扣，他一颗一颗地解开，他一步一步地走进去，这是世界上最美妙最神秘最诱人最令男人神往的一道门，这是通向家的门，他喘着粗气，小心谨慎往里走，同时又有些迫不及待。

水儿醒了，还好，他还没有迈进那道门槛，水儿似乎什么也没察觉。在她睁开眼睛时，他发现她还是个孩子，二十一岁的孩子，他渴望的那个家，应该是丰收之后的成熟的家，是他可以依靠和栖息的地方，这样的地方，水儿承载不起。在他看来，二十一岁的女孩子，还没有成熟的性别，还不能成为和男性相反的性别，水儿不是一个家。

水儿不是一个家，而他觉得自己是个十足的流氓，我是流氓，我真是流氓，我已经流氓过了，虽然模特儿事件已经过去三年了，但一种流氓的体验，还深深地困扰着他。

那晚，他面对水儿生出的淫念和臆想，让他痛苦，他感觉到，有一双男人的眼睛在注视他，那是大巴的目光。

十

　　有了那晚的邪念之后，无论见到大巴，还是水儿，默子都像做错事一样。大巴发现了他的异常，问咋了？他只能说没啥。好在那晚什么也没发生，不然他真不知该怎样面对大巴。如果因为他爱水儿，而产生那些念想，他会好受一些，关键是他还不具备这种情感，所以，他感到自己真像一个流氓，他狠狠地指责了自己，从那以后，他尽量避免和水儿单独在一起。

　　但水儿好像什么事都没发生，仍然和他说这说那。那天，她过来对他说，她已经找到她表姐了，她表姐仍然在昆明，她说她表姐很漂亮，要不要叫她来做模特儿？他说，算了吧，我现在只画风景。

　　这时走云过来，对她弹了一个响指就过去了，水儿对着走云的背影说，我不想和走云住了，有几次，我回宿舍闯了红灯，他们倒觉得无所谓，可我受不了走云跟我讲她和男人之间的事，我很尴尬。

　　那天，西跳过来，水儿就想离开，却不防西跳不准她走，他竟搂住走云，手也很不规矩，西跳这样做的时候，还眼睛瞟着水儿，意味深长，水儿装着没看见，但她感觉到西跳是在挑衅，是西跳在报复她。

"我没有救了。"有一次走云这样告诉水儿。她们有时无所不谈，只是更多时候，走云讲，水儿听。但有一次，走云要水儿讲她在红都的事，水儿一下子就生气了，走云意识到自己讲错话了。

走云身上，随时透着一股难以名状的欲火。世界上有一种女人，随时都离不开男人，就像一种随时离不开女人的男人，叫花痴，而离不开男人的女人，叫傻帽儿，走云就是傻帽儿。

走云还没和西跳有实质性接触时，水儿见到过半夜时分的走云，那是水儿在睡梦中被惊醒，发现走云全身裸露，翻来覆去睡不着，腿根处紧夹着被子，发出奇怪的叫唤声，翻云覆雨之后，大汗淋漓。

走云告诉水儿，找一个男人来爱吧，尝尝爱的滋味。水儿说早嘞，我还要考学校。走云说不影响的，相反爱是生命原动力，没有爱你可能考取艺院，有了爱就不是艺院了，而是中央音乐学院，怎么样，为了中央音乐学院，我给你介绍一个。

水儿说，哪有你说的那样玄乎。

走云说，不信试试，我看有个人对你早就有点意思了。

水儿说，我自己怎么不知道，谁也对我没意思。

走云说，是不是要我说出来。

水儿说，没有的事，你根本就说不出来。

走云说，我说喽。

水儿说，你说。

走云说，此人不在天边，近在眼前，他就是——

水儿问，谁？

走云一板一拍地说，大巴。

水儿紧张起来，说，你别乱说。

走云说，没有的事你紧张啥，你紧张就说明有事，哈哈，茄子。

走云说，老大对你很关心哦。

水儿说，他是老师呀，又是老板，关心我很正常。

走云说，我怎么没说默子老师对你有意思呀，默子老师也很关心你，但这和老大的关心，有本质上的区别，请你放心，人民群众的眼睛是贼亮的，你别谦虚了，认了吧。

水儿对走云说，你是戴着有色眼镜，看什么都是有色的，其实不然。

走云说，我说件事吧，本来我们早就要去采风，大巴说要等你考完试再去，看看，众目睽睽，你都成公主了，公主者公司主人也。我们十多条人都等你考试呢，

正说着，大巴就来了，中国人说不得，说谁，谁到。

大巴来找水儿。水儿走时，走云向她伸了一下舌头，意思是怎么样，铁证如山吧。水儿不知大巴找她干啥，一路上很不自在，她没和大巴平行走，总是走在大巴背后，像条小尾巴狗，这是走云后来说的。

进了大巴的画室，水儿才知道是来当模特儿。大巴说，别紧张，就画个头像。水儿不喜欢大巴的画，她说大巴很残忍，他笔下的人全是缺腿少臂的，而且眼睛大一只小一只，或者脸被分割开，吓人。大巴画室里全是这种画。实话讲，水儿不太情愿给大巴画，但又不便表露出来，就全当是为艺术服务吧，水儿这样想。

大巴没叫休息，大约画了两个小时，大巴说，好了，休息。水儿当时唯一想的是终于休息了，她没看大巴的画，她不敢看，她怕看到自己在画面上四分五裂。大巴问水儿，你看像不像，水儿才往画面上看了一眼，结果她看到的，和自己的想象完全不一样，虽然只画了一个头部，但画得很像，画得很写实。水儿高兴了，她对大

巴说，你把我画漂亮了。大巴说，你比画面上的还漂亮。

水儿笑了。

只画了一个头像，水儿以为要接着画，如果是这样画，水儿很乐意，但大巴说只画一个头，不画了。水儿很奇怪，大巴老师总是很奇怪，好不容易看到他画得这样写实，他却又说不画了，水儿真搞不懂。

几天以后，水儿又看到了那幅画，看得水儿百思不得其解。画面上仍然是她的头像，但下面是米罗维纳斯，也就是断臂维纳斯的身子造型，不是画的，是照片，而且不是断臂维纳斯裸露的身体，画面上的维纳斯，穿了一件很牛气的牛仔衣。水儿说看不懂，大巴耐心细致地讲了半天，水儿还是摇摇头。其实，大巴也讲得很辛苦，见水儿摇头，他干脆就说，这什么也不是，只是表达一种观念，一种我自己对艺术的态度。

这次，水儿似乎懂了，她对大巴说，如果说这些作品表达了你的态度，但我要说，大巴老师，你的态度不端正，世界著名的维纳斯，你把她安上了我的头，还给她穿了衣服，这态度不端正吧。

真不知水儿是开玩笑，还是真不懂，她的表情很认真。

那段时间，虽然忙，但同志们都抽时间，画了不少画，用西跳的话说是革命加拼命，精神文明建设和物质文明建设，两手都要抓两手都要硬，为画展做准备。开始，西跳不想搞作品，后来被同志们的热情所感动，也就搞了些抽象雕塑，其中一件作品是一个大椭圆形，椭圆形的一部分被揭开一层皮，里面是通透的，在通透的空间里是一只小鸡。

卡拖看了他们的作品，大加赞赏，认为中国的造型艺术，从此有了希望。

卡拖不喜欢写实的文字，更不想写介绍和吹捧之类的文章，但他忍禁不住，写了一篇有关艺术吧区的文章，标题是《都市里的艺术公社》，文章发表后，引发文化圈和媒体的热情和关注。从此，人们把大巴的公司及艺术吧区称为艺术公社。

"艺术公社"一词，开始注入昆明的文化词典，频频出现在媒体和人们的口中，成为昆明的时尚词汇。艺术公社也开始热闹起来，不仅昆明，全省，全国，乃至国外的艺术家们到昆明，都要到这里看看，艺术公社成了云南的艺术圣地，苦闷中的艺术家们，纷至沓来，就像当年的有志青年奔赴延安。

默子像个冰箱，西跳已经给他定了性，没办法，他就这个性格，很难在热闹面前激动，而面对大地和大自然的时候，他有时会情不自禁，而且还会泪流满面。记得有一次，他独自一人在滇东北的山中画画，傍晚时分，饥肠如鼓，他收拾好画具，返回住地，他确定了要返回的方向，但没走来时的路，自作主张地另辟蹊径，结果走到了一处悬崖边。那是他从未到过的地方，当时已是黄昏时分，从悬崖望过去，一条小河在夕阳的映照下，亮闪闪地穿过一块肥沃美丽的坝子，河边游牧着牛羊，房舍星罗棋布，被黄灿灿的花朵和葱绿的树簇拥着，炊烟缭绕，应该说，这样的景色在云南大地，随处可见。默子为何感动，为何流泪，他追问大地，大地无语。

他想找到他流泪的理由，认真梳理自己的情感，当他回忆起当时的情景，一块苍烟落照中的土地，就会浮现出来，这时他才明白，当时他画着画，在情感极其饱满的状态下，于饥饿和晚归的时刻，于荒山野岭之中，突然见到和人有关联的房舍和炊烟，或者就是因为那片景色的普通和朴素，打动了他。

每个人都有自己的情感腹地，这和一个人的性格经历有关，默子的感动都留给了大地，他的激情已被世俗消磨殆尽，所以当同志们都像过年一样而他就像一个旁观者。

　　合子说，她将掀开她人生新的一页。说得有些夸张，但也表达了她的心情，她和奥赛公司合资，在艺术公社开了一家规模较大的多功能餐饮茶酒广场，所以，她的主要生活区域，也由歌厅转向了艺术公社。

　　合子没有食言，她紧锣密鼓地准备一场演出，搞就搞吧，大巴没有上心这件事，由合子去了，而合子是很能折腾的人，她说要把昆明的大腕们都找来，疯一次。当她和卡拖商量此事时，卡拖就否定了合子的想法，卡拖说，如果是大腕们来一展风采就没意思了，这事要搞得有意思，要有文化含量，并且日常化。

　　既然要卡拖参与，卡拖就要把晚会主控权操在自己手里，他的想法很特别，不是搞话剧，不是弄小品，更不是歌舞，要有文化含量，要探索性强，充满现代情结，别开生面，总之，应该搞些说不清道不明的东西，这样的活动，非卡拖不可。卡拖对国外的实验话剧很有研究，他开始积极策划，自然，米朵成了他的助手。

　　晚会场地是现成的，把那间大仓库改成展示厅，足有四百平方米，西跳叫田贵搭了一个类似T字台的舞台，并找来公司装修工程用剩的乱七八糟的东西，如红绸、包装塑料泡沫，往台上一弄，就出现了别致的舞台效果，别开生面。

　　晚会的消息传得很快，四百平方米的大厅挤满了人，大多是圈子里的人，文学界，艺术界，媒体，更多的是大学生。同志们见来这么多人，有些压力，只有卡拖什么事都没有，他对大伙说，你们以为你们是谁呀，别把自己当大明星，即使有大明星，我也不准她上场，我再说一遍，今晚不是演出，请合子、米朵别把自己当明星，我们就是玩，玩，知道吗？今晚的一切，听我指挥，不服从也得服从。

实际上，整台晚会，卡拖是灵魂，米朵配合，可谓珠联璧合。合子主持，她所有的话语，都出自卡拖之手，所以那晚，合子妙语连珠，深刻之极，鲜活之极，不能不佩服卡拖，也不能不佩服合子的记性。

并非平时见到的那种晚会，主持人着装也并非鲜艳华丽，而是极端地生活化，一身牛仔。合子也不是从台上出场，而是从观众席上出场，并且说了一段似乎莫名其妙的话，她说，我们只能在路上，路很遥远，从内心到山边，山的那边，再到天边，天的那边，花只开在路上，到了天堂花还叫花吗；和我们一起寻找的，有路，有一路跪拜而去的僧侣，还有无数的心灵脚步；也许我们要寻找的东西，不在这个地理的世界，可能在文化和精神的巅峰，那是我们无法翻越的巅峰啊。我们还会回到心灵吗，我们问自己，我们寻找的东西很远，也许很近，或许就在自己心里，路很遥远，从内心到山边，再到天边，天的那边。

这段开场白后，合子引出了诗人卡拖，卡拖内心激动，表面却大地一样地平静，声调低沉，语速缓慢，他说，曾几何时，文艺一度成为全社会的中心，文学是社会的一面镜子，诗是社会的轻骑兵，是号角，是时代的声音，歌舞渗透到社会的各个角落，美术馆让人流连忘返，是政府冠以的精神文明和上层建筑。如今，经济大潮如海啸般涌来，所过之处，物欲横流，心灵荒芜，人性涂炭，精英文艺节节衰败，如秋风中的落叶，几度飘零，几度落寞，隐退到社会视线以外的边缘地带，几声抽泣，几声叹息，艺术何为，文学何为，作家、艺术家们退避三舍，如溃之阵。然而，不能否定，文艺家们从来就是人民的良心，社会的镜子，以及历史的记录员，他们用人性的光辉温暖人心，抚慰众生，他们用心灵和信仰，铸造社会精神和人类灵魂。我们承认，经济发达的国家，是一个实力雄厚的国家，而同样，没有文化的民族，是一个没有希望的民族，翻开历史，古今中外，无一例外。是的，文艺从来没有坦途，文艺家们也习惯了人生的甘苦，在经济大潮的冲击下，他们不甘贫穷，不计得失，仍然在苦苦前行，用良知牵引人心和温暖社会，用生命寻求美丽和光明；他们不一定会成为达·芬奇、雨果和贝多芬，但他们和大师一样，真诚和善良，他们已经出发，他们正在崎岖的路途中，他们没有终点。朋友们，如果他们得到你们的认同，就请伸出你们尊贵的双手，鼓掌，为他们送行，并祝福他们。

雷鸣般的掌声响过之后，就有人从左侧，从右侧，从后台，从观众席，从四面八方步入戏台，开始是一个，然后两个、三个，直至一群，男男女女，服饰各异，对襟服，中山装，五四女式衫裙，长袍，连衣裙，西装，上裸体，紧身衣，宽松式，现代装，光头，长发，各式帽子，应有尽有。他们表情冷漠，步态悠缓，擦肩而过，互不感应，每人说一句话后，又幽灵般退场。

他们所说的话，有名人名句，有内心独白，有电影电视台词，诸如："轻轻的我走了，正如我轻轻的来；我轻轻的招手，作别西天的云彩""为什么我的眼里常含泪水？因为我对片土地爱得深沉""中国人死都不怕还怕活吗""上帝给了我一双黑色的眼睛，而我却用它来寻找光明""鱼在空中飞，鸟在水中游""萨克斯的声音告诉我，城市很孤独，萨克斯的声音告诉我，城市很快乐""活着还是死去，这是一个问题""像上帝一样思考像市民一样生活""各战斗小组注意，打一枪换个地方，不准放空枪"等等，诸如此类。

默子和大巴、西跳、走云全上场了，连田贵上台说了句：麦子，我的麦子啊。米朵没跳，合子没唱，本来嘛，没有演员，没有排练，没有传统意义上的节目，随意的一次，地地道道的原生态，这不是表演，但比表演更有意思。辛苦了卡拖，整个晚会，他的构思，他的策划，他要调度所有的人，他是上帝，上帝很累。

米朵是优秀的专业舞蹈演员，虽然没跳，但她觉得好玩，她穿了件农村姑娘的红棉袄，像电视上那个姑娘一样，说了一句：心有多大，舞台就有多大。当然说完也像电视上那姑娘一样，旋转了两圈，然后突然噘起嘴来了一句：鸡都叫了，还不起床。说完就下了台。这样的效果，观众不笑，才怪。

看上去很荒诞，但据卡拖说，这里面有极强的逻辑关系，其逻辑就是表现现代生活，而现代生活，往往是无序的，没有表面上的因果关系。合子问，表面上没因果关系，有内在联系吗？卡拖说，当然有，那就是以人的潜意识和臆想作为根据。卡拖越说同志们越听不懂，不是什么事情都要弄懂的，只要好玩就行。

没想到这些现代情绪组合在一起，出现了意想不到的戏剧效果，台下是欢笑，是掌声，是思考，观众的情绪被充分地调动起来，认为这是舞台演出的最新版式。媚角一直和大巴坐在一起，她本不想来，她对大巴说，那是你们艺术家的聚会。大巴说，来一下吧，表示老总关心。没想到她看了后，接连说，有意思，有意思，不能说这是搞笑，是哲学的一种演绎。

大巴叫媚角上台说两句，她说，我还真想说两句，但不合适，这是艺术家的聚会。自然，大巴没勉强她。

最后，合子请大巴说两句，大巴本来没打算说什么，但有些激动，经合子这一说，也就说了几句：来的都是客，我们用真诚欢迎大家，我们搞晚会的目的不是表演，不是技巧展示，更不是哗众取宠，我们真心联络大家，以玩的方式进入艺术，表达我们的一种思想、观念和方式，我们谢绝传统，倡导个性，呼唤精英，拒绝平庸，同时，也告诉世人，艺术还没有死去，艺术今夜无眠。

那晚，快乐成了海洋，人人都是一朵快乐的浪花，没人去想平时那些烦恼和不快，大家沉浸在欢乐中。只有大巴注意到，大家都在现场，唯独不见水儿的踪影，大巴打了她的电话，也没人接听。水儿到公司的这段时间，这样的事，时有发生，难道她又去了夜总会？她究竟有怎样的秘密，大巴一头雾水。

十一

又到了一年一度的全国艺术院校专业考试，每年都在二月底，那段时间，艺院的校园里考生如潮，给正值春天的校园平添了春天的气息，整个校园春光明媚，春潮涌动，考生水儿像春潮里的一朵浪花，或是一点新绿。

在考场上，专业老师的表情告诉水儿，那是认可那是满意，潇一是键盘主考老师，自然不会给她打低分，所以当初找老师辅导是重要的，不仅仅是专业上的学习，还结识了老师，音乐专业是现场打分，也就是说，无法做到考试和打分分离，也无法做到评分和考生分离，因此，关系分情感分不可避免，所以，认识主考老师，会起很大作用。

考完最后一科出来，水儿一身轻松，眼前的景象从来没如此灿烂过。大巴打开车门，用手为水儿挡住车顶，像迎接凯旋的英雄。水儿钻进别克，大巴说，看你一脸的阳光，就知道你只等拿录取通知书了。

考试这几天，大巴开车接送水儿，像个负责的家长。一个熟人问他，这是楚楚吧，女儿都这么大了？大巴笑笑说不是。对方说：哦，知道了。大巴自然明白那熟人说知道了的含意，那语气意味深长。

按理说，专业考完后，要积极准备文化课考试，但大巴发现水儿专业考完后，就松下劲来，而且经常出门，有时很晚才回来。

包括那晚的晚会，也没见水儿。当时晚会散场后，媚角请大巴桑拿，大巴推说要准备画展作品，媚角有些不悦，走的时候告诉大巴，别弄得太晚。大巴说，一万年太久，只争朝夕啊。

其实，那晚媚角已经发现了大巴的异常，他不停地东张西望，魂不守舍，说明他心中有事，媚角是过来人，自然知道大巴有心事，这心事一定和女人有关，并且这女人一定是水儿。

水儿会去哪儿呢，大巴问默子，默子摇摇头。

大巴等到一点，水儿才回来。水儿回来时，轻手轻脚，大门值班室的田贵还在看电视，跟她打招呼，她也没说话，点了点头，就泥鳅一样滑进了大门。大巴办公室灯还亮着，水儿绕了过去，生怕大巴看见，结果刚一转身就和大巴迎头碰在一起，水儿大叫一声，没想到是老大，大巴问去哪儿了，她说去了她表姐那里。

听水儿说去她表姐那里，大巴没追问，笑了笑，对水儿说，早点睡吧。水儿点头离去。

大巴睡得很晚，画了一会儿向日葵，放下画笔，退后看了看画面，摇了摇头，不满意。大巴要的效果，不是形准和细腻，而是一种感觉和形而上的东西。与其说他画的是向日葵，不如说他画的是一种情绪，画面上看不清向日葵的造型，全是金黄色的色块，笔触奔放潇洒，情绪饱满。

大巴开了公司侧门，进了艺术公社，他径直敲了默子的门。默子没画画，正在看一本画家传记。默子冲了一杯咖啡给他，那晚两人没谈水儿。

大巴对默子说，你的画改变很大，已经看不到苏联巡回画派的风格，更多的是表现主义的手法和激情。大巴认为，从广义上讲，表现主义不应该有所狭指，它仅仅是表现，不是结果，只有表现的结果才能定性，才具有某种具体风格和特征的指向，而表现仅仅是表现，是一个不确定特征的初始判断，因此，它不应该是一个流派，更不代表哪几个画家，表现主义是极端个人化的，它会出现在任何一个国家，任何一个时代。

大巴说完，最后补充了两句，也就是说，你的画具有了个人风格，更耐看了，也更有艺术意义了。

默子和大巴在一起画画，已有三十多年，经历过"文革"后期的绘画，也经历过学院派的训练，临摹过很多大师，可以说，只要愿意，他俩可以画出任何一种风格的画，但那是步先人的后尘，艺术最重要的是一个新字。大巴说，他越画越不知道画什么了，没有信心，很苦闷，前所未有地苦闷。

默子理解大巴，不仅仅他，大多数艺术家都如此，处于茫然状态，在这种状态中游历、分离和重构，显现出艺术本身的品质和修养，这是艺术创作的特点所决定的，正因如此，艺术才具有一种创新精神和人格魅力。

那段时间，同志们画出来的画，少了些坚实和力度，也缺失了创作的自信和从容，以及绘画的个性和张扬。当大家把画集中在一起时，大多作品气质上虽然先锋和前卫，但一种病态的琐碎和迷茫，在无奈地沉迷和诉说。

没想到，卡拖看后，赞赏不已。他说，虽然大家的画不明快，没有阳刚之气，没有现实主义的社会背景和主题性，但画面所散发出来的氛围，正是后现代的元素和气息。什么是后现代，后现代就是反英雄反崇高，就是自嘲和反讽，就是平民意识，作为创作，就是回避激情，客观冷静地还原生活，于日常之中抚摸细节，这一点不一定是后现代的全部，但一定是后现代的组成部分。在此我们不是说一定要后现代，非后现代不可，如果这样，相反又是一种当代精神的失语。我们必须看到，后现代所具有的强烈的先锋性和探索性，这正是我们所需要的，我们不是救世主，我们救不了艺术，更救不了人类和社会，我们的言说不代表社会主流和官方话语，我们有的，只是艺术的偏执和叛逆精神。我们拒绝平庸，倡导创新，艺术没有终极，我们只在过程之中，所以我们无须对社会负最终的道德责任，因此我们只能说，我们这些画，是艺术进程中的某一段，并不是艺术的终极追求，但为了捍卫艺术的创造性，我们目前只能这样，这就是我们的意义。

卡拖的理论，搬开了压在同志们心头的石头，为同志们的画找到了理论支撑和精神向度，让同志们茅塞顿开，大家心中的气息顺畅了，那些画不再悠着飘着，一下子就有了根基，有了这个根基，大家也就有了信心，心头也就踏实了许多。什么是导师，导师就是引路人开路人，谁是导师，卡拖就是导师，连大巴都不得不服。

元旦将至，大巴请卡拖为画展写几句话，卡拖的文字，成了打开这些画的钥匙。而卡拖却说，自圆其说，自圆其说啊，艺术大凡如此。

展厅定在那间大仓库，各地的画大多送来了，摆满了一屋子。那几天，大巴带着大家准备画展，公司的事一度停了下来。两百份画展请柬很快就发出去了，画展如期举行，取名为"向日葵画展"，由向日葵画会和媚角的公司主办，画会承办，所产生的费用，全由媚角公司承担。大巴对媚角说，谢谢了，让你们破费了。媚角说，我们附庸风雅，沽名钓誉，借艺术之光出名，沾点文化的仙气，值。

开幕那天，来的人不少，大多是艺术院校的学生，由艺术学院的一位副院长、媚角和大巴剪彩，大巴主持，副院长致辞。宣传部、文化局、文联、美协等有关单位领导都没来，文联、美协来的人，也是以个人身份来的，媒体来的人大多是朋友和熟人。不过开展这天还不算冷清，媒介也做了一些报道。真正的冷清是后来的几天，展室里几乎没有观众，默子和大巴站在展厅中间，展厅里空旷而寂静，夕阳的光照把他俩的影子拉得很长。

媒体上了些批评性的文章，说这个画展是哗众取宠，故弄玄虚，脱离观众，脱离生活，脱离社会。更有甚者撰文《变态者的疯狂》，《裸露的颓废》，说作者全是心理变态和精神病患者，心灵空虚，思想颓废，所生产出来的产品必定是文化垃圾。

受到如此批评，默子和大巴心情都不太好，卡拖和西跳却说画展很成功，看画展的人不多，这是情理之中的事，现在的人本身就不看画展，改看电视和上网了，看画展的大多是圈子里的人，探索性的画展不应该有多少观众的，看的人多了，喜欢的人多了，对于创作和创新，反倒不是好事，至少就不探索了。要知道，最初真理只掌握在少数人手里，别说咱们，就是凡·高、毕加索的画，在昆明也不会有多少观众。

画展的宗旨就是探索性、挑战性、前卫性，并且拒绝平庸，卡拖在画展的序言里是这样写的。这样的画展免不了冷落和备受攻击的命运，向日葵们再次蔫萎，不仅仅大巴们，这结果影响了全省各地参展的作者，低落情绪像瘟疫一样蔓延。

画展如此结果，也属于正常情况，就个人来说，无论大巴还是默子，都不会影响到什么，但此事对画会来说，一定程度上产生了一些负面影响。观众怎么说，对大伙还没什么压力，毕竟画展不是给外行看的，是学术是艺术探索，问题是这样的东西，应该得到美术界的肯定，但是没有，所以，大家情绪不好。再加上那段时间公司不景气，本来，媚角一千万的注册资金投进来，是一个发展的契机，这在市场竞争中是很有说服力的，但没有很好地利用，大概是因为办画展，精力投入不够的原因，一度公司业务凋零，大伙都闲着、闷着、烦着，同志们心里难受。

真是祸不单行，艺术公社的人气也淡了下来。那一天，同志们聚在合子的茶室，开始是谈艺术，后来就把话题转到了吧区的经营上，合子分析得有道理，她说，前段时间，艺术公社人气旺，是因为，那次晚会影响较大，媒体频频报道，艺术公社是新生事物，所以来看热闹看稀奇的多，当这种新鲜感一旦过去，人们的热情就会随之消退，一般市民就很少来了，余下的大多是圈子里的人，作为一个有商业性质的吧区，一定要靠商业的模式来运行，要有规模，有硬件，有特色，有趣味有服务质量，才能吸引一般消费者，单有艺术公社的文化定义是不够的。

大巴以为合子没信心了，合子说，就我个人来说，搞茶室是一种体验，不赚钱不要紧，没贴本我就谢天谢地了。

就眼前的人气，如果是在其他地方，肯定亏了，好在老厂房房租不贵，所以目前只是收支平衡。西跳说，先别管这么多，出去走走吧，透透风。

本来大巴的意思，等水儿考完文化课考试，就去远一点的地方走走，加上前段时间，要么是搞晚会，要么是办画展，没时间，现在有时间了，只等水儿考完文化考，西跳说可以先到城边郊外转转。

昆明是个严重的缺水城市，盘龙江的源头松花坝水库，是昆明饮水的主要来源。说盘龙江是条大江，是西跳夸张了，不过，虽然盘龙江只是一条只有十多米宽的河沟，但从昆明狭义的角度讲，说盘龙江是条大江，似乎也说得过去，因为盘龙江是昆明坝子的主要河流，也是穿城而过的唯一河流。所以西跳戏称要考察大江之源。

那天一伙人穿过城池，一直往北，来到了盘龙江的上游，大巴望着清澈见底的江水，无限感慨地说，再清澈的江水，只要经过城市和人群就变得浑浊不堪，昆明城及以南的盘龙江，就因穿城而过变成了昆明的下水道。

同志们在江边坐了下来。合子也来了，西跳对她说，我们闲我们的，你怎么也跟着闲了，你不开茶室了？合子说，请你不要逼我，我应该有我的自由，应该按自己的方式去生活，顺便提醒你，我是一个不愿把自己绑在一件事情上的人。西跳说，言重了言重了，我只是随便说说。

卡拖往对岸指了指，说，江对岸有几个农民正在播种，他们好像从来没有闲着的时候，也没有无聊空虚的时候。合子说，你要充实要忙很容易，渡过江去跟他们一样，种地干农活。大巴在旁搭了话：这条江，我们怕是过不去了。合子问什么意思。大巴说，人都生活在自己的轨道里，要跨越一种界线很难，那是一种人生的超越，谈何容易，我们也无法像那些农民，因为我们杂念太多，想法太多，满身浮华。按理说意念多想法多，就不会寂寞，不会无聊，不会空虚，这些意念和想法会推着你去做很多事情，你会像记者一样忙碌，像哲学家一样思考，像企业家一样行动，像农民一样去耕种，像理想主义者一样实现人生价值和理想。可是我们没有，我们不知道我们是什么，从哪里来，要到哪里去，也不知道我们究竟要干什么，我们的确感到了空前的无聊、寂寞和空虚。

一伙人望着江水发呆。

默子从左边的石梯下到水边，合子也跟了来，她戴了个蓝色帽舌的遮阳帽，面部全被一块蓝色遮住，像个没五官的头，阴阴的。大伙坐在江边，半天没说话，只有一个人在哼唱：有一个地方／那是快乐老家／它近在咫尺／却远在天涯／我所有一切都只为找到它／哪怕付出忧伤代价／也许再穿过一条烦恼的河流／明天就能够到达。

合子没唱，这时的合子像个思想家，她一脸的惆怅沧桑，这可是阅尽了人间冷暖后的表情，沉默，应该是思想者思维活动到极致的状态。

终于，合子说话了，她朝盘龙江甩一块石头，然后说一句话，准确说是骂一句：狗日的艺术。再甩一块：狗日的昆德拉。再甩一块：狗日的惠特曼。再甩一块：狗日的米开朗琪罗。再甩一块：狗日的凡·高。再甩一块：狗日的邓肯。再甩一块：狗日的贝多芬。再甩一块：狗日的帕瓦罗蒂。再甩一块：狗日的大巴，狗日的卡拖，狗日的默子，狗日的西跳，狗日的合子。

连自己都骂了，还能骂谁？总不能骂自己的老祖宗吧。大概再也找不到可骂的了，合子安静了下来。默子问合子手甩酸了？骂不起了吧？

合子没说话，而是又朝盘龙江里甩了一块石头：狗日的男人。

西跳补了句：狗日的女人。

一直没讲话的大巴，往水里扔了一块石头，骂了一句：狗日的钱。

然后他从河堤上站起来，拍拍屁股，走了。

十二

去盘龙江上游那天，水儿和走云留守公司，是大巴让她们留下的，公司总不能是个空巢吧，加上水儿很快文化课考试了，留下来便于复习。

水儿和走云，已经分开住，走云在吧区租了画室，她也就住在了画室，剩下水儿一人住，那天大巴他们走后，水儿自己复习，她开始背英语。

走云不敢偷懒，她很早就来到公司，打开电脑，本想做个效果图，但习惯性地点开了QQ，屏幕上出现了一个熟悉的名字：雄性高原。多好的名字，他说他也是昆明的，两人已经聊了一段时间，对方多次提出要见面，走云回答说，我也想见你，但水还没到，渠哪能成呢。走云一直吊着对方的胃口，对方说自己是个作家，上网聊天是体验生活。走云心里骂道，狗日的作家，到网上来泡妞，还找个冠冕堂皇的理由，虚伪加无耻。但有一点要承认，作家就是作家，和卡拖一样，雄性高原，妙语连珠，花言巧语，什么鸟儿都被他哄得下来，几个来回，走云就迷上他了。

水儿好奇地走过来，英语书还捧在手里，就盯住电脑屏看了，走云说，让你见一下世面，看我是怎样泡仔的吧。水儿说是要学学经验，不然今后嫁不出去。

走云还没来得及说话，雄性高原就和她打了招呼。

雄性高原：亲爱的，见到你很高兴，我在等你呢。

走云：哦，谢谢，我们并没约好呀。

雄性高原：亲爱的，你不觉得我们已经约过了吗，心灵之约，我感觉到你会来，你就来了，这是一份心灵感应，只有心上人才会这样。

走云：不是吧，大作家同志，你大清早的到网上闲逛，不写作了？

雄性高原：怎么是闲逛呢，写作固然重要，但于我来说，和你在一起更重要，哪怕只是在网上，我也会把所有的事停下来。

走云：亲爱的，你这样说，我很感动。

雄性高原：宝贝，感动的还在后面，我不仅让你感动，还会让你快乐。

走云：我现在就需要快乐，你怎么给我。

雄性高原：我会想法给你的，昨晚的梦中，我们睡在一起。

走云：那是你老婆，别把我扯上。

走云没让他说下去，就退出了QQ，水儿在旁看得目瞪口呆，走云对水儿说，怎么样，还有点意思吧，这就是网络，一个虚拟世界。水儿说，在网上都这样赤裸裸的？走云说，这算什么，还有视频，可以互相看得见。

水儿算是开了眼界，听得都红了脸，一半是兴奋，一半是羞涩，她虽然有在红都的经历，其实严格地说，水儿还没有亲近过男人，所以，走云一副过来人的脸嘴，故弄玄虚，很权威的样子。

走云对水儿说，还有什么，尽管提问，我给你普及普及，不收学费的。

水儿嘴里说没了，但还是问走云，雄性高原真是作家吗？走云回答说，这是网络时代，你别那么认真，也许对方就是一个流氓，一个网络流氓，其实网络上大家都是流氓，聊来聊去，最后都无一例外地聊男女那点事儿。

本来水儿已经听明白，但还问走云什么事儿。走云被问得不耐烦了，就说，什么事儿？就是男女间的那点破事，算了算了，不污染你了，老大知道了，不饶我的。

水儿若有所思地说，要是雄性高原真是一个作家呢。走云说，你说的极是，也许雄性高原就是卡拖，是又怎么样，真的作家又咋了，只要是男人都那德行，你以为卡拖就很高尚？默子就高尚？大巴就高尚？我告诉你，在女人面前，他们都一个嘴脸，或者说，男人都一个嘴脸，这个你应该知道的。

走云讲到这里时，往门外看了看，确定没人了就对水儿说，我们是姐妹，更是女人，平时不便说什么，今天他们都不在，我们就说说我们身边的几位大师吧，当然别把他们当大师，他们是男人，男人凑在一起千言万语，离不开女人这个话题，我俩今天也放开说，但说了就丢了。水儿说，你以为我是小孩，你放心吧。走云说，其实也没啥，不就是女人说说男人吗。水儿说，那你就说嘛。走云说，我当然要说喽，你不让我说，我今天也要说，你知道吗，我们老大在圈子里，被公认是最风骚的一个，他和合子的关系，是公开的，他老婆拿他没办法。

而卡拖更是性坛名流，一代宗师，曾经沧海难为水，除却巫山不是云，他已经成仙了，不再身体力行，不再肉身相试，那样太俗。据说，他和米朵现在玩的是精神法，柏拉图式的，至尊至爱，那是爱中极品，可歌可泣，感天动地啊，他现在对米朵百般恩爱，可为米朵做牛做马，但从不动米朵一个指头。

水儿急着问，那默子老师呢？

走云不是等闲之辈，自然知道水儿的心事，她早就看出水儿对默子一往情深，而走云却迟迟不说，吊着水儿的胃口，等水儿迫不及待了，她才悠悠地说，默子老师嘛，是个很难说得清楚的人，这样说吧，如果说，老大的性是张扬的，那么默子的性就是含蓄的，张扬的东西往往是表层的，是肤浅的，是有尽有头的，而含蓄的东西是什么，是深刻的，是无边无际的大海啊，什么东西都能把你淹喽，那叫力量。

走云突然觉得讲这些不妥，在他们面前，自己只是个学生，他们都是自己佩服的老师，有些话不便说。水儿没法，就问起了西跳，走云说，西跳啥都写在脸上，一身的臭毛病，没啥可说的，俗话说男人不坏，女人不爱，这不妨碍我爱他，但要说明的是，我绝不会成为他的妻子。

水儿正要问为什么，电话就响了，水儿接完电话，对走云说了声有事，就急急忙忙地出去了。

走云以为水儿去去就回来，结果快到下午六点了还没回来，走云刚要去吃饭，电话响了，走云以为是水儿的，结果是西跳的电话，西跳要走云和水儿过去吃饭，他们一伙人在餐馆里等着。走云赶了过去，大巴问走云水儿呢，走云对大巴说，水儿中饭没吃就出去了。走云说得云淡风轻。大巴拨了水儿的电话，结果忙音。

那顿饭，大巴吃得没胃口，水儿出去这样长时间，并关了手机，这不太正常。

吃过饭，一个不少，全泡在合子的茶室里，连饭都没煮过的合子，此时却为同志们忙开了，并叫大巴招呼好大伙，喝的吃的马上就好。大伙都坐下了，只有大巴站着，等到合子端上自己亲自煮的咖啡，大巴忙接过放到桌上。同志们看到他俩忙的样子，都有些过意不去，西跳却说，他们应该的，谁叫他们是家长呢，大巴家长公，合子家长母，哈，茄子。

我们都成孩子喽，同志们哄笑起来。走云说孩子就孩子，只要有吃的喝的。合子也不示弱，家长就家长吧，她做出一副老太太的样子对大伙说，孩子们，听话，吃东西前要洗小手手，饮料嘛就别喝了，喝了会尿床的。说着就把西跳面前的咖啡拿走了。西跳说，我说家长母，一碗水要端平嘛，怎么只虐待我呢。大巴说，怎么虐待你了，怕你喝了尿床，关心你嘛。

米朵要吃冰激凌，茶室没有，合子拍了一下米朵的头说，乖，我去买。卡拖对合子说免了吧，你别把我的机会抢了。

卡拖跑了很远的路，才买来四块冰激凌，一块给了合子，一块给了走云，两块给米朵。卡拖请合子和走云别有什么意见，给你们各人一块就不错了，这是爱情的分配。卡拖把两块冰激凌刚送到米朵手中时，冰激凌就化到了地上，能不化吗，老热的天气，老远的路。米朵见冰激凌化到地上，嘬起了嘴。卡拖说，上帝作证，我已经尽力了，冰激凌化了，但有一样东西不会化，永远也不会化，卡拖把米朵的手贴在自己心窝说，这东西在我这里。米朵自然知道卡拖的所指，卡拖说完就又往外跑，米朵拉住他，别去了，我也不吃了，你有这份心就足够了，这比十万块冰激凌都强。卡拖拥抱了米朵，米朵好幸福好幸福，两人眼睛里竟然有些湿润。天啊，上帝，你怎么把爱情演绎得这么美丽动人。

大巴看到这一幕，自然又想到了水儿。他想，也许什么事没有，水儿是去了她表姐那里。

十三

水儿终于参加完文化考试，这时已是六月了，又一个昆明的美丽夏天。其实，昆明一年四季只有春天，春天是昆明的一张名片，有一段时间，央视天天出现昆明的景色，而广告词只有一句：这里天天是春天。这个公益广告还得了央视大奖。

好像大家都跟着水儿考试一样，水儿刚考完，同志们都跟着松了一口气，还等什么呢，出发吧，同志们的心早就杜鹃一样，开满云南大地。

那天，就像赶时髦，大家都争着坐敞篷车。敞篷车没遮没拦的，可不是好坐的，这伙人都咋了，连大巴也要找一种感觉，和西跳调换，自己开了敞篷车。这样默子和水儿、合子、卡拖、米朵坐了敞篷车，本来只有五个座位，结果硬塞了六人。合子家长母嘛，同志们都让她坐副驾驶位，和大巴家长男平起平坐，合子不坐，一副高风亮节的嘴脸，把副驾驶位让给了默子，后排一男三女，花儿朵朵，卡拖他在丛中笑，艳福不浅啊。米朵苗条，基本上贴在卡拖怀里，这样也好，不占地盘。这伙人，什么人间奇迹都能创造得出来，好在敞篷车宽大，其实也坐得下，问题是遇到交警就麻烦了，合子说，没事，遇到交警我去摆平。大巴说，有你这句话，我就放心了，我们有个糖衣炮弹，怕啥。合子说，别这样损人，我可是家长母。

别克车也不轻松，足足五个人，西跳对大巴说，你们刚好三男三女，配得正好，别出问题哦，我们这辆车就不同嗖，四男一女，男女不搭配，干活一定累。卡拖说，累也是累其他三人，有走云在，你还会累？西跳说，走云在旁我更累。大巴对西跳说，走云在旁边，开车别走神哦。西跳对大巴说，什么话，下流，还老师嘞。

这是个普普通通的早晨，像一个刚破壳的鸡蛋，太阳蛋黄一样鲜嫩，大家的心情和目光也像蛋清，鲜亮极了，清朗极了，也滋润极了。西去的公路，像条拉链，两辆车拉开了滇西北的广阔土地。

风把大家的头发一个劲地往后拉，像在做一种统一的发式，风很大。大巴说不是风大，是因为车没遮拦。默子说，车不动是没有风的，所谓风，不过是车的运行和速度。卡拖说默子的话深刻，像个哲人，又像个物理学家。

米朵像颗糖粘在卡拖怀里，甜在卡拖心上，此时的卡拖一定是最幸福的人，他一身牛仔，戴了顶草帽，像个流浪汉，又像个西部牛仔，总之，他把潇洒两个字，做了一个很透彻的诠释，他不许大家想不愉快的事，他说今天的名字叫快乐。合子、水儿、米朵跟着吼叫起来：哈哈哈，我们的名字叫快乐，我们的名字叫快乐。

卡拖很激动，对着苍天大叫了两声，刚站起来，好像要做诗，结果站起来，才感觉到风像无数无形的巴掌打在脸上，风随便伸出一只手，就摘去了戴在卡拖头上的草帽。卡拖想叫车停下，但不知高高飞舞的草帽会落在何处，草帽在后面的天空上飘舞，然后飘向田野和山谷，深幽的山色衬托出阳光中明亮的草帽，那是一种很抒情很动人的飘扬。此时无声胜有声，同志们全神贯注，都没说话，亲眼目送着草帽。卡拖沉浸在一种心境中，触景生情地唱起了《草帽歌》。这卡拖唱得也牛了一点，同志们竟然觉得他比日本原唱乔中山还唱得好，那歌声比飘舞的草帽还缓慢还深沉，先是卡拖一人唱，后来是大家的和声。那顶草帽好像不是飘在天空，而是飘荡在大家的心中，同志们像送别一位老朋友，一直到草帽消失在晨雾萦绕的山坳。

只有卡拖是深情的，其他人的歌声，或多或少有嬉闹的成分。大巴没唱，他戴着墨镜，一本正经开着车，合子说我们坐在后面，虽然看不到大巴的面孔，但读到了一个深沉的背影。大巴说我没那么深刻，但也没那样矫情，人老啦，没法和你们年轻人比喽，虽然我不善唱歌，但喜欢听，刚才的《草帽歌》，把我们带到了一种情节里，我们体验了一种情感，来一首和我们此时的心情合拍的歌吧，怎样？歌唱家起头。

大巴这么一说，合子就真的成歌唱家了，她好不容易得到大巴的鼓励，自然就很专业地清了清嗓，唱起了陈明的《快乐老家》：

跟我走吧

天亮就出发

梦已经醒来

心不会害怕

有一个地方

那是快乐老家

它近在心灵

却远在天涯

我所有的一切都只为找到它

哪怕付出忧伤代价

也许再穿过一条烦恼的河流

明天就能够到达

我生命的一切都只为拥有它

让我们来真心对待吧

等每一颗漂流的心都不再牵挂

快乐是永远的家

……

默子平时没太注意这首歌，经合子这一唱，他倒真喜欢了，以至于后来默子经常哼唱起这首歌。这一次不仅大伙，大巴也跟着唱了，唱完后却是很长一段时间的沉默。都咋了？

后来还是合子说了话，她说，陈明前次来昆明时告诉她，这首歌是高价买来的，不过也值，这首歌使她唱红大江南北，所产生的效益，远远超过了歌价本身。

那天的旅程是歌声铺出来的，同志们都还没反应过来，大理就到了。到大理最明显的感觉是风，大理的风真有点意思，人到哪里风到哪里，哪里人多哪里风就最大。大伙下了车，站在一个风口上，远处的山没人影，也就纹丝不动，空气中也看不出风的迹象，而大伙的耳旁尽是风声，身上全是风影，衣服哗啦啦飘着，人有飘的感觉。合子的长发使整个空气激动起来，卡拖说那不是头发，是火焰，黑色的。合子对卡拖说，诗人，来一首吧。卡拖对合子说，家长母，你以为作诗像拉肚子，说来就来？

西跳走过来对卡拖说：好男不跟女斗。西跳这话本来是帮合子，合子却说，这里有好男吗？西跳同志，你是说你还很纯洁？

大巴一直没说话，听合子这么一说，言下之意在场的都没好男人了，就对合子说，我们没招惹你呀。合子赶忙说，大巴老师，你很纯洁。大巴说我还无瑕呢。两人顶了牛，默子知道他俩顶下去，会不愉快的，就把话引开。默子对卡拖说，费这口舌干吗，合子请你作诗是看得起你，这么大的风，形容两句不就行了？卡拖对默子说，我不会形容，你应该知道，我的诗从来不用形容词的，我只知道这里的风一年只刮两次。走云和合子同时发出质问：只两次？卡拖慢悠悠地说：一次就是半年。还没等大家反应过来，卡拖又说，这里的风只吹得一种东西在摇晃。大家又异口同声：什么东西？卡拖说人的视线。大巴说好诗好诗，真是好诗。卡拖第一句巧妙表达了这里一年四季都在刮风，但又没直说，第二句又巧妙地表达了这里的风很大，虽然只有视线一样东西在摇晃，虽然只是一样东西，但想想看，视线在摇晃，所看到的东西不都在摇晃吗，包括日月天地山川湖海，这样的风还不大吗？

　　默子始终认为，如果人类有天才的话，那天才一定在诗人里面，作为画家，我很惭愧。

　　当同志们一个劲地夸卡拖时，他却来了句：雕虫小技，不足挂齿。

　　一伙人到洱海边已是黄昏时分。有人说住下吧，有人说继续前行，有人问还走吗。出来后大家不再听大巴的，西跳说，出来就不再是公司了，不是上项目，也不应该有行政行为，让他妈工作安排见鬼去吧，这里没有上下级，只有朋友。

　　其实，大巴也没领导人指挥人的习惯，只不过作为一个公司，需要有一个人来统筹，自己做了这样一个人，如此而已，所以，大巴赞同西跳的意见，但他什么也没说，他怕说出来又成了行政安排。对走还是住下，他也没发表意见，随他们去吧，尽管意见不统一，但有一点是统一的，那就是，眼前的景色很迷人。

这是六月底，遍地的杜鹃花在黄昏中灿烂而动情，同志们簇拥在花海中，像一座人岛，远处的渔村飘荡起一缕炊烟，再远处就是洁净、透明的洱海了。默子没理由不动起画笔，他用最快的速度画出色调，水儿在旁目不转睛地看着。西跳说都这样了，还走得了吗，同志们动手吧，安居起灶，等默子的画好了，咱们的饭也就好了。西跳选了一块平地，兵分两路，垒灶做饭和搭帐篷同时进行，不一会儿几个帐篷就好了。

那一晚吃饭时，月儿已经上天，应该说有两个月亮，苍山顶上一个，洱海里还有一个，都一样地洁净一样地明朗。苍山顶上的雪，在空旷的夜空中只是苍凉、银白色的一抹，发出迷人的辉晕。

大理的风花雪月，既是四景，也是四绝，名气很大，他们欣赏到了三绝，下关风苍山雪洱海月，只差上关花了。还去看吗，大巴问。西跳说谁都不是第一次来大理，免了吧，要看花，咱们面前不是有几朵吗。显然他指的是几位女士，合子说这不公平。西跳说，你们也可以看我们呀，只要你们愿意，我们还可以赤身裸体呢，免费供你们参观。走云过去就给西跳一拳：流氓。

哈哈，茄子。

第二天一早，一伙人从大理出来，来到岔路口停住了，事先也没说一定要去哪里，所以就停下了，像一段随笔，打了一个顿号，南下临沧佤山，西南去瑞丽，西去腾冲，西北上丽江和香格里拉，都是好地方，往哪走呢。大巴说先吃早点吧。大巴说完，又意识到自己又当了一回领导。

等一伙人闹哄哄走进餐馆，一个朴素的餐馆被弄得时尚起来。从餐馆伙计惊讶的目光里，默子才发现同志们穿得很扎眼，全算得上奇装异服，还大多数都戴了墨镜，说话南腔北调，当地人看到这伙男女好生奇怪，免不了议论一番。

餐桌上，大家的话题像油锅爆干豆，议题是去哪里不去哪里，个个争得面红耳赤，最后的结果是不去沧源岩画不去瑞丽边贸不去腾冲火山不去大理古城不去丽江古城不去崇圣寺三塔不去蝴蝶泉不去白沙壁画不去松赞林寺不去旅游景点，特别不去见丽江那个烦人的宣科，如果历史文化名胜市井人群为他们闪开一条道，为他们放行，他们要说声谢谢，他们拒绝人文，拒绝任何一种人为的痕迹，西跳说我们是文盲我们怕谁，我们向往自然，崇尚自然，归隐自然。

会议决定人人都关掉手机，不许和外界联络，会议还特别指出，包括大巴，不许开手机，即使是为了业务也不能开，什么业务，见他妈鬼去吧，就是公司开倒闭了，也不准大巴开手机。大巴举手说，我愿意，我服从。说完就自己带头关了，没说的，大家都关了，那个认真劲儿，俨然一次遵义会议。

就在他们鼓掌通过的时候，一个十多岁的小乞丐向米朵要钱，米朵一声惊叫，条件反射地向卡拖靠过来。卡拖以为咋了，也同样条件反射地站了起来，一副英雄救美的嘴脸，以为自己终于等来表现的机会了。

乞丐很可怜的样子，卡拖握紧的拳头不知往哪打。既然是乞丐还怕谁，小乞丐执着地穷追不舍，米朵像身上沾了一滴口痰，甩也甩不掉。大家乐得身板前弯后仰，后来是卡拖不但没打小乞丐，还掏了五元钱。小乞丐接了钱，才笑眯眯地撤了退。

西跳说，乞丐也好色，他不跟我们要钱，谁漂亮他跟谁要。合子对西跳说，你的意思是说，我和水儿、走云都不漂亮？我们倒没意见，恐怕走云不饶你吧。西跳对合子说，请你不要太敏感，谁不知道你是红得发紫的大明星，是小乞丐有眼不识泰山。走云走过来对西跳说，废话少说，买单去。西跳还真是乖，结账去了。

合子说，昆明街头乞丐也很多，上一次街，你不一定遇得到一个艺术家，但你至少能遇上一至两个乞丐，据说乞丐是有组织的，每年还开一次全国代表大会呢，当今世界，为什么乞丐比艺术家还活跃呢，这是一个问题。

大巴对合子说，你的意思不就是说，艺术家不如乞丐吗。合子对大巴说，首先我声明我没这样说，其次，你以为艺术家就比乞丐强多少，论气质，你们在座的，没一个比得上丐帮帮主洪七公。

卡拖若有所思，连说了几个极是极是。大家都不得其解。难道这个世界，真的就到了艺术家不如乞丐的时候了？

几个当地人在议论他们，针对他们在争论着什么，他们这伙人也值得议论，穿得乱七八糟的，尽说些莫名其妙的话，有谁能听懂，自己人听了都很费力，他们讲了些什么，艺术家和乞丐什么的。在旁人看来，这伙人一定有精神问题。

后来他们才知道，那些当地人在打赌，有人赌他们是新加坡人，有人说他们是日本人，有人猜他们是泰国人，以一桌酒席赌输赢。结果显然是没人输，也没人赢，他们告诉他们，我们是地地道道的中国人。

几个当地人很失望，怎么会是中国人呢。

虽然开了会，但谁也不明白，下一站的目的地，同志们又是一番争执，默子说很想去香格里拉画风景，完成他画大风景的梦想，他主意已定，即使他们去其他地方，他也要单枪匹马。西跳说他想南下，闯一闯金三角。意见不一致，最后大巴想了个办法，用一支筷子立在桌上，用筷子倒下的方向，决定大家去的方向，结果筷子倒向了东方，东方是什么地方？大家会心地笑了，东方不偏不歪，正好是昆明，难道要回昆明吗？这显然不算。第二次筷子倒向西北方向，正好，那是丽江和香格里拉的方向。

十四

　　到了长江第一湾石鼓镇，准确说是金沙江边石鼓镇，水儿第一个从车里站起来，当她转过身时惊叫了一声，差点把车吓得滚下了坡。合子站起身来看时，也同样惊叫一声，谁也想不到她们看到了什么。卡拖不信这个邪，也往坐位后面的后舱看了一眼，不看则罢，一看也不免一惊，小乞丐竟然睡在里面，显然小乞丐是在大理岔路口，趁大家不注意睡进去的，也就是说小乞丐在车里睡了四个小时。车一停，小乞丐忙着下车，跑到路边就掏出家伙，对着滚滚长江，对着丽江的壮丽景色，一股尿冲出去。大家看得目瞪口呆，女士们竟然也没回避，不是不想回避，是忘了回避。西跳说，那尿尿得真是有气魄，是我看到过的最有气势的尿尿了。

　　小乞丐尿完，还拿着他那东西摇了两下，直到那东西上的最后一滴尿滴下。小乞丐沉着冷静地做完这一切，就又回到车里，好像是接着睡的意思。西跳急了，刚要把他拉下来，大巴制止了西跳，他问小乞丐，家在哪里。小乞丐揉了揉眼睛说，不知道。大巴又问他要去哪里，小乞丐也说不知道。大巴什么也没问出来，也就不问了，让他睡吧，只能如此，总不能放下他不管吧。

在石鼓的两天，同志们都抓紧时间画着，连水儿也用大巴的工具画了一幅，默子画了几幅写生。这里的风景真是绝了，那气势那壮观真是逗不得，金沙江从西北而来，又调头北去，有谁有这样的创意，真正真的大气魄大构思大手笔，连央视八套的形象片里，也天天出现这处绝美的景色，形象片里，一个可爱的小女孩站在岸边哼唱，美到全国人民心里去了。

岸边有一面很大的石鼓，石鼓因此而得名，石鼓上的石印就像布满的年轮，水儿和米朵站在那里，像年轮里刚冒出来的嫩芽。看到米朵用手拍石鼓的样子，就令人发笑，别说你一个黄毛丫头，就是神兵天将用尽了开山之力，也没敲响过，没人敲响过，从来没有，千年如此，万年如此。

石鼓一带江面宽阔，水流平静，再往下，江水就从两座雪峰间穿过，一边是香格里拉的哈巴雪山，一边是丽江的玉龙雪山，两山之间便是闻名遐迩的虎跳峡，可谓金川玉璧。可以这样理解，石鼓江水的平静是奔腾前的平静，那种平静，就像一种休整，也像是在构思在酝酿一次世界大战。

到了虎跳峡，你才知道什么是激情，什么是愤怒，什么是不可阻挡、不可一世的力量，这应该是世界上最壮观，最险峻，最摄人心魂的峡谷了。那天，离虎跳峡还很远，他们就听到地动山摇的轰鸣，就看到金黄的水雾腾空而起。几个女同胞都不敢走近，他们也只能站在安全的地方看了一眼，那一眼，看得他们心惊胆战，看得他们站不稳脚跟，他们的心惊是人类的心惊，他们的胆战是人类的胆战，那一瞬间，他们懂得了什么是伟大，什么是渺小。

大巴说虎跳峡是我们不敢多看的地方。

他们离开石鼓和虎跳峡的时候，从江右边仰望，玉龙雪山就在天上，这个至今还没被人类征服的处女山，傲视天宇。他们不敢接近，它不是山，是神。它安详宁静，就像在睡梦中，他们不敢打扰，就像他们不敢面对文化丽江一样。他们这样的人，负载不起深厚凝重的文化，同样，他们没有惊动丽江古城，他们和一种文明擦肩而过，那是一种遗憾，也是一种解脱。

跨过金沙江，一伙人就进入了香格里拉。生活中也会经过很多河流，但那绝不是地理意义上的河流，而往往是某种界定，是一种人生，是一种哲学。河流和文化永远纠缠在一起，从来没有分开过，史家把历史比作长河；哲人也说，人不能两次进入同一条河流；诗人于坚说过，面对怒江，前进还是后退，这是一个英雄和叛徒都在思考的问题；卡拖也说过，经过一条河流的石子，会变得光滑世俗，如此等等。

过了江，路就一直往上，就像一条天路，卡拖说如果有界定，那就是我们从喧哗的凡尘回归了大自然。大巴说回归，并不是从城市来到原野和山林，这只是躯体行为，而真正的回归是心灵和精神的皈依。大自然只是一种客观形态，而人的思想和意识往往是主观的，这里面包含着人的欲望、理想、荣辱、虚荣、贪婪、烦恼、孤独、快乐、痛苦，甚至阴谋，有了这些，人就不会轻松，人只有回到大自然的客观形态，并融入其中，才会做到彻底的放松。

合子打断大巴的话，递过去一些零食说，就此打住，别用深刻找烦，我们可是没文化的，肤浅点好吗，肤浅几乎就等于轻松和快乐，我肤浅所以我快乐。卡拖听合子这么一说，对合子做了个仰望的动作：你这一句话逗不得，绝对深刻，你说慢点，我要用笔记下来。

本来，卡拖是真赞赏这句话，也许是语气的原因，就有了一点调侃的意味，合子刚要回敬，大巴含着颗话梅对她说：有吃的，别忘了你后面还有个人。大巴这么一说，水儿和米朵不免吓了一跳，竟忘了后面还有个小乞丐，合子极不情愿地递给小乞丐一袋饼干。

小乞丐在石鼓洗了澡，理了发，穿了一身大巴给他买的新衣服，精神多了，只是不讲话。他叫王有财，大家都说难听。默子说他在大理岔道上的我们的车，就叫他岔道吧。卡拖说这名好，有意义，岔道口是人生的十字路口，他没有误入歧途，而是被我们带上了金光大道，一不小心，我们就带出个出人头地的人来了。合子对卡拖说，可能吗，你都还没出人头地呢。

天上渐渐出来些云层，路上也灰暗下来，同志们都担心下雨，只有卡拖说，下雨才好嘞，那样我们就可以洗淋浴了。米朵听说要下雨就急了，卡拖安慰她说，有我在，你怕啥，风来了，我就是你的一面墙，下雨了，我就是你的一把伞，如果你不要太阳了，我就一脚把太阳踢到大海里去。米朵说，如果我要太阳呢。卡拖说，这还不容易吗，我把太阳摘下来不就得了。合子对卡拖说，请你在爱情面前严肃点，别说些不沾边际的话。米朵对合子说，合子姐，他说的话虽然不着边际，但也是他的心愿嘛。卡拖望了一眼合子，意思是怎么样，你自讨没趣了吧。

大伙一直说笑着，只有水儿半睡半醒，大巴开着车，也没忘给水儿披上他的衣服，其实又不冷，大巴何必呢，卡拖对大巴说，你老人家千万认真开车，其他事有我们。合子见大巴对水儿如此关心，心头百感交集，她说，卡拖同志，有些事是不能替代的。大巴明白合子的意思，也没理合子，认真开着车，他不让西跳的别克车上前，只要西跳上前，一股土灰起来，敞篷车上的人就都会成为灰人。

上了一个大甸子，视野马上开阔起来，天空突然晴开了，刚才还担心下雨，一会儿就变天了，云南就这样，一山分四季，十里不同天，半坡艳阳半坡阴雨是常有的事。显然已经到了藏区，具体是什么地方，谁也不知道。大巴认真开着车，原野上是典型的藏民风格的房舍和村庄，青稞架不断退向车后，一条路向天边铺展开去，大伙的心也跟着铺展开去。

天地间茫茫苍苍，是真正的一块梵天净土，只见原野上闪动着金色的青稞，牛羊游牧其中，路两边开满黄色的花朵，阳光朗照，百鸟翩翩。卡拖触景生情地说，我们一踏进香格里拉，天堂就降临了。

可以说，人类和城市都在大地的怀抱之中，但不能说人类就认知了大地，请不要用简单的态度面对大地，大地是一本深刻的书，人们所知甚少，几天的行程，才使一伙人接近了土地，这是一种是情感和神性的行程，神就在原野上巡游。他们感觉到了一种神的气息，一种不可抗拒的神力，似乎不能言说，不能有半点轻狂和不慎，大伙奇迹般地沉静下来，在万籁俱静的大地上倾听寂静，任由神灵从心中抚过。

他们没在香格里拉停留，继续向梅里雪山靠近，天色渐晚，他们在一处鲜花拥簇的藏民山寨停下来，那是一个只有几户人家的寨子，一个魁伟的藏族大汉接待了他们，他总是说拖罗米几发了哦，根本听不清，后来才弄明白，他们是在欢迎大伙。大伙都同意住下，藏人一家都很高兴，他们表达心情的方式不是用表情，而是用行动，所以，即使他们由衷地欢迎大伙，也不会喜形于色，藏民的朴实和真诚令大家感动。一会儿，桌上就摆满了酥油茶和各种食品，附近藏民也赶了过来，屋子挤满了人。

一伙人大多不会喝酥油茶，走云喜欢喝，她说酥油茶是世界上营养最好的饮料，那种奶香味，喝着过瘾。

大家边吃边和藏民神聊，虽然语言有障碍，但被其乐融融的气氛化解，后来终于找到了共同语言，那就是唱歌跳舞。合子也不得不承认，藏民的嗓音是天生唱歌的嗓音，金子一般，使她这个职业歌手自惭形秽，他们的歌声总是那样高亢明亮，充满了原生况味和生命的激情。藏族是一个能歌善舞的民族，这伙人也能唱能跳，所以那个夜晚，歌舞传情，欢声笑语，他们跟藏民学跳锅庄舞。水儿很活跃，她和合子成了对歌的主唱，和藏民粗犷的歌声比起来，合子自然唱得很专业，而水儿的嗓音清丽委婉，一个藏族小伙子总是和水儿鱼水相随，载歌载舞。不能简单地说这是男女间的吸引，那个时候，无论男女，欢乐就是一切，这一切被大伙按进了相机快门。

第二天离开时，那个藏族小伙，一改晚上的奔放，显得羞涩腼腆，合子说藏民就是这样，唱歌跳舞时很活跃，平时很拘谨。他送水儿一把藏刀，什么话也没说，只是笑。水儿一时找不到礼物回赠小伙，小伙结结巴巴地对水儿说，如果你愿意，我想要你的发卡做纪念。自然，水儿把自己的发卡给了小伙。

离开藏寨后，一伙人一路踏歌而去，都奇了，唱的全是藏歌，并且都一直认为藏歌好听，特别是在藏区浓郁的民族风韵中，藏歌最能表达大伙那时的心情。

同志们唱了一早上的歌，中午就累了，大家再次兴奋起来时，是在眼前出现了一片湖水的时候。那片湖水不在大伙的期待之中，所以出其不意的惊喜，才是真正的惊喜，一切都始料不及，那片湖水出奇地蓝，在大伙的想象以外，悄悄地蓝着。

大巴毫不犹豫离开了公路，进了便道路，转过山坡才发现湖很大，断断续续由若干湖泊组成，不知开了多长时间的车，不知到了何地，也不管前面会发生什么，湛蓝的湖水像是一个诱惑，把人们引进了一个风景长廊中，个个只注意风景，风景指引大伙前行。

西跳在后面艰难地跟着，直到一条沟壑挡住了去路，大伙只有停下。西跳对大巴说，怪不得你要开越野车，原来你是有备而来的，我的车真走不动了，再走就出问题了。

看着大巴身穿军大衣，手拿着望远镜，从敞篷车上站起来的样子，西跳大笑起来，问走云大巴像不像张军长，电影《南征北战》里打了败仗的国军张军长。走云说不是像，直接就是一个彻头彻尾的张军长。

西跳问大巴开敞篷车的滋味怎么样，大巴说不怎么样，只是有点冷。合子说不是有点冷，是冷得不得了。西跳对合子说回去时跟我吧，我那儿温暖得不得了。合子过去就给西跳一巴掌：你以为你是谁。西跳说，跟你开个玩笑，别那么生硬，其实坐别克也不好过，底盘矮，在高速路上是我的天下，一到这山地毛路，就不如敞篷车了，刮着车屁股比刮着自己的屁股还疼。

又是一个黄昏降临，虽是六月，但远处的山仍白雪皑皑，香格里拉的高山，很多是终年积雪，那些红色的山梁和积雪相映，斑斑驳驳，像一匹匹红白相间的奶牛的背。这样的雪景并非冷色调，在红土和余晖的映照下，色调温暖得像块面包。湖水当然还固执地蓝着，而且蓝宝石一样地蓝，那些漂浮的水草植物，暖黄暖黄的，像个油画高手的杰作，巧妙地缓解了跑调的湖蓝，使画面统一协调。

此时的天空越来越暗，一束阳光从蓝墨色云朵的缝隙中，洒落下来，像一盏聚光灯，刚好涂亮湖岸的一块草地。草地中央有棵树，只有树枝，没有树叶，树枝成放射状，像千手观音的手，在夕阳的照射下，又像一团四射的光芒，那是天地间最亮的一块暖色了。难以置信的是，一只四肢修长的梅花鹿步入其中，像一个闪亮登场的主角，难道一切都是为了构图需要？

杰作，真正的杰作，大自然的大手笔真是巧夺天工。

大家都被眼前的景色迷住了，或者说被感动了，太阳很快下山，要画这样的景色已经来不及，大家只有按下了相机快门。

突然一声惊叫，当同志们从美景中回过神来，水儿已跌入湖中。慌乱中默子找来一根树棍，但长度不够，水儿大概是从一个漂浮草垛上掉下去的，隔岸边有一定距离，大巴试着上一个草垛，也许是自己太重，脚刚一上去，草垛摇摆了几下就漂走了，他险些也跌入水中。

岔道先是好奇地看着这一切，当水儿落水后，他也跟着急起来，他灵巧地上了一个草垛，漂近水儿，岔道力气太小，拉不上水儿，最后干脆跳入水中，等大巴从水中游过去时，岔道已把水儿推上了一块草垛。幸好水儿和岔道都会游水，不然就危险了。

大家忙着支帐篷，默子找来一些柴火，费了很大的力才点燃，大巴、水儿和岔道都换了衣服坐了过来，水儿裹着大巴的军大衣缩成一团。香格里拉六月的傍晚也是很冷的。

那晚，他们的篝火，是整个夜空中唯一的亮点。晚餐很晚，但吃得很香，大家从落水事件的惊吓中回过神来，笑声又回来了，西跳说水儿是失足青年，大巴是英雄救美，岔道嘛是凑热闹。走云对西跳说，你呢，是见死不救。西跳说，救人不能乱救的，我是给大巴一个机会，要不然我早下了。合子对西跳说，你这样说不实事求是，是岔道先下的水，英雄救美应该是岔道，大巴大师嘛是瞎掺和，充其量不过是事后——熊，什么熊，请卡拖先生填空。卡拖说，合子小姐这么抬举我，我就说了，破折号里是一种会叫的动物。合子说没叫你说动物，是叫你填字。卡拖说，反犬旁再加上一个句号的句那个字。合子追问说，到底什么字，请直说。卡拖对大巴说，兄弟，你就坚强点，是合子逼我说的，我说了，什么字？狗字。

轻而易举，大巴就成了狗熊。

哈哈哈，茄子。

平息下来之后，西跳提议每人讲个鬼故事，这倒是个好主意，这种时候这种场合，应该来点刺激的，默子附和着西跳的意见，并说每人讲故事之前，大家不许说话，沉默五分钟再讲，这样一来，鬼味十足，每人还没讲，气氛就渲染出来了，那种感受，别说讲鬼故事了，在沉默的五分钟里就有人沉不住气了，五分钟内不说话，多可怕的事。默子第一个讲，沉默五分钟后，他开始用凄厉的风声渲染气氛，结果米朵哭了，尽管卡拖安慰她，也不起作用，默子很得意，继续讲着。

讲着讲着，好像已经不是人间，没人，尽是鬼，青面獠牙，无鼻无眼的鬼。水儿紧张地往前靠，最后求大家别讲了，大巴才叫停。在这个过程中，女人受怕，男人开心，当然，荒野之地，讲得默子都背皮发怵。

时间差不多了，西跳问大巴怎么住，大巴说，当然不能让你跟女同胞住，这是人类社会的规矩。西跳说，荒山野岭的还讲什么规矩。合子说没规矩，哪来的方圆，这是宇宙秩序。

但两个帐篷，男多女少，不好分呀，七个男人不可能挤一个帐篷吧。默子提出他在车上，西跳也说要在车上，默子开玩笑说，你可以住，走云不能住。西跳说，什么意思嘛。大巴说，大家都明白的意思。米朵听说女的住一起，就怕。卡拖安慰说，别怕，两个帐篷紧挨着，你怕了就伸出手来，我用手拉着你。最后，四个女同胞挤了个帐篷，七个男的中，有三人在车上过夜。

米朵紧靠着男人们的帐篷睡下后，心里还是害怕，外面风声像狼嚎，水儿不断咳嗽，走云磨牙，合子无声无息，就像不存在一样，米朵害怕，就伸出手去，好像卡拖的手随时等着她一样，结果还真有只手从男帐篷伸过来，那只手紧紧握着米朵，米朵也就不怕了。

水儿睡在另外一头，也靠男帐篷，大概落水受凉，感冒了，不停地咳嗽，老睡不着，她背朝男帐篷，侧身躺着，她想起落水的一幕，想起大巴焦急的样子。上岸后，她注意了一下默子的反应，默子也感觉到了，他没下水的原因是大巴已经下水了，不过后来默子为自己的迟钝，深感自责。

就在水儿快睡着时，感觉到一只手摸过来，显然是从男帐篷伸过来的，水儿睡得迷迷糊糊的，也没声张，好像没意识到声张，声张又怎么样，惊叫又怎么样，不管他是谁，最后的结局都很尴尬。水儿在想，他是谁呢，这么胆大，不会是大巴吧，她一想起老大，就有一股暖流涌上心头，他处处都在关心自己，她在想，关心她的人为什么不是默子呢。

后来是水儿觉得痒，条件反射地用手抓痒，她摸到了一只断手指，那只手慌忙缩了回去，怎么是断手指呢，谁的手指会是断的呢？

第二天是个大晴天，默子打开车门就伸了个懒腰，在车上睡觉，把驾驶位放倒，其实也蛮舒服的。默子以为自己第一个起来，哪不防大巴更早，他说默子伸懒腰的姿势很夸张，这里空旷，手伸得直，比在城里舒展多了，城里伸懒腰，手伸直了还怕打着人，在这里呼一口新鲜空气，在城里要管一年。

同志们先后起了床，心情都不错，一碗方便面下肚后，就都忙着画写生。大巴动作很快，全是大笔触，三下两下，就画好一幅了，他忙着回到帐篷照顾水儿吃药，水儿真感冒了。

水儿不吃药，大巴没办法，苦口婆心地说了一阵就出来了。合子站在帐篷外，见大巴一出帐篷，就对大巴说，你服务态度真周到，可以评个保姆标兵了。

大巴没理合子。

多数人在画画，卡拖和米朵没事干，就约合子去爬山，合子一板一眼地说，我不当灯泡。说着就清了一下嗓，对着大山唱起了《青藏高原》。卡拖说，平时觉得合子嗓音不怎么样，今天奇了，她那歌声还真像李娜，真是一方水土养一方歌喉啊，合子才来这里就不同凡响了，怪不得藏族人嗓音都好，个个像帕瓦罗蒂，我也改唱歌算了。说着，卡拖就来了两句，觉得也不怎么样，自觉没趣，就住口了。

为了感谢合子的歌声，卡拖顺手摘了朵野花给合子，合子没接，而是唱了邓丽君的《路边的野花你不要采》，卡拖说，不采白不采。合子说你采了也白采，米朵在此，你也敢直抒胸臆，可见你脚底生疮，头上贯脓，坏透顶了。卡拖说，男人不坏，女人不爱。说着，卡拖就拉着米朵从湖边过去了，两人消失在山弯里。

午饭时，卡拖和米朵没回来，大家等不得就先吃了。水儿一直没讲话，大巴给她舀饭，她也没表情，也就是在这时，她发现岔道端碗的手指断了一截，她突然明白，昨晚摸她的人，原来是岔道。水儿心结被解开，一下子就换了个人似的，她把愤恨转到岔道身上，看他什么都不顺眼，小小年纪，要流氓，不学好。想到这里，水儿抢下了岔道的饭碗，大家都不解。合子说，小水妹，岔道是你的救命恩人，昨天没有他，你感冒的机会都没了。

合子这一说，水儿想想也是，昨天岔道第一个下水救了她，她当时很感激，一个才十岁的娃仔，跟他认真啥呢，这样一想，水儿火气平息了一些。

下午三点还不见卡拖两人的影子，手机信号也没有，即使有，也关着，大伙都关着，这是在大理岔道餐馆定下的规矩。大巴觉得不对劲，就留下岔道照看水儿，带着大家顺着山梁过去。翻过山梁是个很大的草甸，走在上面软软的，脚下一大片草甸都在抖动，就像走在蹦蹦床垫上。西跳说，是下面湖水的原因，大巴说是森林毁灭，腐木积得太多太厚的原因，大巴没有固执己见，自然两人就没争执起来。

没见到卡拖他们的影子，西跳说别管他们，两个大活人丢不了。话可以这样说，但他们这样久了不回来，也应该找找，不怕一万，就怕万一。

他们一直在爬坡，也不知爬了多高，大家都出现气喘、胸闷、耳鸣、头痛等高山反应症状，走云还淌了鼻血，大巴过去安慰她。走云说不要紧的，淌点鼻血不算啥，我们女人的血没男人的血金贵，女人的血每月都要浪费一次。西跳说走云，这话可是你说的，你这话如果是我说出来，你会说我是性别歧视。走云没理他。

他们爬了一山又一山，总认为爬上前面那山，视觉更好，可以看得更远，以便找到卡拖他们，结果什么也没发现，没有人影，没有村落，也不见牛羊，只有连绵起伏的草场原野。从山头看下去，他们才看清了那个无名湖的形状，那是一个由若干葫芦形状连接起来的湖，远处还有一座湖心岛，像一块掉在蓝色水中的绿宝石。

大伙实在爬不动了，就在一个平地休息了一会儿，默子躺在草地上，阳光悄无声息地洒下来，抚摸着，让这样干净的阳光和空气翻晒和沐浴，真舒服。西跳躺下就不想起来，走云揪了他耳朵，他才爬起来，一伙人又继续前行。

爬到山顶，真是会当凌绝顶，一览众山小，周围的山峰都矮了下去，所看到的景色，使他们始料不及，山顶有一堆灰黄的石块，插着的木杆上飘荡着五颜六色的经幡。山在这里就是一种高度，一种境界，一种精神。

山在他们面前突然断裂，前面是悬崖峭壁，脚底是一条奔腾的大江，那应该是澜沧江吧。眼前群山连绵，云雾浮游，最激动人心的是，在灰暗、苍茫的天地尽头，在夕阳映照下的宇宙间，一座金字塔一样的橘红的山峰浮游出来。也许是同样的心情，同样的情感，大家异口同声地喊道：梅里雪山，卡瓦格博峰。

一定是梅里雪山，一定是卡瓦格博峰，大家的血液沸腾了。

十五

　　那天，大伙面对卡瓦格博峰时，个个都被它的气势惊呆了，没人说话，有时就这样，人的情绪到极致时，往往沉默以对，人被神力镇住了，什么话语都是多余的，唯有沉默才能表达心情。

　　金黄色的云霞慢慢变成蓝墨色，梅里雪山慢慢隐退，天色暗下来，他们消隐在这大山大水中。天色暗下来就不可能找到卡拖他们了，也许他们已经回到宿营地了，所以大家才意识到该下山了。而路已非路，一切都在夜色降临时，变得模糊不清。

　　其实来的时候，也没有路，全凭感觉一路走来，这时，他们更没法找到来时的路，开始都朝着湖的方向前行。慢慢就看不到湖了，也全然不知湖的方向，大伙只有手拉手，摸索着前行。还好，天上繁星点点，虽然看不到远处，但脚下可以辨出个大体。

　　辨别不出方向，只能认准那个湖泊的位置，大约两个小时后，一行人终于靠近了那个湖，而湖很大，他们在湖的周围绕着圈子，怎么也找不到营地。大巴说水传音，只要水面平静，能把声音传到几公里以外。大家在湖边拼命地叫，拼命喊着水儿的名字，但湖水依旧，旷野不应。整个过程，没见到任何灯光，没见到任何一点来自人类的迹象，大家都有一个奇怪的感觉，好像自己不在地球上了。

走云实在走不动了，西跳几乎是扶着她行走。

后来才知道，那晚他们一直在营地的周围绕圈子，其中两次已经见到了敞篷车，西跳当时还说，那是什么东西，黑乎乎的。合子说，见到这样的东西不吉利，绕道走吧。

那分钟真是脑子进水了，或是遇到了什么，鬼迷心窍。但最后，他们仍然是见到那黑乎乎的东西，当时大巴说，我今天不信这个邪，管它什么东西，过去看个明白。于是敞篷车就出现在了他们面前。他们哭笑不得，妈的，真是撞邪了，到了营地认不出，见了自己车不敢认，竟然在营旁边折腾了一晚上。

回到营地，已是凌晨五点。当时水儿还睡在床上，岔道坐在帐篷外面，一听到大伙的声音，水儿竟然哭了，走云一把抱住水儿，两人都流了眼泪。难以想象，那一晚，水儿他们是怎样熬过来的。

就一个晚上，水儿仿佛突然成熟了，她后来告诉大家，天刚黑下来时，久不见大伙回去，又想起那些鬼故事，那是她最怕的时候。岔道为她做了饭，然后就一直守着她。她开始很怕，到后半夜就不太怕了，怕啥呢，怕也没用，就睁着眼睛熬吧，到后半夜她就睡着了，人一睡着，多幸福，再可怕的事也不可怕了。

大巴一边帮水儿倒水吃药，一边说卡拖和米朵还没下落，从现在起，请大家开通手机，保持联系。

第二天一早，大巴带着合子、水儿，开着别克去了派出所，其他人留下。

大巴先向派出所报了案，然后送水儿去乡村医院输液，看着水儿输液，大巴和合子的心情才暂时平静下来。水儿睡在病床上，也显得很安静。只有这时，无论水儿还是大巴和合子，心里踏实了许多，望着输液瓶，耐心等待那透明洁净的液体，一点一滴注入水儿体内。

卡拖他们失踪的第四天，大巴接到个电话，大巴说很重要的一个电话，于是默子他们也赶过来，两路人马会合。大家商量后，默子留下来配合公安继续寻找卡拖和米朵，其他人全部回昆明。

电话是媚角打来的，电话里，大巴和媚角都有一种奇怪的感觉，好像对方的声音是从另一个星球传来，陌生，奇异。当媚角知道他们一伙人的行踪后，怪罪大巴没带她同行，末了她说有家鸿泰装饰公司正在夺标一个大工程，民族文化园，有大量的雕塑和壁画，鸿泰公司没有设计能力，希望和我们合作，鸿泰自称关系已经理顺，只差方案出台。

卡拖和米朵没消息，大伙心里都急，但干着急也没用，事情已经发生了，只有尽力去找，同时，大家都认为，媚角提供的信息是个商机，不应该放弃，全部人马留下来也没必要，所以只留下默子一人。

派出所认为，失踪者可能遇到了雪崩之类的灾难，几天过去，生还的可能性很小，但他们愿意尽最大的努力寻找，派出所把寻人的消息发到了各村各寨，一有消息，马上报告。

一切都笼罩在不祥和神秘的气息里。

在中国主要的山系中，喜马拉雅山、冈底斯山、昆仑山、天山等都是呈东西走向，而在青藏高原的东南部，山系突然改变走向，呈南北走向，故称横断山脉，这似乎是大地的一个创举，出奇不意，惊世骇俗，也是大地的一个杰作。而梅里雪山正是横断山脉之首，也是云南最高峰，被整个藏区民族视为八大神山之首，海拔六千七百四十米，北连西藏，南接碧罗雪山，终年积雪，有世界上海拔最低、纬度最低、运动速度最快和幅度最宽的季风海洋性现代冰川，落差近五千米。人类可以征服八千多米的珠穆朗玛峰，但面对梅里雪山，勇士们只有望而却步，到底是什么原因，人们不得而知。有人说过，珠穆朗玛峰再高，是用来攀登的，是可以攀登的，而梅里雪山，只能用来敬仰，不能攀登，更不能征服，这是神的旨意，谁要违背这个神意，谁就逃脱不了神的惩罚。所以梅里雪山，至今还是处女山，成为中外登山勇士们的巨大遗憾。

二十世纪九十年代初，中日十七名登山运动员，在攀登梅里雪山途中全部神秘失踪，即使是遇难，也尸骨未果。据说二十世纪八十年代，一个探险者独闯梅里，在一个子峰的南坡入睡，醒来时却睡在东坡，每次朝圣期，朝圣的人越多，天上的云霞就越绚丽，据说还出现山体透明的奇观。梅里雪山就像横断山脉奇特的地质结构一样，有太多鲜为人知的秘密，远的不说，卡拖和合子的失踪就叫人费解。

派出所通知各村寨的护林人员，协助寻找，一有卡拖他们的消息，马上报告。就在大巴他们返回昆明的当天，派出所接到报告，一个护林员发现一具尸体，尸体面目全非，难以辨认。默子急忙将此消息电话告诉大巴，大巴一口气没上来，准备重返香格里拉，但后来经法医鉴定，此尸体死亡已有十多天时间，排除了卡拖他们的可能性。

当地没有旅馆，所以大巴他们回昆明后，默子就住进了一所学校，为了消除寂寞，默子一边等待消息一边画风景。

学校离派出所不远，在一处山坡上，是两间藏式土房，有半个篮球架，之所以说半个篮球架，是因为仅有一块篮板，并且下半截已经损坏，学校有十多名学生，一个教师，女的。那天默子投篮，篮板像受到了强烈惊吓，不停地摇晃，而球顺着山坡滚到了坡底的溪边，险些被溪水冲走。女教师陪他到坡底拾球，这个过程大约需要二十多分钟，一路上，她像一个做错事的孩子，一脸的歉意，好像篮球是她丢下去的一样。捡起篮球时，她对他说，别投篮了，还是画你的画吧。

那个双休日，她一直陪他画画，她说她很喜欢画画，读师范时，还是班上的美术尖子嘞。她说话的语气很认真，生怕别人不相信，说完话总是笑笑，笑的时候，脸上就有了个酒窝，酒窝不大，她皮肤黝黑细腻，很结实，不算太漂亮，但身材却很好，是那一带少见的。发现她眼睛尤其明亮，是晚上的事了。她坐在油灯下，微低着头，说话时还是没忘了笑笑，但笑得最有味道的，是她的眼睛，那眼睛里好像总有水滋润着，大概是她皮肤黑的原因，再加上眉毛深浓，所以眼睛亮亮的，像两弯明月。

默子对她讲了卡拖他们失踪的事，请她跟学生说说，回家问问家人是否看到过这两人。她说她会发动学生帮助寻找。她不解地说，你们待在城里不好吗，来这些山旮旯干啥呢。他说在城里待腻了。她摇头笑了笑，笑是会传染的，那种情景下，不爱笑的人也会笑的，所以他也笑了笑，他对她说，你像我认识的一个人。她歪着头，睁大眼睛问，像谁？你的妻子？他说我还没结婚呢。

也许默子不该告诉她他没结婚，这样说是不是有些意味呢，一般人们会这样认为，所以，他说完此话，又笑了笑，用笑来掩盖自己不自然的内心。她也笑了笑，这一次她的笑也有些不自然。

笑过之后，她说山里人是不懂得寂寞的，对于山里人来说，寂寞是一种奢侈，饭都吃不饱，整天愁吃愁穿，不知天有多高地有多远，更没见过城里的高楼、舞厅和霓虹灯，哪还有闲情去寂寞哦，寂寞是城里人的滋生物，是城里人的专利。她说完，免不了又笑了笑，然后若有所思地说，我不是说我不寂寞，因为我知道山外还有山，有鲜活生动的人群和城市，有热闹和欢乐，歌里不是唱外面的世界很精彩吗，我读书的目的就是想成为城里人，我在州城读书，就想到了省城，想到了首都，也知道这个地球上有个城市叫巴黎，还有个城市叫纽约。也许，我不该知道这些，不该读书，读了书让我也滋生了一些思想和理想，自然也就多了一些寂寞，像城里人似的。

她说到这些的时候，叹息了一声，但也没忘了笑笑，应该是苦笑吧。她理了一下自己的发髻，望着远处说，有时我看天空眼睛都看直了，我的寂寞是连绵的大山，我的寂寞是一眼望不到尽头的土地。这一次，她没笑，眼睛湿润了。

他不知说什么好，想安慰她，又没找到合适的话，时间在此凝固。

为了打破沉默，默子终于说，我给你画张肖像吧。她点了点头。在他给她画的时候，空气松弛了下来，他说，你应该改变一下工作环境和条件。她说她也是这样想的，但她说她希望和学校一起改变，而不仅仅是她自己。他说有些事是政府考虑的，自己只能考虑自己的事，她说他在可怜她，其实最应该可怜的，是那些孩子，各年级同时上课，不同科目也同时上课，一个老师担任所有课程，在巴掌大的球场上投篮球，投一次球架会摇晃半天，这样的学校，让她心里难受，所以，她希望看到这一切改变过来。

她说有一个藏族女生，只有十一岁，每天一拐一瘸地来上课，家里不准她上学，她就干脆不回家了，一个人住在教室，从学校附近的地里，刨些土豆之类的东西当饭吃。她没回家，父母也没再管她，但从此不给她一分钱，学费没了，买课本买文具的钱没了，对这样的学生，当老师的能不管吗，她帮这个女生交学费、买文具，资助这个女生上学。

她讲得很认真，他也听得很认真，如果在另一个环境，另一个人讲这番话，他会觉得虚假，但那天他相信她那番话的真实性，即使是这样沉重的话题，她也没忘了笑笑，还理了一下发髻，然后抬起头看着他。他停下画笔，用自己的手握住了她的手，她没退缩。

那晚的油灯下只有他们两人，那座大山里只有他们两人。

遥远偏僻的寂静中，最容易滋生情爱，他想那个夜晚也不应该例外。

她不是藏族。她的家不在香格里拉。她叫杏。

十六

在大巴他们离开的第四天，默子接到大巴的来电，说卡拖和米朵已经回到昆明，叫他撤了。默子答应第二天返回。结果又过了五天，默子才像一个落魂者，出现在大巴他们面前。

默子真不愿意走，但又不得不走，他不知道应该用怎样的方式离去。他没有对杏海誓山盟，他不想让这个大山里的女教师对他产生什么幻想，他只想让她的生活平静一些，即使他要帮她，也不想嘴里说出来，所以，当要分别时，他只对杏说了一句，我会来看你的。杏对他说，我要上课，就不送你了。

杏和她的十五个学生全站在教室门口，其中有那个瘸脚女生，他从身上找出二百元递给女生。女生看了看杏，杏点了点头，女生收下钱，淌了眼泪，杏帮她擦了，然后笑着对学生们说，我们跟默子老师再见吧。

十五人，不，应该是十六个人，举着十六只手向他挥手，其中一个人在微笑，说不清那是怎样的一种笑，那是让人心里流泪的笑，他走了，脑海里印着那张微笑的脸，走了。走了很远，他仍感到身后的那些目光，当他转过头去，教室门口只剩下一个人影，他向那个人影挥了挥手，那个人影也举起手，慢慢地向他挥动，并且这慢慢向他挥动的手，再也没有放下来，一直在他脑海中挥动。

坐上车后，默子一路无语。

从香格里拉回来，不知是默子变了，还是昆明城变了，以前司空见惯的东西，现在看来也是怪怪的，也许不是时差倒不过来，而是空间的强烈差异，他回到公司竟一句话没说。大巴说，你们都咋了，个个神抖抖的，不是这个失踪就是那个失魂，连岔道都变了。与其他人不同的是，岔道变得喜欢说话了，整天乐陶陶的，做啥都积极。

大巴这样说，默子也只是笑笑，仍没话。大巴说，应该高兴呀，一场虚惊终于过去，一个人都没少。西跳说，可喜可贺啊，怎么样，老大，表示一下吧。大巴说，当然。

很快卡拖和米朵就过来了，默子一巴掌打在卡拖肩背上，就和他俩紧紧抱在一起了。米朵眼眶有些湿润，默子对她说，一切都过去了。卡拖叹了一声长息。

卡拖他们失踪的事，卡拖他们自己都说不清楚。

那天，他们翻上那座山峰时，没有庙，却有一大堆玛尼堆，上面飘着五颜六色的经幡，透出神秘的气息。他俩被眼前的景色迷了，卡拖拿出照相机，为米朵拍照，米朵高兴，她说从来没见到过这样美的风景。拍完照，他们捡了两块石头放在插着经幡的玛尼堆上，卡拖说这是积德，米朵说这是路标，记不住路就回不来了，卡拖说，山中走路靠的是经验，不用路标，如果没有经验，就只有依靠神的牵引了，善良的人们总是会得到神的帮助的。

和大巴他们一样，两人同样看到浮游在云海之上的金色山峰，他们不知道那就是卡瓦格博峰，只觉得很近，伸手可触，卡拖说那不是山，是个金色的童话，他要把眼前这童话带走。他们下了山岭，好像真的走进了童话，大雾就起来了，他们迷了路，一切都好像童话里的情景，米朵是迷路的公主，卡拖是迷路的王子，似乎有些美丽，似乎有些神奇，似乎有些凄迷。米朵急得掉了眼泪，卡拖也没底，心里发毛，大雾弥漫，把人弄得晕晕乎乎，弄不清是白天还是黑夜，他们进了一处避风的山凹，度过了第一个夜晚。

如果说，在上帝眼中，科学家只是懂点事的中年人，那么上帝眼中的艺术家，就是不懂事的小孩了，一夜之间，一个荒山野岭的寒冷的夜晚过后，两个小孩似乎长大了许多。

大概是第二天中午，他们才找到了一座小木屋。木屋的主人是个藏族老人，每年除了雪凌封山的冬天，他都一个人在山中放牧牛羊。他不善言谈，却神清气爽，银丝飘扬，身板结实，装束像个山神。卡拖说他在童话中看到过这样的老人，米朵说她没感觉到什么童话，只知道老人的洋芋好香。

接下来的两天，雾一直没散去，什么也看不见，只有在一朵朵飘浮的云雾中，金色山峰时隐时现。老人说那不是山，是神，如果那神没了，我们这个世界也就没了，神时时都在俯瞰我们这个世界，俯瞰芸芸众生，他会帮助所有需要帮助的人，包括遇难的弱者，饥饿的生灵，迷失的羔羊。

米朵说，神为啥不帮我们找到我们的集体呢，老人笑笑说，这逃不脱两个原因，一是你们心不诚，二是你们造过孽。卡拖问造过孽的人就得不到帮助了？老人说这需要洗刷。卡拖和米朵对视：我们造过孽吗？那一晚米朵没睡着，担心自己造过孽，逃不过神的惩罚，米朵说我们到什么地方去洗刷过错呢？到神面前去，他在哪里，要走多远的路？老人说不是走，而是一路跪拜而去，一拜一跪要叩动大地，到那时，神就离你不远了。

米朵说神到底在哪里呢，我们怎样才能找到神？老人看了看金色的山峰说，神无处不在，或许就在你心里。卡拖似乎明白，点了点头，米朵若有所思，不解地问老人，你是说我们永远也看不到神吗，那我们结果会怎样呢。老人笑了笑，很和善地对米朵说，孩子，大千世界，万事沉浮，无所谓始，也无所谓终，我们只能在路上，结果就在过程中。

说到这里，卡拖和米朵都觉得老人深刻，像个指点迷津的大师，又像个深谙世事的哲人，同时又觉得老人的话，像这无边无际的大雾。

山野里始终没有手机信号，无法和外界取得联系。雾没有淡去的意思，也搞不清到底过了多少天，卡拖和米朵甚至有些怀疑，这是不是人世间。米朵说，我们扎营的地方有个湖泊，湖很大，像一个又一个连接的葫芦，湖上有许多漂浮的草垛。

老人说这样的地方很多。

后来按老人的指点，卡拖和米朵找到了村庄，其实那只是散落在山地里的几栋藏式土房。找到了村落，他们就找到了一条较宽的路，但不知那路通向哪里，他们看到一个跪拜而去的藏民，他站起仰天作揖又匍匐在地，然后又起身，身影在那条路上起伏，把大地叩拜得神秘而苍茫，他手和膝头都有鲜血，身后的地上，是一条红色的血迹。

卡拖两人跟在后面，跪拜而行的藏民，一直没停下，更没言语。一个时辰过去，那藏人终于停下来进食，他是个中年男子，坐在一块石头上，一脸的圣洁和苍茫。卡拖走上前去，问候了两句，然后问路，那藏人双手合拢，举在胸前，说，路在何方，路就在自己心里，只要心诚，大地上的每条路都能抵达你要去的地方，圣路朝天各走一边。

他应该是一位教徒，说完后，说了声扎西德勒，消失在大地尽头。

也许教徒说得没错，或许就是藏人为他们指了路，当俩人不知走向的情况下，胡乱走着的时候，就上了一条公路，不久一辆客车从身后驶来，就像是神灵的驱使，前来接他们，那辆车上挂着一块昆明字样的牌子。

卡拖他们的故事，也许并不精彩，却很离奇，卡拖说回想起来，好像做了一场梦，恍若隔世，那个地方，可能再也找不回去了，或许，那个地方本身就不存在。卡拖说话一改以前的风格，说话语速变慢，语气温和，不再激昂，不再张扬，米朵也好像成熟了许多。

从香格里拉回来后，不仅卡拖和米朵，大巴和水儿也有些反常，特别是水儿，更沉默寡言了。大巴对默子说，你也变了，变得心事重重。

在默子留守香格里拉这几天，大巴和水儿一直在一起，并照顾着水儿，水儿的病很快好了。看到水儿的反常，默子估计大巴已经向她表达了那种意思。现在大巴是一个单身汉，没啥不合适的，默子希望他能够成功。

那天，默子对水儿说了大巴的种种好处。水儿说，这个不用你说，平心而论，大巴老师是好人，在我身处险境的时候收留了我，但这和你要说的事是两回事，个人情感不能强求，你默子老师应该懂得这个道理，请你别为难我，这样说吧，我心中已经有人了，这能怪我吗。

如果再说下去，就是自讨没趣了，默子知道她要说什么，见默子不说了，她有些情绪地说，怎么不说了，你不是关心我吗，你不是要把我嫁出去吗。听她这样说，他心里不舒服，怎么是我要把她嫁出去呢。

正说着，默子接到杏打来的电话，这种电话，时间不会短，也免不了关心问候一番。其时水儿在场，他并不想回避，也不想多讲这个电话，从第一句话开始，他就在把话题引向结束，尽管这样，还是用了几分钟。水儿在旁一直听他打完电话，他发现她情绪变了，眼里有些湿润。

她发现了什么，没什么好解释的。好在大巴过来，打破了僵局，大巴和默子商量民族文化园的事，他叫默子负责组织设计，并说下午鸿泰公司要过来，开会研究设计方案。

默子对大巴说，这事是媚角牵线过来的，开会的事应该告诉她，她能不能来是她的事。大巴本来要请媚角过来的，却被默子说出来了，大巴对默子说，你想得还周到的嘛。默子笑了笑。

媚角说有事不能来，大巴放下电话，说了句，不来就不来，耍什么大牌。默子说，媚角做的是大生意，肯定忙，我们应该理解。

大巴瞪了默子一眼，莫名其妙，你倒会做好人，你知道吗，鸿泰的胡老板原是市里的一个处长，此人交际甚广，堪称人精，媚角不来，我们拿得住老胡吗。并且这事是她介绍过来的，我们第一次和鸿泰接触，她怎么说都该来一下，算是穿针引线，也表明大名鼎鼎的媚角老总关心此事。

也不能说媚角不关心民族文化园的事，她派了一个人过来，而且这个人认识鸿泰的老胡。后来媚角告诉大巴，自己不出面，派一个人过来，这样效果更好，自己对此事走得太近或走得太远，效果都不好，这样做恰到好处。大巴不明白，媚角说你自己慢慢悟吧，做生意，你还只是小孩。

没法，媚角就这样牛气。

老胡穿一身浅色西装，皮肤白里透红，一看就知道是个精明人，四十多岁的人，还显得风流倜傥。他和大巴握手时，很有力量，给人一种信赖感，他带来一个胖子，他介绍说是这个项目的主管阿旺，阿旺很牛，一进门就打了一个气壮山河的喷嚏。

会上，老胡介绍了情况，并强调为了这档业务，他们做了很多前期工作，意在表达他们劳苦功高，以及他们的重要性，万事俱备，只欠东风，只等米下锅，只等设计方案出台。

大巴笑了笑说，感谢胡总对奥赛的信任，也感谢鸿泰对此项目所做出的努力，这些工作都很重要，为夺取工程奠定了基础。但就目前的情况看，道路还很漫长，因为任何一档业务，在设计方案还未出台的情况下，就我们的经验来说，大巴在这里停顿了一下，并笑着说，也许是我们还没经验，但我们认为最后的设计方案也是很重要的，本来嘛，方案质量决定一切，但在此我不敢说这个话，关系也是生产力嘛，社会就是这样，所以关系很重要，设计方案也很重要，老胡，我这样强调方案，意思是奥赛公司承担此项工作不能掉以轻心，要用最大的努力，最好的质量来完成这项工作。

老胡点点头，表示认同，而阿旺好像不以为然。

最后，为了延续前期工作，不至于给人偷梁换柱，半路改弦易辙的印象，老胡提出，沿用鸿泰的名义竞标。大巴开始没同意，但又觉得不能因此让对方不快，坏了大事，就和西跳和默子凑了一下耳朵，也征求了媚角派来那人的意见，那人就坐在大巴旁边，他对大巴说，此事要慎重，暂不定。大巴没采纳那人的意见，就定了。没什么大不了的，不用奥赛的名义可以，只要项目拿得下来，所以，大巴同意鸿泰公司的要求，奥赛公司不登堂亮相，以鸿泰的名义竞标。

事情都差不多了，没想到一直没出声的阿旺，最后来了个总结讲话，什么意思嘛，奥赛不要紧，但作为鸿泰，到底是老胡说了算，还是胖子阿旺说了算？

会议的情况，媚角派来那人向媚角做了汇报，媚角一听，就打过来电话，大巴讲了开会的情况，并问此事有多大把握，没想到媚角没回答是否有把握的事，而是对大巴数落了一番，她认为只用鸿泰的名义拿项目，对奥赛不利，应该以两家的名义，一来这是一个名分问题，因为设计方案全是奥赛出，求个名正言顺；二是民族文化园是少见的大项目，如果拿下来，对今后奥赛的发展极有好处，这是一个难得的商机，是宣传，也是奥赛闯品牌的机会，这很重要，开公司不就是找钱吗，可有的名誉是钱买不来的，也就是说，有时名誉比钱更重要，怎么不要名分呢；第三，搞项目是商业行为，不是友情客串，以后的事很难说，所以我们不能绝对相信鸿泰，如果他们拿着方案跳槽，我们办法都没有，只有看着他们赚钱了。

大巴听媚角这一说，就来火，当初是你媚角不来开会，这下你又说这说那，如果是媚角说的那样，也没办法了，合同都签了，还能怎样？退一步说，鸿泰也不至于不讲道德，背信弃义，应该相信老胡的诚信。凭大巴的直觉，老胡还是信得过的。

说完正事，媚角要大巴过去接她，一起吃饭。大巴想想，见见也好，把一些事再议一下，只是媚角老叫自己接她，大巴有些不高兴。但高兴归不高兴，却不能不接她，大巴没进媚角公司大门，在门外等着，一边听音乐，一边审视媚角的公司大楼，每次看到这傲气十足的大楼，大巴都感慨，这媚角，人不怎么样，咋就这样牛气。

这时一辆奥迪开进大门停下，大巴觉得这辆车面熟，再看车牌号，原来是城建张处长。大巴正在想他来干啥，就看到媚角出了办公楼，她一改平时的职业装，一身米黄色休闲装，张处长下车迎了上去，看得出，张处长请媚角上车，媚角很客气地推让，并说已经有安排了。张处扫兴地上了奥迪，媚角径直向大巴走来，然后上了大巴的别克。大巴问姓张的来干啥？媚角故意端着架子说，我先跟你纠正一下，不是姓张的，而是张处长，至于他来干什么，你应该知道，除非你不是男人。大巴哼哼笑了两声，媚角说，别那么阴阳怪气的，我已经把他打发走了，还不行吗。大巴说我没说不行呀。倒是大巴没想明白，媚角约了自己，怎么姓张的也来了，这绝不是偶然的，并且媚角自己有车，要约会，说个地点直接过去不就行了吗，难道是媚角在导演一出戏，故意要这种效果？

大巴没再往下想，他对媚角说，白天装着有事，而晚上倒很活跃。媚角说，白天我确实有事，当然是可以放下来的，我不参加你们商量民族文化园的事，是商业技巧，而晚上嘛，再忙吃饭时间应该有吧，并且是陪你大艺术家，是我沾文化的光。

大巴纠正媚角的话，说，请你说清楚，今天不是你陪我，而是我陪你。媚角说，不都一样吗。当然不一样了，大巴这样说的时候，媚角看着大巴的样子说，真可爱，还像个小孩。

大巴听了媚角的话，心里不顺，一气之下，就把媚角拉回了艺术公社，媚角说，不是说好去吃饭吗。大巴没直接回答，而是说，请媚总下车。

媚角跟在大巴身后，进了合子的饭吧，合子过来，大巴对合子说，今天媚角老总深入基层，做点好吃的。合子说，当然喽，一个老总就蓬荜生辉了，两位老总，我们这里就成维也纳金色大厅了。

媚角笑笑，无语。

合子给他们安排了小包房就走了。媚角看着合子离去的背影问大巴，合子怎么回事。大巴说，她是这里的老板，你不知道？我的错，我的疏忽，我忘了向你汇报，可见你早该深入基层了。

听后，媚角说，真是藕断丝连啊，什么时候又黏上了？大巴不高兴地说，什么又黏上了，如果你今天是来提审我的？你要先出示证件。媚角说，合子不是一个省油的灯，老胡就是被她拉下水的，被她逼得离了婚，老胡日子不好过了，才退出原单位，后来她又一脚把老胡蹬了。

大巴说，没这么严重吧，当初是老胡追合子，合子就没答应他，不管这些事，喝酒。媚角说不是管别人，是为你好，爱护你。大巴气不打一处来：我不是也离了婚吗，你能说和你没一点关系？媚角说，如果你离婚跟我有关系，我很荣幸，如果这是我的错，我可是要负责到底的。

这是大巴最不愿涉及的话题，他意识到自己把自己套进去了，就说喝酒喝酒，想把话引开。媚角却固守阵地，步步为营，把话题推到了极致。她说，人不就为个情字吗，难道这也有错？什么有情人终成眷属，扯尿淡，上帝总是和我们过不去，我们要炒上帝的鱿鱼。大巴说同意你的观点，把上帝炒尿掉，我就可以和水儿眷属了。媚角说什么水啊水的，来，喝酒。两人一边说一边喝酒，大巴也喝了不少，两人渐入佳境，开始飘飘然起来。

两人正喝着，水儿就敲门进来，大巴虽然喝得两眼打晃，但心里清楚，他没想到水儿会出现。怎么回事，水儿问大巴，找我有事？大巴被搞得莫名其妙，也许是见了水儿高兴的缘故，他叫水儿坐下，水儿说吃过了。大巴说陪媚总喝一杯。水儿推不掉，就说好吧，我不喝酒，但要表达对媚总的敬意。水儿自己倒了一杯红酒，大巴对水儿说，你不能多喝，我给你倒掉一点。水儿举起剩下的小半杯酒，和媚角碰碰杯，干了。水儿说，如果没事，我就走了。

一看大巴没有找自己的意思，水儿心里明白，自己成了不速之客，这全是合子导演的，什么意思嘛。水儿出了小包间，想找合子问个究竟，但没找到。在大巴他们吃饭喝酒的过程中，合子一直没露面，大巴理解合子，也就没追究。

见大巴对水儿如此关心，媚角醉意蒙眬地问大巴，你说的水儿就是她？怪不得，你对我没兴趣，原来自己还藏着个小妖精，妈的，现在的男人都咋了。大巴说，别乱说，水儿还是学生。媚角说，我，我不是学生，你要怎么样，我不怕你。说着，媚角就落了泪。

其实，那晚大巴没醉到顶，所以他拍了拍媚角的肩说差不多了，撒吧。媚角把大巴的手掀开说，管她走不走，我不怕你。大巴叫一个服务员把媚角扶上了别克。想不到的是，大巴竟然还能开车，竟然把媚角送回了家。他把她往床上一扔，就想转身溜掉，结果被媚角双手箍住。大巴虚空的身子，一下子就倒在了床上，媚角抱紧大巴，大巴挣脱媚角的手，媚角捂着眼哭了，大巴掀开媚角的手，见媚角真哭了，心里不好受，他醉醺醺地拍着胸膛，说，我一个大老爷们儿，哪能输给一个娘儿们。

说着就脱掉衣服裤子，趁着酒劲压到了媚角身上，以下的事在所难免。

十七

那天大巴和媚角来吃饭，合子很不高兴。合子是一个个性很强的人，她从不和官人和商人打交道，她觉得自己和那些人不一样，准确说是艺术和他们隔得很远，不是说她不喜欢钱，她喜欢钱，并且在用自己的歌声找钱，但她认为这和经商是两回事，唱歌是她的专业，唱歌厅也是一种专业修炼。那么开茶室呢，这和唱歌没关系，算是经商吧，她说，在艺术公社开茶室和饭吧，纯粹是玩，如果在其他地方，她绝对不会弄这些乱七八糟的事，虽然是她在管理，其实她并不上心，是其他人在具体操办。

其实，合子搞这些事，都是因为大巴，他们的关系很铁，算哥们儿吧，只不过这种关系里，已经没了性的成分，如果男女之间没了性都能成为好朋友，这样的关系往往持久。

大巴追水儿，合子没吃醋的感觉，因为她认为水儿是个不错的女孩，她还希望大巴成功，但她看到大巴和媚角在一起，心里就不舒服，这种心态很微妙。

合子和大巴有过刻骨铭心的爱情，在云南文艺界传为佳话，一个艺术家的浪漫，可以浪漫得水笑鱼欢，一对艺术家的浪漫，就浪漫得山水天地传情了。合子现在想起她和大巴的故事，还会惊心动魄，并且觉得不可思议。

合子躺在茶室的沙发上，一个人关上门，她喝了一口咖啡，抿了一下嘴，很满足的样子。早上的阳光真好，像片柠檬一样鲜亮和光洁，她一甩脚就把鞋子扔到地上，双脚挪到沙发上，调试了一下身子，躺舒服了，才微闭着眼，任音乐的旋律抚摸自己。

在以前的生活中，合子实际上扮演了一个第三者，本来，她和大巴认识在前，但她拒绝和大巴谈婚论嫁，坚持独身，她说自己这一辈子不想要家庭，大巴意识到，他们的关系没有结果，就找了嘎隔做老婆。

合子正沉醉在往事中，大巴就来了，他身后跟着水儿和一个女人，大巴介绍说，那女人是水儿的表姐，想来公司找份工作。合子想起来了，大巴以前和她说过，意思是来当合子的助手，管理茶室和饭吧，也兼职公司的会计，大巴定了的事，合子自然没意见。

水儿表姐刺艳，高中毕业，比水儿大七岁，身材好，漂亮，还把头发染成了咖啡色，不刺眼，倒显出几分和谐和高雅。来昆明多年，做生意亏得负债累累，借了高利贷，无力偿还。水儿跟大巴讲了此事，并提出她表姐想来公司打工，大巴对水儿说，我们这里发不了财，但解决吃饭穿衣没问题，如果你表姐实在不行了，就来我们这里吧。

谁也没想到，这样一个女人的到来，搅乱了公司的一切。自然这是后话。

刺艳没搞过财会，大巴决定公司出钱给她学会计，并取得从事财会工作的资质。

一个公司里，财务很重要，也是一个公司的核心所在，往往由信得过的人，或者是亲信担任，大巴要刺艳搞这项工作，完全取决于对水儿的信任，或者说，大巴根本上就没意识到财务的重要性。

西跳和大巴不一样，他知道会计的重要性，怪大巴还没见到人，就决定她来搞会计，所以不太同意此事，可是，他后来见到刺艳，眼睛都直了，没想到水儿表姐这样漂亮，都快赶上水儿了，西跳也就同意刺艳做了会计。大巴说西跳以貌取人，花花公子一个，按他的逻辑，谁最漂亮谁就可以当国家主席。西跳说，我也经常提醒自己，漂亮归漂亮，女人归女人，不能随便信任，但没办法，美就是美，美高于一切，美决定一切，我见了美就心动，就管不住自己，看在维纳斯的份上，你原谅我吧。大巴说，你别以为找个冠冕堂皇的理由捂着，别人就不知道你那点花花肠子。

那天，刺艳正背对着默子，抹着办公桌，大巴指着她的背影给默子介绍说，那是水儿的表姐。默子看那背影，身材很好的嘛，但默子怎么也没想到，当刺艳转过身来时，他看到了一张熟悉的脸，那是他最不想看到的一张脸，没想到，她竟然是默子原来画过的那个人体模特儿，也就是那个让默子沦为流氓的四川女人。

怎么这样巧，当然仔细一想，也符合情理，水儿和刺艳都是四川人，水儿也说过，她来昆明报考艺术学院，一直没找到她表姐，这是他知道的，没想到事情竟然是这样。

真是冤家路窄，可以想象，默子见到刺艳时的感受。当四目对视时，什么话也没有，认准是那女模特儿后，默子一反常态地平静，都三年过去了，不过他一直在寻找那个证人。

刺艳也认出了默子，她不敢看默子，心神不定，手脚慌乱，把桌上的茶杯碰到了地上，哐当一声，空气里响出了不安的声音。大巴看到如此场面，问默子咋了？默子把事情真相告诉了大巴，大巴也很吃惊，这还了得，来了个不要脸的，这种女人是祸根。

但仔细一想，大巴也很为难，大巴相信人是可以改变的，即使那是块脏抹布，我们也要把它清洗干净。为这事，大巴专门和默子长谈了一次，最后他说，看在水儿的份上，算了吧。

水儿知道真相后，也很火怒，没想到坏默子老师名声的人，竟是自己表姐。当时水儿一句话没说，她心情复杂，她说出的第一句话，是对大巴说的，没想到她对大巴说，趁早辞了她。大巴说事情都过去了，别感情用事。

刺艳听水儿说要大巴辞掉她，就请水儿原谅，刺艳不说话反而没事，一听到她说话，就像往火上泼了汽油，水儿怒斥刺艳，要刺艳马上跟默子道歉，然后离开公司。刺艳向默子道了歉，却赖着不走，说是要用实际行动悔过自新，真是请神容易，送神难。水儿叫刺艳离开公司，是气头上的话，她没法不气，别说刺艳伤害的是默子，就是伤害别人，水儿也不容忍。问题是刺艳刚好伤到的是默子，用大巴的话说，她表姐伤错了对象。

虽然大巴没有不要刺艳的意思，但还是考虑到一个问题，刺艳当会计合适吗。没想到西跳说，没有什么不合适的，我们要宽宏大量，允许人犯错，也要允许人改正错误。

西跳这东西，葫芦里又卖什么药了。

默子没有为难大巴。他突然想到一事，令人费解，当初刺艳扬言要上法庭，自己为此一直在找证人，按她当初的态度和气焰，非上法庭不可的，这说明她有打赢官司的把握，而三年下来，她一直没动静。默子心里一直不轻松，就是找到证人作证，他也逃脱不了干系，按公安部门规定，学校教学使用模特儿，要三人以上，三人以下就违反规定，而当时，学生走后，只剩下他一个人，这是不允许的，当然只要对方不告你，别说一人使用模特儿，就是怎么着都行。事到如今，但愿此事到此为止，而默子没有完全轻松下来，心里总想着当初画画时的一个细节，这个细节搞得他内心不安。

默子知道，水儿来昆明后，一直在找刺艳，大概在半年前才找到，水儿怎样找到她的，谁也不知道，这段时间里，她干了什么，人们更不清楚。

当天晚上，水儿来到默子画室，她想为她表姐的事向默子道歉，默子说事都过去了，就不说了。

但一种影响是很难消除的。水儿这样说道。

默子说时间长了就没人提了，不良影响也就自然消除了。

水儿说一个人的名声很重要的，往往会影响人的一生。

说到这里，她停了一下，然后告诉默子一个鲜为人知的事。她当初听到模特儿事件后，一直为默子鸣不平，也很焦虑，如果一个人真是流氓，被张扬出去也倒无所谓，而不是流氓的人被说成流氓，冤屈就大了。自然水儿确信默子不是流氓，所以她要为他澄清事实，如果能说服那个女模特儿不上法庭更好，如果上法庭在所难免，那唯一能够证明事实的，就是证人了，所以水儿竟然一直在暗中寻找那个女校工，找到女校工，并说服她到法庭作证，真相就会大白于天下，水儿一直在努力。

水儿已经掌握了女校工的一些情况，女校工嫌工资低，离开艺术学院后，去了红都夜总会坐台，水儿也就跟踪进了红都夜总会。夜总会这样的地方，小姐们不会用真名，谁也不会跟你提供任何真实信息，所以她只能进夜总会坐台，以便寻找校工。灯红酒绿的夜总会，小姐多得令人眼花缭乱，谁是谁，谁也说不清。水儿发誓要把女校工从这些人中找出来，不久水儿坐台被大巴和默子发现，所以她没找到女校工，无果而归。

水儿去夜总会坐台的秘密，终于弄清，原来她在演苦肉计。

听水儿这样说，默子很内疚，也很感激，他对水儿说，你去夜总会，大家都为你担心，你应该把真相说清楚。水儿说，我是想说清楚的，但我更想找到证人，给你一个惊喜。

水儿的事，已不再是秘密，大巴对水儿说，今后遇到这种事，不要一人闷在心头，更不能拿自己去冒险，不要因小失大，有事和大伙商量，很简单的事被你搞复杂了。让大家误解你，让你受了这么大的委曲，也让我们为你担心，这样的事今后绝对不能发生了。

正说着，合子就来了电话，她说她已跟电视台联系好，请他们台帮我们做档节目，意在宣传，扩大影响。电视台导演和大巴电话里交谈过，节目主题定位在艺术与生活，艺术品如何走向市场，如何为社会服务的话题，这对奥赛，对公司是个宣传，这是好事，大巴自然同意了。

做节目那天，大巴心虚，把卡拖叫了来，有卡拖在，他什么都不怕。好在卡拖来了，不然真为难大巴了，因为电视台把话题改成了波波族，大巴对此不甚了解。

电视策划者认为奥赛公司，或者说艺术公社就具有波波族特点。卡拖听了这个选题摇摇头，他不这样认为，他说，讲清这个话题很难，因为这不仅是个很时尚的话题，也是一个历史性话题，从历史的角度讲，波波族有别于垮掉的一代，也不是风靡一时的飘族，也不同于二十世纪六七十年代的嬉皮和八十年代的雅皮，更不是现在时髦的小资，波波族实际上由两个阶层组成，Bourgeois布尔乔亚和Bohemia波希米亚，一个是经济概念，一个是文化概念，即BOBO，布尔乔亚就是资本，就是资产阶级，是以资本为基础的。而我们无拘无束，追求自由，热爱艺术，崇尚大自然，有理想有激情，注重精神品质和心灵成长，也有很强的流浪情结，把我们算成波希米亚似乎也说得过去，但要说波波族就扯远了，因为我们没钱，没条件讲究物质生活品质，不注重穿名牌，没有高学历，没有高收入，更不是社会的精英，成功人士，不想生活在已有的秩序里，所以我们并不布尔乔亚，我们是一群穷光蛋。

听了卡拖的话，电视台的策划摇摇头说，你们谦虚了，说自己是一群穷光蛋，你们无疑是表达一种价值观，是用自嘲和反讽来表达一种后现代思想，这是你们的风格，你们注册资金一千万，应该是布尔乔亚了。

大巴笑笑，摇摇头，想说什么又没说，最后，他说，总之我们不是布尔乔亚。

电视台策划说，其实不管是布尔乔亚，还是波希米亚，都是一种生活态度和生活方式，并不是划分什么阶级，更不会将人分出高低贵贱，如果大巴老师坚持自己的非布尔乔亚立场，那我们就来一次波希米亚吧。电视台没有为难大巴，大巴也没有为难电视台，那次电视内容，全是波希米亚。

电视节目播出后，影响很大。

十八

民族文化园的设计很难定位，不是个单纯艺术设计问题，还涉及民族学、文化学、历史学、社会学和天文学等学科，怪不得鸿泰搞不定这个设计。

民族园的主体广场，是一个彝族十月太阳历文化广场，这需要对彝族十月太阳历有深入的了解。为此，设计者走访了天文学家和彝族文化专家，并研究了四川凉山彝族的向天坟，在此基础上，设计定格为彝族风格的十根图腾柱，一年四季的每个节令，一天中的早中晚，太阳投影到什么地方，既合理又要精确。不过，这一定位和创意虽难，却让大伙兴奋不已，应该说，设计本身天衣无缝，无可挑剔，卡拖写的文案标书，文采飞扬，从历史演变到彝族文化，从天文学到十月太阳历，从十月太阳历的科学性、实用性到合理性、美观性，都做了精辟精彩的阐述，媚角说这样的设计方案，应该是无敌于天下的。

本来按设计要求，应该做设计模型，其他设计单位都做了，大巴他们没做的原因是，一他们没看到设计说明书，不知此要求；二是鸿泰联系他们时，所规定的设计时间只有两月了，所以即使知道要做模型，时间上也来不及。

口才和语言表达也是生产力，为了汇报万无一失，大巴做了很多准备，记下了不少东西，连卡拖写的标书也能通背，但没想到招标会上，代表奥赛方抛头露面的，既不是大巴，也不是老胡，而是胖子阿旺。此人自由职业者，靠倒香烟发了财，现靠赌博为生，他不但不熟悉方案，而且表达能力极差。后来大巴才知道，鸿泰的这档业务也是阿旺牵线的，并一直通过阿旺和民族文化园指挥部联系，即所谓的关系就是阿旺的关系。

而事实上，竞争非常大，省内外二十多家单位参加了竞标。显然奥赛的方案脱颖而出，引起各位领导和专家的注意和认可，组委会的意见倾向于奥赛的方案，但叫奥赛按百分之一的比例做模型后再定。

那天的汇报，不是汇报得好，而是方案本身取胜，阿旺看到胜券在握，便迫不及待地提出利润分成的事。他的意思让大巴接受不了，按他的意思，即奥赛公司、鸿泰公司及阿旺本人各占三分之一，大巴听后拍案而起，方案设计和今后工程实施都是奥赛，三三制不合理，阿旺一个人占三分之一更说不过去，他提出两家公司各占二分之一，不对个人，阿旺怎样分是阿旺和鸿泰的事。

最后分成方案不了了之。

阿旺提出的分成方案，既不合理也没把奥赛当回事，奥赛不是鸡毛小店，一千万注册资金不说，全是名家云聚，在全省哪家也比不了。西跳说，避开鸿泰，我们自己干。大巴想想，摇摇头，在商界还是诚信为重，别因为这事，坏了我们的名声。

大巴叫走云负责，找人做模型，一定要做出一流水平。

看到大巴一脸严肃认真的样子，走云说，老大，别一脸的苦大仇深，假如生活欺骗了你，不要悲伤不要难过，面包会有的，一切都会有的。大巴说，搞不出一流模型，就什么都没有，到时你悲伤难过都来不及。走云说，老大，你不是说重要的是过程，并非结果吗。大巴说，改天再探讨理论，先干活吧，走云同志。

那天，走云带着两个模型高手领材料，岔道帮忙搬这搬那，结果晕倒在材料室，奇怪，刚才还好好的，田贵对岔道说，不会是你小子偷懒吧。走云扶起岔道说，怎么会呢，一张青菜脸，可能是营养不良。田贵说一日三餐，不说顿顿有肉，也基本达到了天天有肉。田贵边说边笑，他的笑，总带着几分奸狡，走云很不喜欢这个人。

两个模型高手，都是走云的同学，他们专做模型，给很多房地产做过，生意很火，几天工夫，一座规模很大的模型沙盘，在他们手中诞生，什么西瓜、红萝卜、白萝卜、蜡烛和火柴都用上了。

那天岔道晕倒，躺了一下就没事了，后来的几天，他整天围着模型转。田贵对岔道说，你别围着转了，你以为这手艺是你能学的？岔道说，别小看人，这段时间，水儿姐教我画画，我都会画很多东西了。田贵说，你还好意思说，你看你画的鸡蛋，都画成土豆了，你水儿姐都改唱歌了，你还画啥，有时间，你还是找你父母吧。岔道说我的事，不要你管。

岔道两岁跟父母进城打工，四岁和父母走散，老家何方，父亲何人，岔道一概不知，七年过去了，岔道都习惯了。但这个事，一直成为同志们的心事，虽说公司是个大家庭，大家和兄弟姐妹一样，但毕竟岔道还是个孩子，他应该有自己的父母。一年多没找到岔道父母，大家商量后，将岔道的事登了报。事情公开后，每天都有认领电话，但都对不上号，西跳说，这事一定要把好关，别让那些想娃想疯了的人有可乘之机，更不能让岔道落到人贩手中。走云说，别担心过头了，瞎操心，验个DNA什么都就OK了。

一个外地老板找来公司，他说的和岔道的情况基本符合，走云说别理，岔道的父亲会是老板吗。大巴说，这不一定，难说还是处长厅长，一切皆有可能，岔道都不知道自己爹是谁，我们凭什么说岔道爹就不是老板呢。

老板确认岔道就是他儿子，大巴问老板，你儿子身上有什么胎记吗。老板说，他雀雀上有颗痣，西跳说这还不好办吗，就带岔道进了另一间屋子，扒下他的裤子，结果大家都傻眼了，岔道雀雀上还真有颗痣，只是位置和老板说的有点距离。老板说这么长时间了，可能是位置长偏了。老板这样说也符合逻辑，难道老板真是岔道的父亲，如是这样，是件好事呀。西跳说，这不说明什么，我雀雀上还有一颗痣呢。西跳这一说，引得大家大笑起来，走云给西跳一拳过去，流氓。西跳说，我说的是真的，不信，我给你们看。说完，西跳自己也笑了。

同志们初步认定，老板就是岔道的亲生父亲，但还是有些不放心，就凭一颗痣领走人，这对岔道也太不负责任了，要最后认定，必须检测DNA。

出乎意料，DNA检测结果不是，本来说好检测费由老板出，他看结果不如愿，就赖了，最后检测费由公司出了。西跳说这样下去不行，每天接待认领的人太多不说，单是DNA检测，公司就给整穷了，今后谁来认，谁付检测费用，并且全权交给田贵负责。

岔道的事是大巴心中大事，人需要父爱母爱，大巴们给不了这个，十二岁的人，岔道还斗字不识，教育是摆在面前的首要问题。大巴考虑过给他上学，但十二岁的人该上几年级？这是个问题。于是，大巴就交给水儿一个任务，教岔道识字，顺便也教岔道画点画儿。

岔道画画时，因食指断了一截，总拿不稳画笔，问他怎么断的，开始他不说，后来他告诉水儿，是他拿别人的东西时（他没说偷），被人砍的，他叫水儿不要告诉任何人，为他保密。水儿自然也就没跟其他人说。

画了一段时间后，岔道虽说拿笔没问题了，但见到那截断手指，水儿就有点不舒服，她想起香格里拉的那个夜晚，心里就会有一种潜在的意识，这男人跟女人怎么就不同呢，连当时十岁的岔道，也摸摸搞搞的。但想到岔道救过她，并且当时才十岁，水儿心就软下来了，十岁的孩子，也许什么都不懂，和那些色男色狼不一样，他那晚的举动，也许并没有性的成分，只是好奇，或者他根本就不知道，自己干了什么，设想一下，十岁的孩子，能干什么呢。水儿原谅了岔道，之后和岔道关系很铁，水儿走到哪里，他就跟到哪里。那天，水儿设计一个小稿，搞得腰酸背疼，岔道赶紧帮水儿捶背。同志们都很羡慕，西跳也很羡慕，但他羡慕的不是被服务的对象，而是岔道，他说他多想给水儿按按背，揉揉腰，哪敢呀。走云打断西跳的话，你又耍流氓了，狗改不了吃屎。

那几天，岔道跟着做模型，水儿身边就少了个人影儿，有时跟着大巴跑跑腿。水儿没事了，就看看书，反倒觉得清静。她喜欢余秋雨，在读《行者无疆》，她说她也该看点书了，否则，在合子的沙龙里，什么也听不懂，什么也不会说，像个白痴。她在央视青歌赛上看到过余秋雨，她说余秋雨不仅博学，还儒雅，好像没他不知道的东西，好像这样的人从不会发脾气，面对一问三不知的选手始终保持着微笑，所以她喜欢余秋雨。不仅《行者无疆》，大巴还给她看了《文化苦旅》《视觉艺术》《渴望生活》《生命不能承受之轻》《天堂里的波波族》等，这都是大巴翻旧了的书。

因为考试，很长一段时间，水儿没跟大巴跑业务，现在考试结束了，等待录取，所以大巴走哪都叫上她。她极不情愿，倒不是因为大巴，而是她不喜欢和男人打交道，她最讨厌的是城建的张处长，他看她的眼神就像在剥她的衣服。他老给水儿打电话，水儿老不赴约，所以好几桩业务都没拿下来。这些事情，大巴心里很清楚，他说这是带水儿认识社会，看就看吧，又没少斤缺两，约就约吧，找个理由不去就行了，有一点，大巴绝不让水儿单独接触那些男人，更不会让水儿受侵犯。

　　不让水儿受侵犯的最好办法就是让人感觉到，水儿是自己的情人，所以大巴有时也对水儿表现出一些亲昵，像那么回事儿，以便过关，这一招很灵，那些男人自然也就有所收敛，对大巴的良苦用心，水儿自然理解。

　　直到有一次，大巴、西跳陪张处长去温泉度假，水儿也去了，大巴有急事回城，留下西跳和水儿。那晚西跳喝高了，倒在餐厅沙发上，张处长以为机会来了，迫不及待，就设了个局，请水儿回房帮他拿相机，结果，水儿前脚跨进去，张处长后脚就跟进了房间，进门就反锁了门。张处长开始没乱来，而是说了很多好话，听得水儿肉麻，怎么男人就这副德行，什么话都说得出来，还说要供水儿出国留学。自然水儿寸步不让，坚守防线，最后张处长急了，就露了凶相，把水儿按倒在床，扒水儿的衣服，水儿大叫。

　　西跳虽说喝醉了酒，但俗话说酒醉心明白，他觉得不对劲，忙赶到房间，在过道上听见水儿的呼叫，他敲不开门，就叫来服务员开门。进门一见房内的阵状，他二话没说，上去就给张处长一耳刮：你这个杂种，你以为你是谁，别说一个处长，就是再大的官，也别想占水儿便宜。张处长没还手，局面有点尴尬。西跳被这事弄醒了酒，他拉着水儿，开着别克回了城，把张处长一人晾在那里。

从那以后，大巴办事，再也没叫上水儿，叫水儿耐心等录取通知书。

那一耳刮，虽然同志们都说解恨，打得好，但西跳有些后悔，那一耳刮倒也解恨，但以后的业务就打掉了，当时打不打那耳刮，结局都一样，都能制止当时的事态，只是打了解恨，而不打虽然不解恨，但很多事还有余地。大巴心情有些复杂，自然他认为该打那一耳刮，但事情未免有些遗憾，毕竟那是城建的处长，是经营了很久的关系。

水儿很感激西跳那一耳刮，没想到关键时候，西跳很汉子，而西跳说，我后悔那天没再打一耳刮，水儿，如果需要，我今天就打了补上，你给个话吧，你指向哪里，我打到哪里。水儿习惯了西跳这种玩笑。水儿在想，如果那天大巴在场，将会是怎样的结局，如果是默子在场，又将是怎样的结局。这是三种不同性格的人。

那段时间，水儿心情不好，很多学校都发录取通知书了，艺院还没动静，虽说录取没问题，但任何一件事，只要是在等的过程中都烦人，搞得人心烦意乱。夜长梦多啊，这段时间，水儿老做噩梦，虽然是梦，但把情绪弄得很糟，她总觉得会出什么事。刺艳说，不就是个张处长吗，我告诉你，这样的男人很多，别理就行了，话又说回来，张处长看得起你，你应该高兴，毕竟他是个处长嘛，要是我啊，我就依了他，当然前提是要他负责我去外国留学，否则没戏。水儿没理她表姐。

走云见水儿心情不好，就对水儿说，你心情不好，我给你开个药方，你去找你最想找的人聊聊天，就没事了，或者上网聊天，想说啥说啥，发泄发泄，人是需要发泄的，上网是最好的发泄。

水儿叹了口气，走云见水儿没说话，又凑近水儿耳朵说，就像人要上厕所，总要找个地方排泄吧，如果找不到地方，就难受了，心里总逼着，如果要排的东西排出去了，就一身轻松，吃饭嘛嘛香，屁事没有，保你不会愁眉苦脸。

水儿说，我已经试过了，网上没一个好人，全说那种事儿，几乎都是变态的，不到半个小时就要电话，要了电话就要求见面，对方瘸子瞎子，坏人好人谁知道，这面能见吗。走云说，你以为这世界上就你一个天仙，这面怎么不能见，我实话告诉你，三年前我就见过网友了，那时我还没聊到现在这个作家呢。第一次见的是个大老板，他请我吃东南亚鲍鱼、欧洲猪排、非洲鲨鱼翅和法国真正的葡萄酒。

水儿说，那有什么稀奇的，我们长江边上的鱼玄子才好吃嘞。走云说，你别老跟我鱼玄子鱼玄子的，没见过世面，你知道老板请我那顿饭要几千块吗？水儿听了噘噘嘴，反问道，你才管几千块啊，这算什么贵，你说说，你让那老板阴谋得逞没有？走云哼了两声，哪有这样便宜的。水儿说，当然话又说回来，关键是那男人怎么样。走云见水儿想知道的样子，就火火地来了一句说，羡慕了不是？骚了不是？我说嘛，不是你对网上聊天不感兴趣，是你没水平，聊不到质量高的男人，这网上聊天嘛，就像瞎子摸鱼，互相看不见，能否找得到白马王子，全靠水平了。水儿问，你见过的那个是白马王子吗？走云说，还算像个人样，左眼是左眼右眼是右眼的，只是岁数大了一点点，头发很少。水儿问，秃头？走云说，那头上虽然毛少，但不是秃头，而是智慧的广场。

水儿终于笑出声来，到底多大？走云说，其实也不怎么大，才五十九岁，还没退休嘞。

水儿哇的一声：你别耍我，你是不是想找个老爸呀，如果五十九岁，你还不嫌老，你就找个九十五岁的吧，然后慢慢享用。走云说，你倒别急我，不是也有二十多岁的硕士，嫁给八十多岁的杨振宁吗？水儿想了想说，别人找八十多岁的男人，我相信，你却不能。走云说，咋又不能了，你别把我抬高了。

水儿说，那你就找那个五十九岁的老头好了。走云说，不可能。水儿说，你又嫌他老了？走云说，不，是嫌他嫩了，你想想，找个八十多岁的多好，今天结婚，明天他翘脚，后天他的财产就归你了，关键是要找个有钱人，岁数不是障碍，再大的岁数障碍，他一抬脚就过去了，哈哈，茄子。

别说走云一点正经没有，她说的全是正经话，水儿算是长见识了。

过了一会儿，水儿又问，你见过你那作家网友吗？

一说起网上那作家，走云就一往情深的样子，她说这作家和那些她见过的或没见过的不同，他是她的网上初恋，但她目前还不想和他见面。水儿问她为什么，走云说，我想让这种感情永远待在网上，那种感觉真好。

水儿听了走云一番高论，心里就开始想自己的事情。她后来告诉默子，那天她很想找他，但又怕找到他，她总在想，要是那天在温泉自己受张处长的污辱，他也在场，事情将会是什么结局，如果大巴在又是什么结局。

十九

水儿考完试后，谁也没操心她录取的事，但谁也没想到，水儿考艺院竟然落榜。

这世界都咋了？不可能的事，天天发生，十拿九稳的事却泡汤了。也许是期望越高就越失落吧，水儿哭成了泪人。走云开导她，说了些漫无边际的话，开导要有服人的理由，但能找到理由吗，找不到，什么安慰都是苍白的。

这潇一怎么搞的，电话也没一个。默子和大巴一溜烟去了艺术学院。

找谁呢，招办？潇一？招办可以说他们是择优录取，并且招生的事，还涉及省招办。找主考老师？那更是自讨没趣，主考老师可以说他们是如实打分，并且主考老师是潇一，水儿平时的辅导老师，按说，潇一这里不会出问题的，这问题出在哪里呢。默子甚至想到，可能潇一知道了自己和水儿的事，转念一想，不会，自己和水儿本身就没什么事，再说都和潇一拜了，她不会这样无聊。

找谁呢，谁会说自己营私舞弊，乱打分乱录取呢。

只能找潇一，结果潇一关机。没办法，两人进了声乐系办公室。

声乐系办公室只有一人，但不是大巴认识的。他站在门外给熟人打电话，默子先进了办公室。里面那人不转身还好，一转过头来，好戏就出场了，真是冤家路窄，她竟然是那个见默子就绕道，背后议论默子的女教师。都三年过去了，她的目光还把默子当流氓，默子忍不住，就对她说，今天流氓找上门来了。她说，你要干什么。默子说你放心，我不会强奸你。她说，你这个流氓。

当时默子没有多想，也无法冷静，一巴掌打到桌上，也许是吓着了，那女教师一个趔趄，摔倒在地。他没吝啬他的拳头，在她眼前晃荡，但始终没打下去，女教师的尖叫，招来了保安。大巴打完电话进来，赶紧赔不是，但为时已晚，默子没申辩，我是二流子我怕谁。

见都是学校的老师，保安也无可奈何，但女教师睡在地上，保安很为难，怎么劝都没用。过一会儿，保卫处长和一位副院长就赶到了。

那女教师不依不饶，说默子打了她。人都被打躺在地上了，还能说啥，副院长批评了默子。虽说自己并未动过对方一指头，但默子赌气，到最后也没为自己辩解，最后，默子被带进了派出所。

默子被拘留，算是校方给音乐女教师一个交代。派出所没把默子当阶级敌人，把他和那些乱七八糟的人分开，独处一室。水儿送饭，她表姐剌艳也跟来了。来之前水儿对剌艳说，这事你不能去，说穿了都是你惹的祸，你当初不冤枉好人，会有今天的事吗？旁边躲着吧。

剌艳没作声，她知道这都是模特儿事件的连锁反应。

水儿要留下来陪默子，自然这是不允许的，默子对水儿说，里面很好，还管饭，以后不必送了，如果流氓都这待遇，我还不想出去呢，我这流氓值了。

水儿忍不住笑了。

潇一来看默子时，水儿也在，见是潇一老师，水儿马上站起身让座。潇一安慰默子说，对不起了，这事和我有关，她看你不顺眼，是因为她和我有矛盾，那人德行不好。

默子板着脸对潇一说，我是流氓，别人这样对我是应该的。

其实，模特儿事件已经被证实，为此，潇一深感内疚，但后悔也来不及，她已经和一个处长结婚。所以见默子心里有气，就把话题转到了水儿的事上。她说，水儿报考的声乐专业，今年只招六名，其中民族唱法两名，水儿是民族唱法，竞争很大。听潇一这样说，默子憋着气问，是水儿不如那两人吗？潇一说，当然不是。

那是为什么？默子有些愤怒，她没说什么理由，只说，有些事是不能有理由的，我只想对你说，水儿是我的学生，她很优秀，不录取她，不是我的本意，自然，别人被录取，是能找到理由的。默子问什么理由？潇一什么也没说。

默子说这是什么世道。

潇一说你比我清楚。

难道水儿一点希望都没了？潇一说，这正好是我今天要说的事，我没给你们打电话，原因是我一直在努力中，这样说吧，音乐专业没录取，就考虑其他专业，如果水儿愿意，就考虑音乐师资专业吧，以我的看法，这个专业应该更有前途，按水儿现在的专业素质，继续读研，然后留校就有希望了，其实师资专业文化录取线比音乐专业的高，今后分配比音乐专业的好办。

潇一说得没错，但水儿更适合做一名演员，说得大一点，中国的声乐舞台应该有水儿。潇一对默子说，你是老师，你应该清楚，即使任教，也不会影响水儿的演唱事业，舞台上的张也算优秀了吧，但张也是中国音乐学院的老师，她并没因老师身份影响演唱事业，如此而已，还要我解释什么吗。

听潇一这口气，默子有些不快，他对她说，请你别用这种口气跟我说话，我现在不是你男朋友了。

听默子这样说，潇一转身就走，走了几步，她又回过头来说，水儿的文化分只上了音乐专业录取线，距师资专业还差一分，结果怎样还很难预料。

默子听潇一这样说，就放平了自己，急忙补了句，不是在请你帮忙吗。

潇一笑了笑，意味深长地对默子说，祝你幸福。

什么意思嘛，莫名其妙，什么幸福不幸福的，跟你有什么关系。自然，默子不是白痴，他知道潇一话里有话。

潇一走出派出所，水儿追上去对潇一说，老师，我送送你吧。潇一说，不必了，你还是好好陪你的默子老师吧。水儿又问，我的事有希望吗？潇一拍了拍水儿的肩膀，微笑着说，争取吧。

默子和潇一谈话时，水儿一直在旁紧张着，潇一走了，她才松了一口气，她生怕两个老师争吵起来，对她来说，默子和潇一都是很重要的人，她不想得罪谁。

水儿看着潇一的背影，自言自语，一见面就要吵，怪不得你们分了手。

其实，水儿也在琢磨刚才潇一的最后一句话，"祝你幸福"虽然只是四个字，她知道这和自己有关。潇一说的时候，水儿注意了一下默子的表情，默子也看了水儿一眼，四目相视，心照不宣，其中之意，大家心里都清楚。按理说，潇一不应该说这句话，大巴追水儿的事，她是知道的。

那几天，水儿天天来看默子，派出所所长对他说，你女朋友很漂亮的嘛。也不知出于什么原因，默子笑了笑，没有申辩。

待在派出所，默子心里很急，这是典型的浪费生命，从香格里拉回来后，他一直在整理几幅大风景，他已经和法国一家著名画廊联系好，明年就可过去办画展，前期费用自己负责，准确说是先垫付几万，如果展销上线，对方将全部负责费用，这叫不见兔子不撒鹰，老外都这嘴脸，典型的市场经济。大巴说几万元的费用，等文化公园工程结束即可给他，眼下要紧的事是把画准备好，默子能不急吗？

大巴也在跟美国方面联系，以画会的名义举办向日葵画展，但时机还不很成熟。说穿了，主要是钱的问题，所以钱字头上一把刀，这把刀逼着大家找钱，没办法。因为默子的画全是风景，所以适合搞个专题展，并且已经准备充分，大巴说可以先搞默子的个人展。

在派出所的日子，也算是铁窗生涯吧，默子想起了迟志强的歌，所以哼唱了《铁窗泪》。后面传来笑声，默子一看，是那个女民警，他忙说，对不起，随口哼的。女民警说，没啥，想唱就唱吧，你的嗓音很好听的，像韩磊。

毕竟是在派出所，你什么都不能做，但你什么都可以想，想心事不犯法。所以在派出所的几天，默子经常想起两个人，一个是杏，另一个嘛就不说了，她自然也是女的，这人当然不是水儿，这是秘密。他也不知道，自己为何老想起她。

杏，那个山村女教师。默子一直没忘那个半山腰的小学，一直没忘那个皮肤黑黑的小学女教师。这种想念很微妙，但和爱情有关，他心里很矛盾，一方面，想劝杏离开那座大山，另一方面，杏离开了，那些山娃们咋办，这也是杏不愿离开的原因。如果他帮杏离开了那里，他会一辈子不得安宁，因为会有无数双眼睛看着他，这其中，就有那个瘸脚的女生。如果叫杏来省城打工，是万万使不得的，他不能对杏许下任何承诺，不能耽误了杏。

在派出所不能打电话，他担心杏和他联系不上，怕她急出问题，就叫水儿给她打了个电话，说默子带学生下乡采风，暂时通不了电话。水儿告诉他，对方很着急，担心出了什么事。

水儿打完电话后问默子，对方是谁。他如实说了，水儿听得似懂非懂，满腹狐疑，眼角有些湿润。

默子进局子，对同志们影响很大，西跳说，俗话说女人就是祸水，这话不假，默子这事都是女人惹的祸。走云瞪着西跳说，你可以骂刺艳，因为事情的根源是她引起的，但别女人女人的，这打击面也太宽了点吧。大巴对大伙说，不要因为此事影响情绪，集中精力把手头的事干好，就当默子去体验生活了，况且默子在里面好好的，人生嘛，什么滋味都要尝点的。

几天后，默子就恢复了自由，出局那天，水儿也意外地收到了艺术学院的录取通知书，自然不是声乐专业，而是音乐师资专业，这已经不错了，大伙知道是潇一努力的结果，水儿没填师资专业，并且文化分还差一分，一般来说是不录的，没潇一这事就黄了。即使是师资专业，水儿也高兴，大家都高兴，双喜临门，虽然默子本不应该进派出所那道门，但毕竟进了，现在出来了，也应算一喜，按惯例，自然要意思一下的。大巴刚要说什么，却被同志们抢了先，来了个大合声：撮一顿，茄子。

合子把那晚的场约退了，她说这一退就几百元大洋不在了，并且还落得个不够诚信的骂名。可见合子是够朋友的，重友轻利。

最近茶吧饭吧的事，由刺艳推荐的一个人打理，此人四十岁左右，不管岁数大小，大家都叫他德哥。开始，合子也就把握一下大的东西，家长母嘛，不能不管，西跳说她当了个甩手掌柜，她这一甩，艺术公社就开始热闹起来，毕竟刺艳和德哥都是经商的，他们是按市场经济来运作，而合子是玩，并且玩得过于艺术，所以，光顾吧区的人多是一些圈内人。现在不同了，各种时尚青年、大学生也对艺术公社感兴趣，并非艺术公社做得有多好，这个年代，只要是时尚时髦的，就有人赏脸，虽说艺术受到市场经济的冲击，但艺术在民间还是有一定吸引力的。特别是在民间边缘族群中，所以有时和艺术沾点边，就时尚就时髦，就会有人喜欢。不久，艺术公社成为一个品牌，成为昆明休闲文化的一个亮点。

既然要按市场经济运作，德哥提出餐饮这一块独立出来，大巴了解了一下，像这种情况，一般上交管理费百分之四，而德哥上交管理费百分之十，高出了大巴的想象。大巴和默子、西跳商量后，何乐而不为呢，就同意德哥独立核算。

合子脱手餐饮，一身轻松，虽不再是老板，但吃饭聚会一定要在的，卡拖和米朵也到场了。最近卡拖很神秘，默子问最近在干啥，他说，看书，看周易读老庄。西跳插话说，一定有不少心得，给我们传达一下？卡拖说，还没读出个名堂，读周易和老庄就是个修炼，如今这个社会，浮躁而功利，身在其中，一身浮华，要把老庄修炼到家，修出心得，难啊。

从香格里拉回来后，卡拖一改以往的锐气和自信，显示出一个成熟男人的沉稳和谦和，他的语气影响了在场的人，似乎没有以往那样情绪激昂。大巴想说啥，但没说。

过了一会儿，同志们的话才多了起来，讨论着艺术市场化和波波族话题。看大家左一个波波族右一个波波族，大巴说，都别班门弄斧了，还是请卡拖给大家普及一下吧。因卡拖最近沉默寡言，再没了口若悬河、妙语连珠，同志们的神聊自然就少了乐趣和理论层次。西跳说卡拖脑子出了毛病。

说到波波族，卡拖不好推辞，就语言沉缓地说开了，他说前次电视台做节目，受时间限制，不便展开说，现在如果同志们有兴趣，我可以多说两句。

合子说，你多说一万句都行，我们洗耳恭听。

卡拖略带思索地说，波波族这个概念最先于 2000 年提出，是美国作家兼记者的大卫·布鲁克斯在《天堂里的波波族》一书中提出来的。准确说，波波族由布尔乔亚和波希米亚组成，其质核是既肯定资本主义的布尔乔亚，又崇尚自由浪漫的波希米亚，是一个新的成功者精英群落，具备高学历、高收入，并讲究生活品质，注重心灵成长。善于追求自我，挑战自我，实现心灵满足，既懂得享受生活，又不铺张浪费；既特立独行，又不标榜另类；事业有成，却不追名逐利；喜欢冒险，有理想有激情，在生活品质和灵魂自由中追寻超然飘逸的态度。要深入地了解波波族，必须追溯到十九世纪，许多作家艺术家反对布尔乔亚式的物质主义和拜金主义，开始通过自身的生活方式和个体创作来展现波希米亚的浪漫，抨击布尔乔亚的虚矫、奢华和平庸。这些作家中，福楼拜和左拉是首当其冲的。在长期的对抗中，波希米亚对艺术和自然的热爱以及自由浪漫的情怀突现出来，比如二十世纪五十年代的 Beats，六七十年代的嬉皮，八十年代的雅皮，都是典型的波希米亚情结。在两种形态长期的磨合后，最后两种阶层的精英们找到了两种阶层的结合点，也就是我们今天说到的波波族，应该说这是新世纪，人类社会最新的生活理念和形态。

卡拖推荐同志们读一本书，也就是美国作家大卫·布鲁克斯的《天堂里的波波族》。合子问到哪去找呀，卡拖看了一下大巴，对大伙说大巴就有，你们没注意，他早就看过这本书了，并且水儿也在读。走云说，大巴老师也太自私了一点吧，只让水儿一人波波，有好书不给我们学习学习。西跳对走云说，你这样子像读书的吗，整天上网聊天。走云回敬了西跳一句：就你有文化。

合子没让走云说下去，恍然大悟的样子说，原来老大是想把我们打造成波波族，老大阴谋啊，但我们愿意被打造，这样说，我们就应该是昆明最早的波波族群落了。

大巴说，我们和波波族还有距离，这距离就是钱，所以我们不是波波族。西跳听后无限感慨地说，钱是爷，同志们啊，努力吧。卡拖接过话说，其实钱在波波族的价值观里，也不是至高无上的，这样说吧，波波族很注重精神品质，不浪费，只有一元钱也要用出品质用出意义来，这就是波波族。

合子点了点头，对西跳说，别以为钱就不得了，如果波希米亚和布尔乔亚摆在你面前，你要谁？西跳没等合子说完就抢过话头：现在我向家长母报告，当然是布尔乔亚，我是彻底的布尔乔亚者。

合子骂了一句，妈的，出了个叛徒。

二十

虽说水儿住进了学校，但还经常回公司住，她发现刺艳最近有些神秘。那天刺艳带回一包东西，放在桌上，水儿放水杯随手推了一下那包东西，结果刺艳一下紧张起来，竟把那包东西锁进了保险柜。那绝不是钱，为什么要锁进保险柜？水儿问她，她支支吾吾，说朋友的一包药，晚上要给朋友送去，结果她晚上出去，很晚才回来，水儿确信，刺艳一定有事瞒着。

只要听到水儿的声音，走云就找来了，原来走云和水儿住习惯了，现在一个人住有些不习惯，只要水儿从艺院回来，她俩就会凑到一起。

走云头上的彩带一直包着，那是她的标志，头发越来越短，着装越来越露，越来越潮。最近她和西跳进入冷战阶段，不搭理西跳，西跳说她是无性人，她说西跳是地下工作者，在看不见的战线活动。

走云说的看不见的战线是有所指的，她最近怀疑西跳找小姐，她没有戳穿他，只说了句狗不会改掉吃屎，一个坏男人自然也不会变好。

西跳一副破罐子破摔的样子，晚上很活跃，经常出现在洗浴场、夜总会，大巴叫走云管管西跳，没想到走云一怒之下，对大巴大吼过来：你凭什么要我管西跳，我又凭什么要去管西跳。

走云被西跳的所作所为气蒙了，气头上，大巴理解，过后走云也向大巴道歉，请老大谅解。大巴说谅解啥，你说得也对，这些烂事各管各。

大巴虽这样说，但怕影响正事，他还是找西跳谈了，他对西跳说，看你脸色苍白，是那种事过多，什么事都要适可而止，性过伤身，再说了，别影响公司的事，现在公司很难。西跳说该我做的我都做了，不会误事的，我这人离不开女人。大巴说，男人都离不开女人，我们圈子里没一个不好色的，包括我本人，女人是一道男人的命题，是一副良药，也是苦口的黄连，做这道题各有各的方法，像卡拖他就做得很漂亮，他身边没少过女人，而且都很优秀，他和女人的关系是什么，是爱，而你和女人的关系是什么呢？是性。

虽然西跳有西跳的生活逻辑，但大巴说后，他还是收敛了一些。

那几天，走云少言语，带着两个模型制作高手做文化园模型，文化园的模型搞好后，两个制作高手一人领走二万，这样的模型方案可以说是尽善尽美。

西跳抱着手，很自负地说万事俱备，只欠东风。

走云没理他。

模型完工了，岔道却病倒了，病得不轻，身上起紫块，平时只听他说头晕，以为他营养不良，没引起大家的注意，这次岔道竟然晕倒在地，大巴叫田贵带岔道去医院看病。谁也没想到岔道进了医院就没出来，检查的结果令人震惊，岔道患了白血病，唯一的办法就是做骨髓移植手术。医院说，这种手术再加上后期治疗费要近四十万，田贵一听就准备把岔道带回来，结果被大巴制止，田贵说这么大笔费用咋整啊，大巴说先别急，我们慢慢想办法。

这笔费用确实难倒了大巴，就是公司负责也难以支付，况且公司还要运转，还有很多开支。大巴找大家商量，由公司支付预付费，西跳不同意，他说公司的钱涉及公司的存亡，不能随便动。大巴对西跳说，救人要紧，不交费，医院就坐视不管，如果你不同意，不为难你，先把我的部分给岔道付医疗费，以后的以后再说。

现在公司运行都难，再把你大巴的抽走，公司还要不要？西跳自然懂得这个理，他对大巴说，你的那份也是公司的，不能留作他用。大巴一气之下说，那我就撤走属于我的份额，这样总可以吧。

听大巴这样说，大家都急了，默子对西跳说，大巴退了，这公司不就倒闭了吗，这事大家好好商量，我们不能见死不救，大家都凑凑吧，我虽然没多少钱，但我愿意全部拿出来。

接着，合子、走云、卡拖、米朵，包括水儿等，都解囊相助。西跳见大家这样，口气也就缓和下来，他对大家说，同志们钱都不多，先不必掏腰包，还是按老大说的，先由公司拿出十万，然后再想办法。

最后，大家商量好，请媒体的朋友帮忙，把岔道的事报道出去，请求社会帮助，再发挥各自的优势，组织捐款义演，这事由合子、米朵负责。其实水儿也很着急，岔道是她救命之人，她发动了艺术学院的同学，再加上合子拉几个歌舞团的演员，义演的演员就不成问题了。

有了首付款还不行，骨髓移植要有匹配的血型，而这种可能只有十万分之一，这无疑是大海捞针，如果在有血缘关系的人中查找，特别在直系亲属中查找，可能性就大得多，也就是说，要找到相匹配的血型，只有在岔道的亲属中寻找，这无疑又出了一道难题，岔道的父母在哪里呢。所以问题的关键，是要找到岔道的亲生父母，这无疑也是大海捞针。

大海捞针也得捞，不找到岔道父母，岔道的手术就是空中楼阁，再说，即使有了钱，手术也要家属签字，如果大伙代签了，出了事，谁负责，这些都是问题。所以，挑水带洗菜，一边为岔道募捐，一边通过媒体寻找岔道的父母。

那几天艺术公社的大厅热闹得像农贸市场，水儿和艺院的学生赶排节目，多是女生，西跳很感慨，真是满园春色关不住啊。合子拍拍他的肩膀，红杏虽然靓丽，但绝不出墙，你千万别想歪了，最好离远一点，此时此地是艺术的殿堂，姐妹们来这里排练是善举，神圣不可侵犯。

西跳耸耸肩，艺术是为人民大众服务的嘛，我欣赏一下都不行？合子说，你看你那双目光，会是欣赏艺术吗？况且你也代表不了人民大众。

合子和米朵有时来指导水儿她们排节目，米朵自己准备了一个独舞，用周冰倩《真的好想你》歌曲做背景音乐，米朵穿了件藏青色扎染衣服，头上扎了一条红丝带，只要她舞动起来，红丝带就在空中飘舞。她的舞姿真是感人，生来就为舞蹈，米朵跳着，合子在一旁结合米朵的舞蹈，为大家诠释着舞蹈的内涵。她说，舞蹈是门残酷的艺术，舞者将在一生的炼狱中熬煎，舞蹈是一座神圣的殿堂，舞徒将终生修行，吟诵舞经，追寻舞界神道。

合子像在为教徒布道，正口若悬河，滔滔不绝，水儿和大家听得津津有味，水儿对合子说，你口才真好，我以前怎么没发现。听到水儿的誉美之词，合子很受用，也很有成就感，正想趁兴发挥，就突然发现卡拖在身后，她赶紧打住，然后对学生们说，大师在此，我班门弄斧了，还是请卡拖老师说说吧，大家欢迎。

合子带着学生们鼓掌，卡拖向合子摆摆手，意思是不说了，合子哪里能放过卡拖，就把卡拖推到了学生面前。卡拖看看米朵，米朵笑了笑，歪了歪头，其中之意，只有卡拖心知肚明，这一切来得很自然，其他人未必感觉得出来，合子却从卡拖和米朵的眉来眼去中看出了名堂，她对卡拖说，这也要米朵同意呀，你的大师风范呢。

卡拖被逼得没办法，就对合子说，本来很高雅的事，被刚才这一鼓掌就俗了，犹如天堂里的神鸟突然掉进了菜市场，合子，你刚才的表达，正好诠释了艺术的两极，高得像宗教，低得如市井之音，艺术何尝不是如此。

说到这里，卡拖就转过身去，对学生们说，就拿舞蹈来说吧，舞蹈来自生活现场，是人类最早的艺术，它用人的肢体作为表达形式，用现代舞大师邓肯的话说，舞蹈有三种境界，第一种是用动作造型，取悦眼目；第二种是借用人体表达人的思想情感，供人们欣赏；第三种是通过超然的肢体直接进入人的灵魂和精神，不仅给人享受，还给人启迪。每一种境界都有其自身的功能，都有它存在的价值，合子老师刚说得很对，也很精彩。但舞蹈并不完全如此，或者说，合子老师所说的，只表达了最后一种境界，神性的境界。舞蹈有极其生活化的一面，就像舞蹈本身产生于生活生产场景一样，这样说吧，现在流行的街舞直接就是生活的一部分，是自娱自乐，属于第一种境界；米朵的舞蹈是表演性质的，有很高的审美价值，属于第二种境界；而杨丽萍的舞蹈则是人的情感和思想、精神及灵魂的天人合一，那是和天地万物的交流、对话和融通。

卡拖说到这里，学生们自然而然鼓起掌来，合子赶紧对卡拖说，这次可不是我带头鼓的掌。卡拖说，其实我也是随便说说，舞蹈就是舞蹈，很直观的，大家可以从米朵的舞姿中去感受，她的舞姿很美。说完，卡拖就情不自禁地用手搂了一下米朵的腰，米朵也顺势向他靠过来，很满足的样子，这一切自然而得体，也没引起大家的尴尬。合子指着卡拖和米朵，对学生们说，他们才是真正的天人合一，是舞蹈的第三种境界。

米朵小鸟依人，笑不露齿，卡拖的表情很恬淡，他很得体地搂着米朵，这时不知西跳从哪里跳出来，一边鼓掌一边说，好一尊罗丹的雕塑，让时空都化为永恒吧，为这对幸福的人儿，为世间最为纯真的爱情。“睡眠是永恒的，成为顽石更是甜蜜，无觉无闻，不知不晓，于我是最大的幸福，啊，讲得轻些吧，不要惊醒了我。”

合子噘噘嘴，今天怎么了，狗嘴里竟然吐出象牙了。西跳说，咋了，只允许你们有文化？我西跳也是受过高等教育的。合子说，给你一点阳光，你就灿烂了，你刚才的话耳熟，我就不相信狗嘴里真能吐出象牙来。

合子像一个小学生，很夸张地请教卡拖，卡拖说，西跳是搞雕塑的，这是雕塑大师米开朗琪罗在他雕塑《夜》基座上的一首诗，诗也是米开朗琪罗自己所作，他不仅是雕塑家，还是诗人，音乐家，建筑学家。

正说着，田贵就在隔壁吼叫起来，像往平静的水面扔了一块石头，大家都以为出什么事了，都过去看个究竟，结果发现田贵正在往门外撵一个人，大家没想到的是，那人竟然是疤脸男人。水儿一见他就往后退，西跳一见那人就火冒三丈，拿起一根钢筋条就要打过去，疤脸仓皇而逃，边逃边往后看。田贵说那人昨天也来过，被我撵走了，这人也胆大，我们都这样了，他还敢来。

西跳问水儿，那人到底是你什么人。水儿没回答。西跳对水儿说，你不回答，就别怪我不客气了，下次我再见到疤脸，把他脚筋断喽。

二十一

　　大家都在为岔道的事忙着，竟把民族文化园的事忘了，是西跳先想起这事，他说奇了怪，模型送去快三个月了，却不见任何动静，不太正常吧。大巴也觉得奇怪，就给鸿泰的老胡拨了电话，老胡不紧不慢地说，阿旺正在联系。

　　这事有些蹊跷，大巴越想越不对劲，一定是鸿泰在搞鬼，就多了个心眼，把方案拿去以奥赛的名义注了册。

　　他们没等鸿泰通知，就主动出击，来到民族文化园建设指挥部，指挥部含糊其词，没给明确答复。他们搞不清情况，同志们的情绪又沉入低谷，这可是五千万的工程啊，懂行人都知道，艺术品工程的利润高，如果这个工程拿下来，就可以说大家真正地脱贫致富了，也就可以承认自己是波波族了，虽然重要的不是钱，但如果这个工程能拿下来，同志们就可以安心地搞艺术了，默子就可以去巴黎搞画展，他在等米下锅呢。所以大巴不惜重金，调集云南高手参与设计，也花了五万多元做模型，不能重蹈覆辙，煮熟的鸭子不能再飞喽。可事到如今，这煮熟的鸭子还不见影子，大巴觉得情况不妙，就找媚角商量，媚角拨老胡的电话也拨不通，她也觉得事情反常，不能掉以轻心。

商量的结果是：煮熟的鸭子不能让它飞了，一定要把工程拿下来，如果鸿泰跳墙，想独吞，就一脚踢了它。媚角说只要方案得到认可就好办。看她这态度，大巴心里像吃颗定心丸，媚角大人一声吼，昆明也要抖三抖，只要这媚大人破釜沉舟，没有什么搞不定的。

那天，媚角把艺术设计院院长和城建张处长请了过来，院长不知情，而张处长心里有数，他知道是民族文化园的事，自从那次度假村的事后，大巴们就和他翻脸了，他也不再帮他们的忙。大巴说不帮就不帮，我们总不能拿自己的姐妹做牺牲品吧。

当然，媚角也听说过此事，对于生意人来说，媚角认为那是小事，重要的是把工程拿下来，她只懂发展才是硬道理，她发了话，姓张的也不得不来。张处长知道媚角叫他来的用意，他知道这事不好办，就把意思对媚角说了，看到媚角的强硬态度，他说先给民族文化园指挥长打个电话吧。媚角说不打，一定要登门拜访。这样一行人就浩浩荡荡地开进了民族文化园指挥部。

到了民族文化园指挥部，指挥长不在，媚角说，现在你这个电话可以打了。张处长给指挥长拨了电话，指挥长听说媚角老总来了，就忙着赶了回来，一见面少不了彼此寒暄，媚角说我可不是来和指挥长寒暄的，我平时没为难过你，今天想为难一次，可以吗？

指挥长接连点头，别客气，别客气。

当指挥长知道媚角的来意后就说，现在艺术品工程因资金不到位，暂停了，并且这个方案已定，如果要改动恐怕不好办。

媚角说，如果资金不够，我可以垫资，关键是这方案得定下来，你们不是认可我们奥赛的方案吗。讲到这里，媚角突然想到什么，就改口说，不，是我们鸿泰公司的方案。媚角这样说时，指挥长一时不知所云，就说，媚总，难道你也开艺术工程公司了？

媚角就把话挑明了，说，奥赛是我开的，鸿泰不是，这次是我们奥赛和鸿泰合作，所以奥赛也就是鸿泰，其方案全由我们奥赛独家设计完成。

指挥长听完哈哈大笑起来，把话题转了向，说，媚角老总搞艺术品开发也不告诉一声，不够朋友嘛，我想为您效劳还找不到庙门呢。

媚角知道指挥长在耍滑头，但也来了个将计就计，她说，奥赛是我们横向发展的一种试探，没敢惊动指挥长的原因是，想以市场来检验我们的艺术设计和工程质量，算是投石问路，这次我们的方案已经摆到指挥长面前了，不知效果如何。指挥长说，媚总做的粑粑不会有歪的，正因为如此，此次方案我们才定给了你们鸿泰。

见媚角一行人不明白的样子，指挥长说，难道不是这样吗，此次文化园艺术品方案不是已经全定给你们鸿泰了？指挥长这样说，好像还给了媚角多大人情似的，他的话让大巴和媚角怔住了，双方都感到纳闷，待弄清情况后，大巴就不仅仅是意外和纳闷了，而是尴尬和愤怒，怎么会是这样呢？大巴哑巴吃黄连，有苦难言。

之前媚角就提醒过大巴，一切都被媚角言中。

原来此次艺术品设计，确实是定了鸿泰的方案，鸿泰就等于奥赛，并且设计方案全由奥赛完成，民族文化园指挥长并不知道这些，奥赛也并不知道方案已定。怎么回事，似乎指挥长也被搞得丈二和尚摸不着头脑，当大巴把两家公司合作的事说了，指挥长才若有所思，原来如此，他慢慢明白这其中奥妙，但不便说出来，他不想把事情复杂化，能应付媚角这娘儿们就行，所以他很谦和地对媚角说，媚总，我不管你奥赛还是鸿泰，那是你们内部的事，我只知道工程给了你们鸿泰，你不是说鸿泰就是奥赛吗。

人家工程都给了你，还能说什么呢，大家自然明白，问题出在鸿泰那里，大巴掏出手机就给老胡拨了电话，被媚角挡了，打道回府吧，媚角苦笑着摇摇头，和指挥长握了握手，说，这事还有麻烦指挥长的地方，后会有期。说完，媚角一行人出了指挥部。

一出办公室，张处长和设计院院长就连忙对媚角说，对不起，我们没起到作用。媚角说，我应该谢谢你们，改天我们再聚吧。说完就和两位分了手。

媚角叫大巴坐了自己的车，她对大巴说，找指挥部已没有意义，唯一要做的就是把姓胡的捞出来，就是钻进土里也要把他挖出来，我就不信他会上天。正说着，老胡的电话竟然打过来了，不早不晚，此时来电一定是有人将情况告诉了他。大巴如抓住了救命稻草，大巴刚问了句，你在哪儿，电话就被媚角抢过去。媚角一顿臭骂过去，老胡很委屈地说，我有苦难言啊，媚总，我马上过来，当面说清情况。

老胡出土文物一样出现在大巴和媚角面前，像个汉奸，不敢正视媚角和大巴的目光。大巴一字一句地问，究竟怎么回事，给个说法吧，你怎么骗的就怎么说。老胡一脸哭相，声声叫冤，他说骗谁也不能骗媚总。

媚角帮过老胡很多忙。当年老胡年轻有为，在市府也算个红人，人处在自我感觉良好的状态中，往往会出现一些偏差，出于社会舆论，纪检部门查过老胡，是媚角出面把事情摆平了。自然老胡对媚角感恩不尽，在后来和合子的事件中，媚角也为老胡说过话，只是事情真相是老胡追合子，而合子对老胡并不感兴趣，老胡为了获得合子欢心，竟然对合子弟弟做生意网开一面，给工作造成很大失误，市里要处分他，同样是媚角出面周旋，老胡才免了处分。不久老胡日子不好过，最终辞职下海经商，所以出于这些因素，老胡不会做对不起媚角的事。

媚角在一旁，一直听着老胡说话，她相信老胡的话，老胡骗谁都不会骗自己，如果老胡骗自己，那就等于伤天害理了。所以，媚角对老胡说，怎么冤的，就怎么说吧。

原来事情要比媚角和大巴想象的要复杂得多，其实老胡自己也是个受害者。

老胡喝了一口茶，他那一向红润的脸膛，有些发青。他皱了一下眉头，说了具体情况。他说从他个人讲，是真诚和奥赛合作，不与奥赛合作，凭他们鸿泰设计力量也拿不下方案来，但他没想到最后是这样的结局。

早在招标会上，阿旺见方案得到肯定，可以说胜券在握，就开始打自己的小算盘，急着想分利的事，当他提出三三分成，大巴表明不能三三开，提出二二开，奥赛和鸿泰各二分之一分利，不对个人，阿旺怎么分是和鸿泰的事，阿旺听后，心里很不舒服。但他又不能得罪大巴，因为全部方案是奥赛设计的，可以这样说，离了奥赛，鸿泰和阿旺就寸步难行了。招标会上，指挥部要求做模型，也就是这期间，阿旺见有机可乘，就改弦易辙，另开锅灶。

在奥赛埋头做模型时，阿旺得知，龙腾公司有大动作，要重拳出击。龙腾公司也参加了此次竞标，但设计方案无任何优势，明显已经败标，但他们不甘心失败，抓住方案还未最后敲定的机会，使出了浑身解数，凭关系找到一位大领导，大领导可是一言九鼎的，可以一语定乾坤，他只是"过问"了一下，文化园建设指挥部就心领神会了。

有内线将此事透露给阿旺，阿旺是聪明人，他知道在方案还没有定的情况下，是会有很多变数的，他知道结果会是什么，所以急了，生怕煮熟的鸭子飞了，就向龙腾提出两家合作，阿旺自然拿着奥赛设计的方案，并以鸿泰的名义和龙腾合作。其实龙腾老板心也虚，虽然动了大人物，但自身的设计方案站不住脚，见鸿泰的阿旺这一说，真是喜出望外，一拍即合，经过商议，龙腾答应其利润二二分成，鸿泰占一半，准确说是阿旺占一半，当初奥赛三三分成都不同意，现在自己可以二分之一了，何乐而不为。

两家合作，是皆大欢喜的事，自打领导"过问"一下之后，民族文化园指挥部很为难，因为龙腾公司的方案一无是处，当时，指挥部领会大领导的意思后，是要龙腾重做方案，直到可用为止。当然也有人提出建议鸿泰和龙腾合作，正在动议此事时，鸿泰和龙腾就主动联手了，指挥部这才舒了一口气。两家一联手，方案就定了，自然方案是鸿泰的，准确说是奥赛的。

开始时，阿旺跟老胡说过这事，老胡很自信，他找大领导咋了，他龙腾方案就那个熊样，稀泥巴能扶上墙吗？老胡虽这样说，心里还是有些虚，他是生意场的老手，知道关系的利害，不是说关系就是生产力吗，所以他要阿旺利用好自己的关系，稳住阵局。阿旺对他说，你放心吧，谁他妈的敢动我，我废了他。

虽然阿旺说得很牛，其实上，阿旺也没有过得硬的关系，也只认识指挥部的科长老杆，这人也是赌场上认识的，并无深交，深交了又怎样，别说一个科长，就是一个处长也搞不定这样大的工程，一个科长，最多只能起个通风报信的作用。谁都知道，现今的工程就是人民币，谁定得了谁就能大把大把地进钱，别以为这是工作，实际上，人人都盯着工程这块肥肉，每个人都在想往自己腰包里装钱，考虑怎样装才安全，谁不想要钱，大家心知肚明，不说破而已。

阿旺只说龙腾找了大领导，老胡那段时间遇上一点麻烦，没心情管这事，更没告诉奥赛，他知道阿旺神通广大，就由了他去。

事情就这样，鸿泰和龙腾联合了，准确说是阿旺和龙腾合作，当然老胡应该知道龙腾的事，因为协议的事，还要盖鸿泰的章，盖了那个章之后，老胡就什么也不知道了，他们具体怎样操作的，老胡也说得含糊其词，当初老胡没想到阿旺会把奥赛甩掉，等老胡知道事实后，水已经过了三秋田了。老胡大发雷霆，阿旺向他保证，分他一杯羹。老胡对阿旺说，方案是奥赛的，虽然我们之间还没来得及协议，当初凭的是诚信和情意，不能把他们甩了。阿旺对老胡说，我们没和他们签任何协议，你怕什么，你放心，我会把设计费一个子不少给他们的。

老胡没办法，也没敢将此事通报大巴和媚角。大巴怀疑老胡是自圆其说，为了落实老胡讲的是不是真话，媚角尽快通过熟人证实了此事，老胡的确被扯进一起官司，前段时间还被拘留了十多天，事情还在调查之中，自然就没了心思管民族文化园的事。

同志们知道这件事后，个个脸都气歪了，连媚角这样的大老板也动了肝火，气愤得失了体面，满嘴粗话，妈的不离口，她问大巴，你们的方案不是注册过吗？大巴说是的，媚角说这就好办，尽快准备好证据，打官司，一定要打赢这场官司。

事到如今只有依靠法律了。那晚上，大巴、西跳和默子商量了很久，但都没理出个头绪，第二天，媚角公司的律师就到了，律师了解了情况后，又问了几个问题，其中问到鸿泰和龙腾签协议的时间和文化园方案确定的时间，听后，律师皱了皱眉头说，这官司不好打。大巴说方案是我们设计的，并且注册过，这还不够吗？

律师说，严格说起来，你们的方案注册无效。大巴一听急了，律师说别急，听我把话说完，你们方案注册时间是在鸿泰和龙腾签协议之后，而且是在方案定夺之后，也就是说，在你们方案注册之前，鸿泰和龙腾的合作，民族文化园指挥部所定的方案，都是受法律保护的，也就是说，方案一定，不仅说明此方案即可得到实施，同时也保证了这个方案的合法性，只凭事后的注册，法律是不会认可的。大家想想这事，方案在谁手里谁就可以拿去注册，鸿泰或者阿旺本人也可以这样，因为方案在他们手中，很方便，问题的关键在于你们当初没有一份合作协议，这就注定得不到法律的保护。当然喽，如果在鸿泰和龙腾签协议或者说在文化园方案定夺之前，你们将方案注册，就有了去争取法律保护的可能，而现在连这种可能都没有了，即使全世界的人都相信，方案是你们奥赛设计的，又有什么用呢。

西跳听律师这么一说就火了，你少在这里全世界全世界的，全世界的人都说方案是我们的，难道还不是我们的？你帮谁说话，事情如果简单，我们还要你做啥，而你却事事帮对方说话，想拦住我们，你什么居心。

听西跳这一说，律师也有些激动，他说这不是我为对方说话，这是法律的言说，为对方说话，这是一种法学思维，目的是找到突破口，给对方致命一击。

西跳还想说什么，被大巴挡住了，大巴对律师说，西跳不懂法，我们都不懂法律，请你谅解，你说的都是对的，你说咋办就咋办吧。

律师说从法律上讲，设计方案是知识产权问题，奥赛注册设计方案是有效的，鸿泰用这些方案竞标也是有效的，方案一旦以鸿泰名义公开，就等于在社会上注册了一次，同样是有效的，没有证据说明方案不是奥赛的，但也没有证据说明方案不是鸿泰的，这是这个官司难打的症结所在。

大巴说我们的目标是告阿旺，律师告诉大巴，事情并不这样简单，投标夺标的所有行为，都是公司之间的行为，阿旺只是个人，他不代表任何公司，更不是法人，怎么告都告不到他头上，他和龙腾公司的合作，实际上是鸿泰和龙腾的合作。而我们设计的方案又全都属于鸿泰，也就是说，他们的合作是合法的商业行为，虽然老胡对阿旺的做法有意见，但仅仅是意见，老胡也不愿告他，不便告，也告不了他，如果真像老胡说的那样，老胡似乎也是个受害者。况且在这个竞标活动中，奥赛是不存在的，你们没理由以奥赛名义告任何人，阿旺、鸿泰和你们是一家，外界只知道鸿泰，说实话，告谁都不好告。

阿旺钻了法律的空子，奥赛被他逼到了很尴尬的境地，真是山穷水尽，还讨不了个说法。事到如今，大巴才意识到被阿旺要了，要得很惨。

即便如此，大巴也想利用对方做贼心虚的心理，约见阿旺，私了此事，也就是要他们分三分之一的工程来做，这已经够可怜的了。结果阿旺根本不吃这一套，绝不见面，电话里的语气也很不够意思，他说当初叫你们给我三分之一的分成，你们不给，我现在一人就占二分之一分成，现在你们就是跪到我面前，也晚了，说啥我也不会给你们工程，别说私了，就是公了我也不怕。

这狗东西，彻头彻尾的一个流氓。

西跳说，这法律早该改改了，都说法律公平，怎么就制不了一个流氓呢。

原来媚角也想争取法律援助，打赢这场官司，眼目下，明摆着的东西，法律还不赏脸，她很气愤，说只有死马当活马医了，开新闻发布会，打不赢官司，也要利用媒体曝光此事，让真相大白于天下，要炒作此事，扩大奥赛公司的知名度，这也是一种效益。

新闻发布会那天，电视台电台各家报纸都到了，电视台准备追踪报道此事。艺术公社吧区的展示厅坐满了人，媚角和大巴坐在台上，结果新闻发布会只开了一半，媚角就接到有关部门的电话，要她立即停止新闻发布会。媚角没办法，来不及和大巴商量，只对大巴说了一句话，就宣布发布会停止，并要求媒体暂不报道此事。一时间，整个展示厅哗然，媚角只能说，虽然我们有澄清事实的自由，但我们没有违背上级指示的权利，请媒体的各位朋友能理解我们的难处，我只能说对不起大家了。

一个个丈二和尚摸不着头脑，媚角叹了口气说，民族文化园的方案是一位大领导认可过的。大巴说领导认可方案没错，说明我们的方案好，但领导并不知道这其中的内幕，我们这样做，正是想把内幕公之于世，只是想告诉别人，这方案是我们设计的，这并没有错，这并不影响领导什么。

媚角对大巴说，让媒体曝光此事，绕不开这位大领导，他对方案的认可，实际上是对龙腾公司的认可，并不是对你奥赛公司的认可，他根本不知道你奥赛，更不想把这工程给你奥赛，当初也是这位大领导插手此事，才出现后来的变故，这是问题的根源。你想曝光此事的不合理吗，那就等于对这位大领导的专横和玩忽职守曝了光，这样说吧，即使把今天的发布会开完，到会的各路记者回去及时撰稿，编节目，最终也出不了屏见不了报。你以为你是谁，媒体都听你的，我这样做是为我们留条后路，我们开新闻发布会没错，但接到通知后你还开，问题就大了，这是政治，艺术家同志们，认了吧，留得青山在还怕没柴烧，省点力气，奥赛今后还要发展。

西跳问媚角，那我们怎么办？媚角说，还能怎么办，闷着，有气有冤往心里咽，有屁不要漏出来，话会伤人，屁会臭人。

就这样认了？企业家也讲政治？其实何止企业家，在中国人人都得讲政治，不然你将寸步难行，或者被碰得头破血流。看来艺术家在政治面前，还只是幼儿园小朋友的水平，怪不得政治家说，艺术家是永远长不大的孩子，大巴说，长大了还能搞艺术吗。为这事，大巴和媚角搞得很不愉快。

不仅大巴，同志们情绪都受到了影响，公司对民族文化园工程投入较大，设计费、应酬费、模型制作费等，约二十万，有句行话，每项工程前期都是用自己的钱，待方案定了之后，用的钱就是甲方的了，但项目定不下来，你用的钱永远是自己的，这是游戏规则，文化园项目没拿下来，二十万只能自己扛了。

二十二

大家被文化园的事搞得焦头烂额，而岔道的事也不让人省心，十多天来，都是走云和田贵轮着去医院照顾岔道，安排到刺艳时，她总说自己忙。其实吧区餐饮的事，已经是德哥在操作，按理说，她不会太忙，而实际上她的确忙，大家都不知她在忙啥，她经常外出，也不跟谁说，有一次西跳对她说，你经常出去会影响工作。她说她出去考察酒吧茶室餐馆的情况。

她这样说，西跳也只有由她了，大巴也不想把人管得太死，只要艺术公社的经营还过得去，就由她去了。

那天晚上，刺艳说去医院看护岔道，结果晚上医院打来电话，说岔道咳嗽不止，并且高烧，大家才知道刺艳没在医院，走云给她打电话，她说她有事耽搁一下，然后赶到医院。

那次以后，刺艳的事引起了大巴的怀疑，他问过水儿，水儿也说刺艳有些反常。虽然怀疑，也没什么证据，只好作罢。民族文化园和岔道的事够折腾的了，折腾得大家都喘不过气来了，谁还管得了刺艳。

岔道的事像阴沟里的臭泥敷住脑袋，甩也甩不掉，让大巴恼火的是，有了钱还不行，匹配的骨髓找不到，手术就不能进行，而只有找到岔道的亲生父母，骨髓才会有希望，并且会减少成本，最重要的还在于手术要岔道的亲人签字。

因为化疗，岔道已经成了光头，他躺在床上，不断地咳嗽，大巴摸了一下他的脑袋，他竟然笑了。大巴见岔道这样笑，也对他瞪大眼睛，做了个怪脸。一个护士见到这一幕，把大巴当成了岔道的父亲，她对大巴说，很难见到你孩子这样笑的，你这个当父亲的应该多来看看。听护士这样说，大巴看了一眼护士问，新来的吧。护士说昨天刚来。大巴自言自语地说了句，难怪。

那晚正好是血液科主任值班，主任对大巴说，医院在抓紧时间找匹配的骨髓，请你们赶紧把钱凑齐，到时渠成水不到，别误了事。大巴说钱正在想办法，请医院尽快找到骨髓。说到这里，主任突然问，病人亲属有下落了吗？大巴摇摇头，说起这事，大巴就皱眉头。主任的意思是，找骨髓同找病人家属一样难，而找到病人家属，就很可能找到了匹配的骨髓，所以，找病人家属很重要，是一举两得的事。

听了主任的话，大巴很急，他认为，无论为岔道募捐，还是为岔道寻找父母，义演都是最好的方式，在民族文化园折腾的这段时间，合子她们为岔道募捐的义演节目已经排好，可以拉到社会上演出。

那晚在艺术公社展示厅举行义演首演，水儿的独唱和米朵的独舞都感动了很多人，但捐赠到的钱却不多。大巴算了一下，如果这样演下去，一年也凑不够岔道的医疗费，并且作为新闻事件，人们还会渐渐失去兴趣，捐赠的钱也会慢慢少下来。大巴清楚，捐款不多的原因，说白了就是看演出的人多是圈内人，圈子毕竟有限，并且有钱人不多。

最后一个节目是全体演员表演，米朵刚下台，卡拖带着她就想溜，后来被大巴叫住，大巴要大家商量一下，节目是排出来了，效果也不错，但收益甚微。大家琢磨着，到学校义演效果也未必好，大巴看合子一言不发就问她，她想了想说，去夜总会试试。

大巴突然睁大了眼睛说，不是试试，是一定要走这条路，到夜总会肯定对路，出入那些场合的人都是有钱人，如果遇到两三个菩萨大款，就什么都解决了。也许是合子的点子使大巴真正看到了希望，大巴很兴奋，情绪一下子就起来了。他对合子说，你这点子含金量高，我代表党和人民给你一个奖赏，说着就和合子拥抱了一下，他本想抱得亲密一些，一看到水儿，就只是意思了一下，结果合子对大巴说，你这哪是给我奖赏，分明是占我便宜。

走云说，合子老师的意思是，拥抱含量不够，要吻一个。大巴说吻就吻，谁怕谁。合子也不示弱，并不逃避，甚至有些挑衅的意味，她看了看一旁的水儿，意思是我看你大巴敢不敢。局势都成这样了，退了还叫爷们儿吗，他正夸张地把嘴凑过去时，合子硬是没回避。他拍了拍脑袋说，我这哪是给奖赏，又犯了刚才的错误，这是调戏妇女，是占合子同志的便宜，我罪该万死。

西跳对大巴说，合子同志都临死不惧，水儿也脸不变色心不跳，我们大伙众首翘盼，你却撤退了，不够爷们儿吧。

同志们好长时间没这样闹了，大巴不想扫大家的兴，而且刚演出完，就对同志们说肚子饿的跟我来，说着就出了门。西跳说，同志们务必提高革命警惕，老大这是用夜宵拉拢腐蚀我们，但，我们很愿意接受腐蚀哦。

说着，一伙人就来到了烧烤铺。

烧烤摊上，大巴凑近合子说，闹归闹，正事归正事，岔道还躺在医院等钱治病呢，你尽快找家夜总会，我们去帮他们闹场，也是帮他们扩大知名度嘛，应该是受欢迎的。合子说应该没问题。

见大巴忙说话，水儿把一根鸡腿递给大巴说，现在不谈工作。西跳见此情景就借题发挥，他对水儿说，你绝对放心，老大和合子是在谈工作，我帮你监督他们。水儿没说话，而是拿了另外一只鸡腿塞进默子嘴里。西跳看看大巴又看看默子，然后莫名其妙地笑开了。

只有卡拖和米朵没说话，卡拖要么不说，要么就一个人滔滔不绝，而米朵历来不爱说话，不喜欢说话的米朵此时很希望卡拖说点什么，她说听不到卡拖说话，心里就空落落的，甚至可以说，卡拖的话就是米朵的精神滋养品。她听卡拖说话时总是全神贯注的，有一种神往和迷恋的神情。

米朵想听卡拖说话，卡拖就不能不说，而卡拖不知说啥好，就对米朵说诵一首诗吧，米朵点点头，以往卡拖是不写爱情诗的，和米朵在一起后，卡拖情潮如涌，写了不少爱情诗，他朗诵了其中一首：

　　我的马行走在夕阳深处

　　马蹄弹奏的　不仅仅是道路

　　一条心灵的琴弦已被弹得红尘飞扬

　　谁的紫箫穿过混沌

　　穿过厚厚的苍茫和袅袅的忧伤

　　路已非路

　　我在克莱德曼的指间前行

　　天籁的神谕就这样降临

　　在一个叫荷花的塘边　我发现

　　你素面而立

我想起老家的一只青花陶瓷

那是泥土的另一种面目

朴素的光芒穿过肉体

我听到青色的月光在荡漾

那一刻　身后的浮影

全在一潭清水中荡涤殆尽

你的笑容和争奇斗艳的花朵无关

那是一潭夏日的荷塘

作为一个风尘万里的旅者

我唯一的愿望就是　滋润　洗涤

抑或淹没

你不仅是矜持蹚过露水草径的女子

也不仅是溪水相映的浣衣倩影

我也不能简单地从羞花闭月的意境中

去阅读一篇矫情的发黄故事

流传千年的红颜神韵已随风而去

而今天你正走在北京时间里

以一身水磨牛仔的真实穿过人群

穿过市井　伪饰　阴谋和谎言

样子像只城市放飞的风筝

走走停停

我看到了闲云野鹤的恬淡与美丽

我用诗情构思你的时候

你正用清水悄悄撑开一面荷塘

静静地开启一种人生

我在旅途和你相遇　这时夜色降临

而一种月光已从心里

照亮我的旅程

默子一边听卡拖朗诵，一边想起遥远的香格里拉，想起了杏，他不知道这是不是爱情的念想，杏很想来昆明，约过几次，但一次都没成行。那一次，说好他到火车站接她，在她乘坐的列车进站时，他在出站口收到了她的短信：

此时你一定在车站接我，我好像已经从人海中看到了你，对不起你了，让你久等了，也让你失望了，我不能如约而来，虽然我很想到春城看看，那可是我们共同的省城啊，可是，城市不属于我，美丽的春城更不属于我，我出生在一个乡村，现在又守候在大山里。我已经习惯了，如果你愿意，我会站在村头等你，孩子们也会欢迎你，杏。

这条短信，默子一直保存在手机里，他琢磨着杏不来昆明的真正原因，她说过昆明在她心中，不是一个地点，而是一个梦境，她说如果她来昆明了，这个梦境就消失了。

杏的想法总是很奇怪，她越奇怪他就越忘不了她，但他总是说不清，他对她的感情属于什么性质，一想到她，一股山风就吹过来，他就感受到一种绿色的陶染，触到枝叶，嗅到芬芳，从某种意义上说，她才是他心中的一片绿色，一个梦境，远方的销魂的美丽梦境，一棵歌声里唱到的橄榄树。这样的梦境经常在他画中出现。

而梦境毕竟只是梦境，和现实生活有一段距离，也许这就是生活，有的人，你只能用来思念；有的人，你只能用来想象；有的人，你只能把她藏在心里；而有的人是用来爱的，用来生活的。在默子现实生活中，同样有另一个女子的影子挥之不去，那种感觉很奇特，和他对杏的感觉不一样，他估计就是人们说的爱情，但谁也不知谁也不晓，这是他心中的秘密。有一次，他们几人在一起，大巴似乎看出了一点什么，但大巴不是那种捕风捉影的人，他没问，问了默子也不会告诉他，所以事情就没公开化。

在情感问题上，默子羡慕卡拖，他没被情所惑，他敢恨敢爱，他不结婚，更不会生子，他只管爱，而且爱得专一，爱得透彻，爱得极致，爱得像一个神话和传说，爱被他诠释得淋漓尽致，在这方面，他是大师，其他人都只是芸芸众生。

水儿在他生活中，属于哪一类，他心里清楚，有时他觉得她很美，但这不是爱情。所以不管她怎么对他，而他总是和她保持一段距离。他真想缩短这段距离，刚才在烧烤摊前，她把鸡腿塞进他嘴里的举动，被大家看在眼里，也被大巴看在眼里，同志们心里都清楚，他心里也清楚，特别是她瞒着所有人，在一年多时间里为他寻找证人的事，已经很说明问题了。

那晚同志们回到艺术公社已经很晚了，默子刚打开房门，房内很浓的油画气味，扑面而来，作为一个油画家，他已经习惯了这种气味，八十多平方米的空间，堆满了画，到巴黎搞画展的画已经准备好，并且已经和巴黎联系好，时间定在下月，到时把钱款汇过去，签订好协议，然后人和画一同过去。大巴说，钱的事他已经和西跳商量好，下月就给他，并且和他一同前往巴黎。哥们儿就是哥们儿，别看他和大巴平时言语不多，也不亲热，他们已经过了那种靠语言、靠所作所为来经营关系的时候了，自然就少了些虚伪和表面的亲热，应该说，他们的关系很铁。

他只开了台灯，坐到沙发上，刚才水儿塞给他鸡腿的情景在暖昧的灯光下浮游出来，他追问过自己，他不是不喜欢水儿，却不知为何对她敬而远之。也许是大巴爱水儿的缘故，再则就是因为那个疤脸男人，这是横亘在他心中的疙瘩，他不明白的是，那天水儿她们排练节目的时候，疤脸又找来了，水儿和他到底是什么关系，竟然会如此长时间纠缠不清。

生活中常有这样的瞬间，可以改变事物，在那晚暖昧的灯光下，他见到了这样的瞬间。那时看到满屋的画，好像从此不再需要画了，画了也再没地方摆放。他长长地舒了一口气，该歇歇了，在歇下来之后，他又一次尝到了孤独的滋味，在这个万籁俱静的深夜，一个孤独的流浪者想回家，这种愿望由来已久。刚才烧烤摊上他没喝酒，所以他很清醒，因为他很清醒所以他很孤独，孤独的流浪者想回家，他想着一个女人，但她绝不是水儿，她是他的家。此时此刻，这个女人走了进来，他说这样晚了，你还没睡。她没说话，他说你不是来找大巴的吧。她也没说话，他抬头看了看她，那一眼，也就是他刚才说的，生活中可以改变事物的瞬间出现了。他躺在沙发上，从下往上看去，她站在那里，站在暖昧的灯光中，她的身材很好，但她不是水儿，水儿的身体应该是青涩的，而她的体形显露出成熟与圆润，身体的每个部位都显示出成熟女人的魅力，橘黄的灯光下，她的整个身影温暖极了，她仍没说话，只是看着他，微笑着。

自然这个人更不是满一。

有一种感觉突然触动了他，这里所说的触动，包含着很强的性意识，他站起身来看着她，她眼里竟然闪动着泪光，他一下子抱住了她，他们紧紧地抱着，并且相吻。也许是等待得太久的原因，他们的吻触动了一座情感的火山，炽热的岩浆喷发四溅，好像要熔化整个夜空。他把手伸进她的衣服，手指像一把细腻而奔放的梳子，梳理着她的情欲，她的身子像一轮新月脱落出来，在茫茫夜空中，散发出诱人的光泽，他搂住月体上那对洁白的天兔，那时整个夜晚被月光滋润照亮，月是故乡明啊，他要回家，孤独的流浪者要回家，就在今晚。

他又回到了他的童年，赤身裸体，像个淘气的孩子，又像个征服世界的英雄，他攀缘在故乡那两座玉峰之上，他亲吻着玉峰就像吻住了整个故乡。他告诉自己，慢些再慢些，他要好好看看玉峰上的景色，做一回销魂的逗留。但脚步停不下来，心停不下来，沿着那条回家的山路前行，翻过两座玉峰，地势就缓和下来，一马平川，他终于看到了家的大门，他说我要回家，一个孤独的流浪者要回家。

家门洞开，他激动不已，满脸涨红，泪流满面，我要回家，我要回家。他有些迫不及待，就在这时，一个叫水儿的仙女如从天降，挡在门前。

他醒了，他像一次远行归来，很累，他睁开双眼，沙发前的灯光依然洒在他身上，但不再暧昧，周围的画围着他，很安详，世界像沉到了海底，他久久没有浮游出来。

二十三

　　岔道病情加重，医院下了病危通知，大伙在急救室门外等了一个多小时，岔道才被推出来，主任说，岔道又闯过了一个危险期，现在的关键是，相匹配的骨髓还未找到，希望只有寄托到岔道亲人身上了。

　　主任的话，又给大伙加了砝码，寻找岔道父母的事迫在眉睫。回到病房，水儿给岔道喂着八宝粥，眼泪盈盈。岔道反而给她擦了眼泪，水儿握着岔道的手说，我们会找到你父母的，你要坚持。岔道喊了声姐，然后点了点头。

　　留下田贵看护岔道，大家离开了医院，默子对大巴说，找不到岔道父母，岔道就没救了。大巴说我们尽力找吧。

　　合子已经和红都夜总会联系好，那晚为岔道搞了第一次募捐和寻亲义演，来的人很多，水儿的一首《我想有个家》感动了很多人，但捐到的钱并不多，远没有到想象的数字，一共捐到两万多元。想不到的是，其中一万是疤脸男人捐的，捐到这笔钱，大家心里很不舒服，尤其是大巴，谁都知道，疤脸男人是冲着水儿来的。

　　演出完后，红都老板竟来要场租费，合子说原来没说场租的事嘛。老板说怎么会呢，我的夜总会是找钱的，不是慈善机构，合子小姐，看在我们合作过的份上，就给五千吧。合子一气之下说，一分不给，我们明天不来就是了，我和你的合同也就此终止。老板说，有事好好商量嘛，为何动火？合子说我跟你没啥好商量的。老板冷笑了笑说，合子小姐真是大腕，想不到这么大脾气，如果你这么绝情，那我只好告诉你，你不想来我歌厅唱歌都不行，不是我不同意你，而是合同不同意，我们之间的合同可是有法律效应的。

合子怒火中烧，她砸下手中的水杯说，今晚的义演没签合同吧，我一分不给，我们走。

大巴正要说啥，合子拉着他就走，几个保安过来挡住去路，西跳火了，扎衣抹袖地对几个保安说，单挑还是都上，正好老子手痒。

默子和大巴赶紧挡在西跳前面，一个保安从旁边抓住西跳就是一拳，一伙人顿时扭打起来，默子被推倒在地，一头撞到戏台沿口，手一抹全是血。水儿看到默子的样子惊叫起来，她和米朵忙把他扶起，这时他看到一个人正和夜总会老板争执，他竟是疤脸男人，他对夜总会老板说，赶紧制止你的人，别伤了你我的和气。老板说，谁跟谁啊，你和他们是什么关系？疤脸男人说，别问那么多，赶快叫走你的人。

老板这才制止了几个保安，老板解释说他没有想动手的意思，是对方先动了手。西跳说，放你妈屁，你想咋，老子叫你明天开不了门，你信不信。

疤脸男人劝西跳算了，有话好好说。气头上的大巴并没看到疤脸男人刚才劝老板，以为是来帮夜总会说话的，一想起他纠缠水儿的事，并认为他给的一万是因为水儿，所以一下火就蹿起来，对疤脸男人说，你还没走，你想干啥，我把那一万退你，你今后再纠缠水儿，我断你的腿。

疤脸男人气得一脸猪肝色，说了一句话就走了，当时，他说的那句话，并未引起大家的注意，回到艺术公社后，卡拖才想起疤脸男人说的那句话，争吵时，卡拖不在现场，他来的时候，场面已经被制止住了，所以他当时比大家冷静，他说疤脸男人走时说，他不是来纠缠水儿，而是来认领他的儿子岔道。

卡拖的话，得到了米朵的证实，疤脸男人是这样说的。默子也回想起来，或者说没想到他会这样说，生活中常有这样的事，自己听到的，完全不同于对方所说的，只因为自己不相信，主观理解所致。

同志们的神经一下子就立了起来，难道疤脸男人就是岔道的生父？大家把目光转到水儿身上，想从水儿那里找到答案，那一刻，大家的目光针刺一样，水儿一身不舒服。见此阵状，大巴不想让水儿难堪，不想大家把注意力集中到水儿身上，就把话岔开了，他对大家说，如果是这样，岔道就有救了，这是好事。

但大家自然还是联想到水儿，而疤脸男人和水儿在此前的事，只有默子知道一些，默子没告诉任何人，包括大巴。默子敢断定，水儿和疤脸男人绝不是一般关系，他们只是很长时间没联系了而已，趁这次机会，应该问个清楚，总不能不明不白，现在岔道的事都集中到疤脸男人身上，要找到他，水儿总应该提供一点线索，所以要绕也绕不开，应该是水儿说清楚的时候了。

以前怕大巴难过，水儿和疤脸男人的事，默子就一直瞒着，事到如今，他不得不把水儿和疤脸男人的事对大巴说了。大巴没想到水儿和疤脸男人竟然以前就有来往，他们到底什么关系，两人决定问清楚，谁去问水儿更合适，如果大巴问水儿，那就等于告诉她，是默子将此事告诉了大巴，所以，默子问水儿最合适。

而那几天，水儿没有出现，又不便电话上问她，大巴对默子说，别急，如果疤脸男人想认儿子，他就一定会主动出现。

果然，那天大巴和水儿在医院，疤脸男人就来了，他刚想和水儿说啥，水儿就出了病房。疤脸男人坐在岔道病床面前，对岔道问这问那，还查看岔道后脖颈，看着问着，竟然淌出了眼泪，他确认岔道就是自己儿子。

见疤脸这样激动，医生劝告他别影响岔道，为了治疗效果，岔道需要情绪稳定。疤脸男人催促医生要骨髓要输血要尽快。医生说，骨髓和血液都需要检测，疤脸说自己是岔道父亲，难道还有问题吗。医生说这是医疗规定，必须先检测。

说着，医生就带疤脸男人去验血，大巴走出病房，不见水儿，就给她拨了电话，她在电话里只说了一句要回学校准备歌手大赛，就结束了通话，大巴感觉到她有情绪，并且是因为疤脸男人。

很快疤脸男人回到病房，他说他来守岔道，叫大巴休息，看大巴愣着，他对大巴说他是岔道父亲，难道还不放心。大巴笑笑，心想，但愿你是岔道父亲，这样岔道就有保障了。旁边的护士说，是不是亲生父亲，要等第二天的化验结果。听了护士的话，大巴自然不放心疤脸男人陪护岔道。疤脸男人一脸不高兴，边出病房门边说，好吧，我去找我女儿，我就不信她不认我这个父亲。

大巴好奇地问，你女儿是谁？

水儿呀，水儿就是我女儿，难道你不知道？

疤脸男人的话，让大巴一怔，怎么回事？水儿竟然是疤脸男人的女儿？回过神来后，大巴心想，即使疤脸是水儿父亲，水儿这么长时间不说，一定有难言之隐，并一直不愿见他，从水儿此事的态度可以断定，疤脸男人一直在纠缠她。

一想到疤脸男人要去找水儿，大巴就急了，他给默子拨了电话，说疤脸男人会到艺术学院找水儿，叫默子去学校看看情况。

默子给水儿打电话，无人接听，他收好手机，忙着去了艺术学院。

这天刚好是周末，和往常周末一样，艺院附近停了很多好车，奔驰、宝马、奥迪，一辆比一辆帅，油头粉面，像一群公子哥儿，虎视眈眈地盯住进出的女生。这些车到底来艺院干啥，人们都心知肚明，见多不怪，默子径直去了女生楼。

女生楼在一个死角上，这是男生的向往之地，这栋楼前上演过很多故事，但男生不能越雷池一步，所以夜深人静时，蓝色的路灯把这个空间和凡俗的世界隔离开来，就像蓝色的深海，荡漾着浪漫抒情的气息。蓝色灯光下浮游着男女生相拥相吻的身影，有时连女生的泪水也是蓝色的，在这里爱就是爱，没人遮遮掩掩，所以少男少女们的动作不偏不歪，刚好在爱的位置上。

"男性止步"几个大字挡在默子面前，他才意识到这是男性禁地，他抬头看了看八层高的女生楼，每个窗口都挂满了女生晾晒的东西，花花哨哨，五颜六色，好温馨的颜色。他又拨了水儿的手机，仍然没人接。已经都到水儿的住地了，何不碰碰运气，默子从值班室拨了水儿宿舍的电话，电话里果然传来了水儿的声音。值班老太太看默子的眼神很奇怪，他向她笑了笑，她却始终没笑。

就在等水儿的时候，潇一出现在门前，真是冤家路窄，她没有任何表情，只说了一句，水儿还是学生，并且正在准备参加一个歌手大赛，你最好不要打扰她。

潇一说完就走，默子一气之下叫住她，她站住等他说啥，而他啥也没说，挥了挥手，意思是叫潇一走吧。他转过身，又看到值班老太太奇怪的眼神，水儿从楼上下来，他问她疤脸男人是否来过，她睁大眼睛，说，没呀，怎么了？默子说没有就好，如果有什么，你要告诉我们，别像以前一样，啥事都闷在心里。

水儿边拉着默子往楼上走边说，他能怎样，我只是不想见他而已，不说这个了，你到我们宿舍看看，关心关心一下。

老太太追着他俩说，男性止步，男性止步。他朝老太太露了校徽，水儿转过头指着默子对老太太说，班主任。老太太摇摇头，班主任？哼，怎么和前次的不一样呢，又是一个假冒伪劣。

听老太太这么一说，默子想笑，哈，群众眼睛贼亮的嘛。水儿说，你倒别夸她，前次她把真班主任挡在了门外，还说我们班主任不顺眼，一看就不是个好人。听水儿这么一说，默子乐了，把刚才潇一给他的不快抛到一边，说，不能怪你们班主任长得像坏人，只说明我也长得太正面了一点。水儿说，嘿，还没给阳光，你就灿烂了。

女生宿舍最大的不同，就是香水和脂粉味很浓。四人一间，只有一个女生在，默子见过那女生，跟水儿到公司排过节目，很好玩的一个人。出于客气，他对女生说，大周末的，怎么没出去玩？哪知那女生说，怎么？默子老师，我妨碍你们了吗，说完就哈哈大笑起来。

水儿叫他别和女生一般见识，女生却不饶人，追问水儿，默子老师是怎么进女生宿舍的，是不是又冒充班主任？水儿对女生说，你真聪明。女生对水儿说，你班主任不一直是大巴老师嘛。她这一说，水儿有些不自在，默子也以此得到一个信息，那就是大巴经常来水儿宿舍，并且也冒充班主任。怪不得值班老太说水儿班主任怎么又换了呢。

女生这么一说，他才想起该给大巴回电话，他告诉大巴，任务已经完成，一切平安无事。女生听了莫名其妙，水儿听后有点不高兴地说，原来你是来完成任务的。他听出水儿话中有话，就说也不完全是，想来看看你比赛歌曲准备得怎么样了。

这还差不多，去琴房，你帮我听听。说着，水儿就带默子去琴房，那女生说，是该去情（琴）房的，谈（弹）情（琴）应该去该去的地方。

这个年代，女生都这样了，默子摇了摇头，水儿没理女生，故意挽着默子的胳膊出了门，弄得默子不自在，出门后水儿就松开手，她解释说挽他胳膊是气那女生。他问为什么，水儿竟然说那女生暗恋他。他叫水儿少开玩笑，水儿说不是玩笑，暗恋默子老师的女生多着呢。他说我怎么没发现。她说你发现了还叫暗恋吗？他说至少我心里应该有点感应才对。没想到水儿叭地甩出一句，你都麻木成植物人了，还会有感应吗？

水儿又是话中有话，他琢磨着她话里的意思，觉得应尽快结束这个话题，所以说了句，别戏弄我，像我这样的老头怕是嫁不出去了。

校园里的女生都朝他俩看，水儿说，怎么样，默子老师有魅力吧。他说是看你呢。水儿说，你有没有搞错，那都是些女生，看我干吗，又不是同性恋。

一进水儿琴房，一股香水味迎面扑来。那是一个明净的周六的下午，窗台上一束百合花和阳光一起绽放，阳光从琴房窗口射进来，照到键盘上。水儿就在光照中落座，她的动作缓慢而优雅，从那一刻开始，她没再注意他，而是全身心投入到音乐中，他突然感觉到，水儿进校三年不到，俨然成为一个娴熟的音乐家了，一曲谭晶演唱过的《在那东山顶上》被水儿演唱得美妙动人，那旋律像月光飘扬在静如止水的诗情画意中，又如清澈的山泉在宁静的月色中流淌，一切都在美丽中荡漾。

看到健康美丽的水儿，怎么也不能把她和疤脸男人联系起来，默子怎么老想这个问题呢，美丽的时刻应该是美丽的，但一个凡俗的问题像一粒鼻屎，想甩也甩不掉。

他问，你比赛就唱这首歌？

她说，不，我是先热一下身，比赛歌曲，准备了三首，接下来，我一首一首地过，你帮指教指教。

业余的指教专业的？我哪敢呀，内行听门道，我今天就听听热闹吧。默子谦虚了两句，就认真听水儿演唱。如果说平时水儿还有一些女孩子的腼腆和娇弱，而唱歌时，她却是一脸的自信，并且完全沉浸在自己的演唱中。默子感到最明显的一点是，水儿抛开了技巧的运用，而是全身心表达内心的情感。

大概是歌声的牵引，水儿三首歌唱完，就响起了敲门声，门外站了一个男生，大概他在门外等了一会儿了，因为他手中的冰棒刚进门就化到了地上。冰棒化到地上，又见到琴房里有一个男人，男生很尴尬。

男生说回去重买，水儿说谢谢，改天吧，我和默子老师还有事呢。听水儿这样说，男生说那就不打扰了，晚上我再找你。水儿有些不耐烦地说，晚上我和默子老师也有事。

看到男生怏怏地走了，默子对水儿说，别这样对同学嘛。哪知水儿回敬他一句，这个也要你教导我吗，我知道我该怎么做。

水儿这样做的意思，他自然清楚，他只能装糊涂，她对他有气，本来是一个好端端的下午，结果弄得有点别扭。幸好大巴一个电话打来，要默子过去，在他准备离去时，水儿说不去不行吗？他说看来不行。

他走下琴楼，回头望了一眼，目光正好和琴房窗前的水儿对视，阳光中的她，脸色红润，他向她挥了挥手。

二十四

没有工程，同志们并没有闲着，大家精力都集中到了岔道身上，都在为岔道的事奔波，其行为感动了医生，感动了社会，很多媒体要采访，都被大巴一一谢绝。

本来通过媒体报道，会扩大岔道这件事的影响力，对募捐大有好处，也许是太累，也许没什么好说的，大巴不想和任何人谈论此事，不想得到社会的任何评说，他认为岔道这事不是因为做好事才这样做，而是因为觉得应该这样做才这样做，他只想请媒体帮忙寻亲和募捐，不想让那些闪光的字眼戴在自己头上。

岔道的病情，像块铅压在每个人的心里，疤脸男人的出现，让大家见到了曙光，都以为岔道有救了，没想到DNA检测结果一出来，让刚冒出来的光亮熄灭了，认定了的东西被否定，大家都不习惯，心里又被那块铅压住了。DNA结果代表科学，证明疤脸男人和岔道没有血缘关系，岔道又一次被悬起，悬起的不是岔道，而是岔道的命，岔道的病一天治不好，大伙一天不得安宁，对大家来说，岔道像一道必须解决但又无法解决的人生命题。

命运给岔道又开了一个玩笑，而这个玩笑一点都不好笑，相反，每个人脸上像涂了一层霜。不是自己儿子，还折腾个啥呢，疤脸自然就撤退了。

岔道像个蔫萎了的病瓜，躺在病床上奄奄一息，医院又下了病危通知，这份应该在家属手中的病危通知书，沉甸甸地落在大巴手上，大巴不知如何是好，公司已经支付了十万，还需三十万，而目前筹集到的捐款只有八万。原来的义演活动因疤脸的出现，已经停止，疤脸因岔道不是他儿子而离去，钱的问题就再次摆到大巴面前。再组织义演也有困难，演员大多是艺术学院即将毕业的学生，再召集起来很难，即使是水儿，时间也不多，她在准备参加歌手大赛，被学校管得很紧。

医生说和岔道匹配的骨髓已经找到，现在只差钱了，并且再不手术，岔道就彻底没救了。大巴听后呆了几秒钟对医生说，就不能先手术，再凑钱吗？医生说，不能，不是我不同意，我本身也做不了主，这是医院的规定。

大巴已经到了扛不住的时候，就和西跳商量，从公司再拿出十五万做手术费。西跳很不情愿，提醒大巴找媚角，本来媚角知道这事，也说过钱的问题她来解决，出于很多原因，大巴没向媚角再次伸手。没办法，大巴只有和默子商量，把准备给他到巴黎搞画展的钱拿出来，虽然到巴黎搞画展于默子来说是大事，并且已经水到渠成，但比起来，岔道的生命更重要，钱也是公司的，默子当然同意把钱用在岔道手术上，这样，默子去巴黎搞画展的经费再次落空。

岔道终于被推上手术台。

做移植手术那天，大伙全在门外等候，连卡拖和米朵也来了，合子说难得全家福，掏出数码相机要拍一张，大巴说先不拍吧，等岔道手术后再说。

卡拖最近一脸胡须，他站在手术室过道上，和周围环境极不谐调，就像一个中东恐怖分子，随时准备肉身爆炸。走云说卡拖老师的胡须就像一片原始森林，杂乱无章。卡拖说他是为米朵留的，米朵喜欢有胡子的男人。

两个小时后，医生从手术室出来，水儿忙问情况，医生没说什么，只点了点头，然后很权威地从大伙面前走过，大伙像芸芸众生，列队目送一个君王。

岔道的手术还算成功，压在大家心中的那块石头被掀掉了，同志们松了一口气。特别是大巴那张脸，阴转晴，估计那晚，大家都睡了一个安稳觉。

而这一觉睡得也实在太长，民族文化园工程没拿下来，公司元气大伤，个个无所事事的样子，一脸的倦意。

那段时间同志们都闲着，只有走云很忙，整天在网上和那个作家神聊，被对方弄得神魂颠倒，什么是作家，作家就是钻到你心窝子里说话的人，弄得你心痒痒的，温馨，浪漫，让人佩服。走云和作家约过见面，但都没成行，一些网友只愿待在网上，不愿到现实生活中来，怕见光死。

走云说，那作家一定和她想象中的差不多，不一定帅，但一定英俊，不一定年轻，但一定有风度，就像《廊桥遗梦》中的那个摄影家。

水儿说她不是找情人，而是找父亲。

公司都闲得生锈了，无事就生非，大伙筋骨都闲得僵硬了，"红旗到底还能打多久"，同志们提出了这样严肃的问题，大巴说星星之火还可成燎原之势。

公司都这样了，不能让岔道在医院住得太久，岔道手术第三天，西跳趁大巴不在公司，就叫刺艳去医院结账，把岔道接回来。默子说医院还没叫出院嘛。西跳说，差不多了，多住一天，我们就要多付一天住院费，还要叫田贵整天守着，田贵不在公司，一些体力活就没人干。

把岔道接回来后，刺艳交了一大包发票给西跳，西跳算了算，足足三十九万，西跳对岔道说，你很值钱啊。默子怕西跳的话刺激岔道，赶紧把西跳的话引开了。

岔道含泪看着大家，没说话，也许是他不知道说啥，他身体还很虚弱，西跳叫刺艳负责岔道的调养，刺艳转手就把岔道交给一个酒吧服务员负责。

其实最受感动的是田贵，他知道救活岔道不容易，四十万啊，是公司救了他，不是公司岔道就只有等死了，很多农村人和穷人不都这样吗。从那次出走又被公司收留后，田贵发誓死心塌地跟公司干，农村人认死理。

岔道被接回来，既成事实，大巴也没过多怪责西跳，只是要刺艳多注意岔道的营养。西跳对大巴说，老大，别一天岔道岔道的，公司要运转，要有活干，我们的心思要多放在竞争业务上。

大巴点了点头，像个听话的下属。

终于等到了一个雕塑工程，同志们都屏住呼吸，一群苍蝇盯蛋糕一样盯住那个项目，折腾了，费神了，花了很大的力气。西跳说少认真了，别像民族文化园，到头来竹篮打水一场空，有时马虎一点，说不定就中了。大巴说，什么逻辑，我告诉你，失败是成功之母，认真是成功之父，不认真不行，一定要把它拿下，弥补一下民族文化园造成的损失。

这个雕塑也是城建负责，开始，大巴担心张处长从中作梗，因那次他欺负水儿，和他关系闹僵，和城建的合作必须另起锅灶。虽然城建的事，张处长并做不了主，但如果他从中作梗，就麻烦了。而意外的是，这次张长处并没有刁难，给予支持，他如此态度，大伙都清楚，全仰仗媚角的脸面，姓张的可以不理大巴，但不能不买媚总的账，世间万物就这样，一物降一物。

早就传说张处长经常向媚角献殷勤，但媚角总是逗着他转圈圈，不得罪也不放弃原则，真是癞蛤蟆想吃天鹅肉，动女人的心思也要权衡一下，至少要有点资本，什么是男人的资本，权、钱、才、貌，一个处长想打媚角的主意，也要掂量一下的。默子因此对姓张的有股无名火，怎么看怎么不顺眼，好在媚角游刃有余，她是做大事的，这点小事能应付。

有了张处长的配合，大巴如鱼得水，几年打拼下来，公司虽没赚多少钱，但大巴在经营关系方面却茁壮成长了，没办法，人都是憋出来的，个个都摆艺术家的谱，还想开公司吗？搞创作是艺术家的事，而开公司纯属商业行为，这样说吧，在商业行为中，艺术家的思维方式等同于白痴，艺术家的个性在人际交往中最令人讨厌，官场和生意场上的人最不喜欢和所谓的艺术家打交道，如果大巴不入凡随俗，公司早就关门了。

这个雕塑在一个街心花园，按城建原来的规划，没有雕塑，是后来通过媚角运作争取到的，其创意是大巴的。那段时间，大巴在城建进进出出，和规划处的人只差搂肩搭背了，媚角成了此项目的幕后操纵者。

为了体现公平公正公开的原则，雕塑采取公开招标的方式，其实这也就是走走形式，谁心里都清楚。因为大巴经常出入城建，不便代表奥赛出面，为了避开世人耳目，就当了评委。其实，大巴要谁当评委谁就是评委，这样默子、西跳和走云就做了评委，九个评委中，这伙人占了四席，算是专家，往台上一坐，个个有模有样的，像那么回事儿。其他两个专业评委分别是美协主席和设计学院院长，另三个评委是必不可少的各级官员。

招标会上，那阵势就像国际大专辩论会，每家公司招牌下都坐着三人，个个铜牙铁齿，其目标只有一个，把自己的方案说得天下第一。奥赛公司的方案由卡拖主汇报。卡拖本来不想参与，他现在的状态，也不适宜汇报方案，大巴要他打起精神，他勉强答应，说，最后一次吧。

北京、上海、浙江、四川的美术院校等二十多家机构都参加了竞标，那阵势吓人，不可轻视。大巴也不示弱，叫上一伙云南著名的这样家，著名的那样家，都是美术界、文化界的权威，代表本公司坐镇，齐刷刷的一排坐在卡拖后面，个个一副地头蛇的嘴脸。卡拖介绍方案时，口若悬河，滔滔不绝，自信，权威。不过这也就是吓唬一下外地同行，作为方案的决定权，大伙心中有数，谁都知道谁说了算，那些衣冠楚楚的评委说了算。

奥赛公司的所有人，个个喜形于色，都是一副稳操胜券的样子，但打下来的分数令人啼笑皆非，上海的方案票数第一，四川的方案第二，奥赛的两个方案，分别第三第四。当时，没公开结果，评委不知道，各家竞标方都蒙在鼓里，然后退场。

从场上退下来，西跳一脸的自信，对那些外地同行视而不见，有些飘飘然，当得知结果时，他肚子都气炸了，对大巴、默子他们一顿臭骂，骂得体无完肤。他说这又不是选获奖作品，不必讲艺术良知，说白了，这是商业行为，应用商业的游戏规则行事，把业务搞到手是唯一目的。其实这并不为难你们，你们只要把凡是出色的方案，不给分，或者少给分，我们方案的分数不就脱颖而出了？你们倒好，当了一回真评委，我算是白忙乎了。

默子说，人家上海和四川的方案就是好，他们的高分是每个评委的良心分，你不也是评委吗，怎么不说说自己？西跳说，我是评委不假，但我给上海、四川的方案打的分数不超过三十分。

听了西跳的话，默子等四人都像做错事的孩子，你看看我，我看看你，任西跳发落，不敢顶撞。

不过事情不像西跳想象的那样糟，通过媚角的运作，那天的评审算是水上漂了一下，没结果，理由是这些只是平面设计，而雕塑是实体的，需要出泥稿小样，于是主办方就叫三家做了泥稿。按理说做泥稿应该是前三名，结果做泥稿小样的分别是第一名、第三名奥赛和分数更低的一家，这出乎大家的意料，把第二名拒之门外，叫另一家分数极低的公司做小样，这是哪方规矩？

那家分数低的公司老板，是个曾经在艺术学院进修过的进修生。

明白人都看得出来，做泥稿只是个缓冲和借口，是把事情扳弯了将就关系户，至于这家关系户是谁家，天知道？

而西跳一直是自信的，他开始牛起来，我说嘛，煮熟的鸭子还飞了不成？有媚角在，这煮熟的鸭子等于早就吃进自己肚子了。见西跳这样说，个个又神气活现起来，只有大巴没说话。

那几天，西跳全力以赴，带着两个人做泥稿小样，那认真劲，像是做全国美展的获奖作品，结果效果果然不一般，西跳说一不做二不休，干脆翻出玻璃钢，并刷上金粉，做出铸铜效果。

也许仍然出于某种考虑，大巴没去送小样，西跳捧着小样模型像去送宝，小心翼翼把小样送到城建。西跳回来说，城建那些人见了他都很客气，张处长还对奥赛的方案赞不绝口呢。

西跳对大巴说意思一下吧，大巴问意思啥？西跳说就是米西米西的干活。大巴说革命尚未成功，同志仍须努力干活。

以后是十多天的漫长等待，因为公司很长时间没工程，大家死盯着这个雕塑，心上去就没有下来，伸长脖子就没缩回来，都怕那煮熟的鸭子飞了。

真是夜长梦多，结果出人意料，令人哭笑不得，谁也没想到，最后竟然定了进修生的方案。这不是在演一出讽刺戏吗？默子说，我们是谁，是进修生的老师，是著名的专家教授，都是掷地有声、如雷贯耳的名字，工程不给我们说得过去吗？我们算是白忙乎了，那些中国著名艺术学府也算白忙乎了，这游戏也玩得太离谱了，这不成了一出闹剧？

其实这个结果，大巴早有预感，当初叫三家做小样时，大巴就深知情况不妙，既然进修生分数这样低都叫做了小样，这关系不是明摆着的吗，这是把事情扳弯来将就进修生。这是大巴认为最有希望的一个雕塑，结果都被要了。

面对这样的结果，大家看着大巴，想从大巴那里得到答案，大巴火了，说，要知道答案很简单，两个字：关系。

你不是一直在经营关系吗，大伙用目光直射大巴。大巴火了，拿起一个水杯砸到地上：你们问我，我问谁，看你们个个那熊样，好像是我定给进修生的一样。看到大巴真发火了，同志们就再没说话了。

平静了一会儿，西跳说那伙坐台先生咋办。大巴问哪伙坐台先生？西跳说那天叫去助阵的那伙，出场费该给点吧。大巴说每人给两百吧。西跳说少了点吧。大巴说你以为他们是谁，一伙臭画画的，没起一点作用。大巴火气很大。

大巴怎么也没想通，雕塑是媚角游说后自己决定做的，创意是自己的，只差和那些头头脑脑搂肩搭肩了，天天和他们泡在一起，唱歌舞蹈，喝酒吃饭，到最后竟然黄了。他极想知道这其中的原因。一个内线人告诉他，本来是煮熟的鸭子，但半路杀进个程咬金，那人带了两件东西，一件是尚方宝剑，一件是钞票，就这么简单。

内线没告诉他具体情况，也许内线也不知道，所以大巴想请媚角探听一下，结果媚角一反常态，大巴被她一口气喷了回来。这媚角咋了，按理说，还没到更年期嘛，其中一定有原因。

本来文化园没弄成，大家把赌注下到了这个雕塑上，结果又一次落空，两次失利，公司萎靡不振。

空前的失落，让大巴想起女儿楚楚，想起自己的单位。他和单位唯一的联系，就是每月歌舞团财务把工资打到他卡上，西跳的情况也差不多。单位可以不想，但女儿不能不管，想起楚楚，大巴心里不是滋味，自己不是一个称职的父亲，本想这个周末，带楚楚爬西山，没想到那个周末刚好是水儿歌手大赛决赛的日子，大巴必须到场捧场，带楚楚爬西山的事再一次落空。

水儿参加全省最权威的声乐大赛，她过五关斩六将，步步为营，走到了最后的决赛，并有望一举夺金。是潇一搞的票，大巴要大伙都去捧场，组成水儿的亲友团，为水儿助威呐喊。走云是水儿的忠实粉丝，她举着水儿的玉照和名字，不断摇晃。

水儿紫蓝相间的演唱服，是大巴找了全城最好的服装设计师，为她量身定做的，穿在水儿身上，既得体又高雅。台上的她气质不凡，光鲜照人，从观众的掌声中，似乎听出了结果，果然，水儿一举夺得了民族唱法金奖，成为大赛亮点。大巴在后台，为她准备了一束鲜花。

大赛结束后的第二天晚上，同志们在艺术公社折腾到深夜，庆祝水儿获奖。那天晚上潇一也来了，她和合子都是本次歌赛评委，本来大赛组委会请卡拖担任文化素质评委，像央视青歌赛的余秋雨一样点评，卡拖谢绝了。

水儿给潇一和合子两位老师准备了鲜花，以此感谢两位老师的关照和栽培，合子说要感谢就感谢潇一，是潇一培养了水儿。潇一很兴奋，对水儿的评价很高，认为水儿在声乐上前程似锦。

听潇一这么一说，大巴叫水儿赶紧给潇一老师倒酒，并用酒感谢潇一老师，而潇一却不准水儿喝酒，要她保护嗓子。潇一喝了敬酒，对大家说，等水儿毕业时搞台独唱会，争取把北京和中央音乐学院那几个牛烘烘的权威专家请来，扩大影响，铺垫一些基础，再到全国电视歌手大赛上去拿奖。

听潇一老师这一说，水儿就像已经拿到全国歌手大赛大奖了一样，一脸灿烂。大巴一声吆喝，同志们纷纷举杯祝贺。

二十五

　　春去秋来，昆明却冬夏无痕，时光在这里只播撒春天，开出的永远是灿烂的阳光、绽放的花朵，这里是春天永久的家。有人说到了昆明，天堂就不远了，其实昆明就坐落在天堂的中央。在大地一派肃杀、天寒地冻的隆冬，红嘴鸥也不顾路途遥远，从西伯利亚，从青藏高原义无反顾，一路赶来，它们认定一个地方，那就是云的南方，春天的部落。这里阳光朗照，花木葱茏，群鸟翩舞，彩云悠然，所以在冬天，昆明不仅是人类舒适的居所，也成了海鸥休闲度假的天堂。

　　有人说，四川人勤劳，浙江人有闯劲，上海人名堂多，广东人好动，昆明人懒惰，实际上这些跟各自文化背景有关，也同各地不同的气候地理环境有关。如果说昆明人有些慵懒，也是因昆明温和的气候、舒适的环境、和煦的阳光形成的，在这样的地方生活，多数人没了干活的心思，也少了拼搏的精神和斗志。昆明就是一个供人们享受生活的存在，昆明是一张给人们休闲的大温床。

　　那个冬天，昆明懒洋洋地躺在洁净的阳光里，鸽群从身边走过，风从身边走过，没有激动人心的事件，也无惊天动地的壮举，一切都平淡无奇，也许这才是庸常真实的生活。歌里不是唱平平淡淡才是真吗，没了紧张和忙碌，一杯普洱茶就能泡出生活的味道，很适合遐想和梳理心绪，抑或回忆往昔。

那天傍晚，天空暖黄黄地透亮，散发出一种闲适的气息，一只不知名的鸟儿站在枝头，院子里很静。默子躺在两棵树之间的吊床上，晃晃悠悠，读着一本凡·高传记《渴望生活》，角落里的侧门静静地打开，大巴进来，看了一眼四周，然后告诉默子，他很想去海埂。默子说应该去，海埂生来就是滋养爱情的地方，去那里的一般都是一男一女，在那里滋养爱情，在那里享受爱情，当然，一个人去的也有，多数是去追忆，或者向往，你应该马上就去，不过，应该叫上水儿。

大巴叹了口气，反问默子，如果你去，同去的会是谁。

默子笑了笑说，我能约谁，一个人去追忆失去的，或者幻想还没有到来的，总之是一个人。那一刻默子突然想起一个人，他随口就问了大巴，媚角好长时间没露面了，是不是很忙。大巴说不知道。

没想到第二天晚上，大巴去了很远的地方，不过不是和水儿，而是和媚角。

那天的天空很沉闷。

媚角说，我心情不好，你陪我出去走走吧。

大巴说，我没心思，求求你，千万别理我，我烦着呢。

媚角说，刚好，我们同病相怜。

大巴问，去哪儿？

媚角说，越远越好。

水到渠成之时，水不得不流淌，人也是这样，大巴没理由拒绝媚角。

他们乘晚上的飞机。媚角和大巴生怕被人认出来，都戴了墨镜，大巴穿得像出家人，青蓝的对襟衣，仙风道骨一般，而媚角一身白色休闲服，行李简单，像一次随意的郊游，所不同的是，两人都关了手机。

两个半小时后，他们双双降落在三亚机场，住进了距天涯海角那块著名礁石几百米远的宾馆。

飞机上的两小时，媚角说她做了一个梦，大巴说他意识停顿了一下，在这段时间里，他们穿过人群，穿过黑夜，穿过时空，穿过了一个叫琼州的海峡，像穿过一条漆黑的时光隧道。这段时光隧道的一头是云南高原的崇山峻岭，另一头却是海之南的茫茫夜海。两个小时前，他们嗅到的是红土地的干气燥风，现在闻到的是海洋的潮湿气息，时空差异所产生的感受，叫他们始料不及，所有一切都在这两个半小时之间出其不意，包括他们的思维、心境、情绪、状态、感觉和视野。

那个夜晚，纷繁的世界离他们而去，他们被神来之手，从茫茫人海中找出来，放到了一个水泥盒子里，像两条赤裸的虫子，天地间疯狂如电闪雷鸣，翻云覆雨，大海就是他们的床，床就是他们的战场。

其实他们看到大海，是第二天的事了。

他们来到一个远离景点，没有游人的地方，这里有个粗粝、黝黑、冷峻而巨大的礁石群，大巴说这才是真正的天涯海角。媚角说前面那个天涯海角是全世界全人类的，这个天涯海角是我们俩的。

以至于以后几天，他们俩带了干粮和水，早出晚归，在一块巨大的礁石上感受天和海，同时也享受着寂静。

行到水尽处，坐看云起时，面对最先的日出日落，他们像两个小孩，大巴掉泪了，这时他不是一个大男人，而是一个艺术家，艺术家是生活的感性物，他们代表人类接受着来自大自然的感动。媚角没掉泪，但没少说话。开始他俩总说些过去的事，中学时，媚角学习好，是团委书记，大巴数理化学得一塌糊涂，整天为数学课紧张，为了帮扶他，老师安排他和媚角坐。大巴的脚奇臭无比，媚角痛苦万分，忍受不了时就对大巴说，你多换洗一下鞋袜嘛。本来这是好意，大巴却心里不快，回敬说，你懂啥，脚臭说明新陈代谢好，身体好。媚角说多了，后来就干脆不说了，但有时臭味飘过来，媚角用手扇扇风，额上拧起了疙瘩。对媚角的表现，大巴心头自然不高兴，就想教训一下媚角，一次上课，媚角喊完起立坐下来时，凳子被大巴移动了位置，媚角一屁股坐到了地上，气得直哭，全班同学大笑，只有大巴没笑。

现在说起这事，媚角沉浸在甜蜜的回忆中，大巴窃喜。

两天后，他俩坐在礁石上，历经两天的阳光、海风、涛声和苍茫的南海之后，他们突然之间不再激动，似乎该说的都说完了，平静得像两个饱经风霜的老人。他们躺在礁石上，什么也没说，也许什么也没想，两个平行而躺的躯体像个等号，等号出现在生活中的很多时候，生命等于什么，爱情等于什么，钱等于什么，艺术等于什么呢。

也不能说他们什么也没想，至少他们坐起身来的这个动作，一定有了思维活动，好像他们都在盼望着什么，或是盼望什么到来。他们的背面是一个中国最大的海岛，面对的是茫茫南海，近处的涛浪不倦地拍打着礁石，捧起一堆堆白雪又重重地砸下去，尽管这样，海和天依然蓝着，尽管这样，也没影响到鸥鸟在天海之间的散步，也没有惊动到远处那些白帆，那悠扬的帆点像是悠远的梦境。

就在大巴开始想问题时，他最先想到的却是一句犹太谚语：

人一思考，上帝就会发笑。人一思索就离真理越来越远，人们之间的距离就会越来越大。尽管这样，大巴还是想到了这样一个问题：人不能永久生活在同一种环境和状态中，不要永远地孤独，也不能永久地热闹，人需要群居，也需要独处。

在海边的几天，虽然和媚角在一起，大巴仍然深感寂寞，媚角也有同样的感受。那天他们坐在礁石上，面对茫茫大海时，他们期待着人的出现，说来也怪，就在他们有了这个想法时，就同时感觉到有人从背后走来。他们一阵欣喜，并同时转过脸去。两个光屁股的当地小男孩，一个站在礁石上，另一个在水边找贝。见到两个小孩，就像见到了久违的朋友，大巴和媚角迎上去。两个小孩朝他们做怪相，并拿出手中的海贝要大巴买，态度强硬，好像非买不可。媚角给了他们十元钱，他们留下了几个贝壳，两小孩高兴极了，撒腿就跑。大巴他们跟过去，本想和两个小孩说说话，他们却消失在礁石群中。大巴两人在礁石中穿梭，也没找到他们。大巴和媚角的情绪再次冷落下来，两人对视，没说话，只是摇摇头。

媚角靠在一块巨大的礁石下，突然发现礁石下的小水塘里，有几条小鱼在游荡，这些轻盈灵动的精灵，给荒凉寂静的海滩带来了生气。他俩像发现新大陆，欣喜若狂，俯下身去，鱼儿成双结对，悠闲欢畅，媚角看得眼里放光，幸福的感觉传遍全身，平时没有闲情逸致的大巴和媚角，此时像两个孩子。正看得入迷，一块石头打入水塘中，水溅了他们一身，小塘里再没水了。这显然是两个顽童的恶作剧，他们投下石块撒腿就跑，从他们后面看去，只见两个光屁股在跳动。大巴摇摇头，和媚角会意地笑了，他们不觉得两个小孩可恶，相反觉得好玩，几天没和人打交道了，想和他们闹着玩。大巴刚要追他们，被媚角一把抓住，她发现原本水塘里那几条小鱼溅到了炽热的沙滩上，媚角赶快捧起小鱼，用自己的唾液滋润小鱼，小鱼翻动了两下，媚角急忙捧着小鱼朝海边走去，大巴紧跟其后。当他们把小鱼放入海水中，并目送小鱼游走后才放下心来，媚角动情地说：不把小鱼放回大海，留在沙滩上必被晒死无疑。

大巴在旁看媚角做完这一切，若有所思地对媚角说：我琢磨着这几条鱼个头小，岁数不小，搞不好它们比那两个小孩的岁数还大，它们为啥长不大呢，因为塘子太小，俗话说塘小养不了大鱼，你把它们放回大海，不仅救了它们性命，还给了它们生长的空间。大巴停了一会儿，又感慨地对媚角说，人也一样，需要有一个适合自己的生活空间和生长环境，要找准自己的成长轨道和生活位置，偏离了这个轨道就会导致人生的失败，我相信放入大海的鱼，很快就会长大的，到那时几条长大的鱼就会叫你妈咪。

开始，媚角认为大巴的话很有哲理，听到大巴最后这个比喻，她就笑了，她对大巴说：到那时，那几条长大的鱼还会叫你爸咪呢。

一爸一妈的，很有意思哦。

大巴说不清自己是否爱上了媚角，但他尽力想媚角的好，也尽力让她愉快，她快乐了自己就快乐了，所以，哪怕是一个吻，他也是尽心尽力的。他们俩躺在床上时，她总是说要是不回去，永远在这里该多好。她担心回去了，一种缘分就尽了，她想延长人生中美好的时光，或者说她有一种不祥的预感，担心回去了自己的一切就结束了。她心里有数，一个巨大的坎横在她面前，这个坎怕是过不去了。这样想的时候，她感到很悲凉，心头犯堵，所以，她要抓紧时间消费眼前的幸福。

每晚他们都关掉灯光，像关闭人世间所有的信息和影像，白色的床单上落满银色的月光，月华如水，床榻如舟，两个赤身裸体的男女，在找回自己的同时又迷失了。夜中潮湿黏黏约带腥味的空气，是海边特有的天体暧昧的荷尔蒙，这种气息最容易使人体亢奋，每一次，当他们荡漾在这种气息中，体内的潮水慢慢泛起，层层叠叠，循序渐进，由远而近，由弱到强，由隐晦到张扬，最后以排山倒海之势，铺天盖地地卷来。

每当这时，她就像人生风浪中的一叶小舟，急切地寻找自己停泊的港湾，所以每一次她都紧紧抱住他，像要把他溶化进自己的血液里。而他每次都是尽心尽力，想将她揉碎，成为自己体内的一部分，但无论他怎样努力耕耘，最后也将被溶化，真正的土地，力量是强大的，能摧毁坚石万物，也能吸纳百川沼湖，浩瀚的南海被他们搞得翻云覆雨。

白天他们养精蓄锐，晚上高强度地消耗体力，每次之后，两人近乎虚脱，超指标透支生命激情，这不是玩游戏，是玩命。这样的生活过去几天，媚角完全沉浸在幸福之中，而大巴开始想念另一个人，甚至一次正和媚角进入巅峰时，在他身体即将爆裂的一刹那，他竟然喊出了水儿的名字。媚角心里自然清楚，但没把事挑明，她知道，为难大巴，也是为难自己，她不想找不愉快。

当初，媚角约大巴到海南，大巴没多想，以为不过就是工作累了，休闲休闲，最多就是和媚角独处一段时间，大巴也想躲开那些烦人的事，何乐而不为，也就将计就计了，但事情远不是这样简单，直到那天媚角和衣走入海水中，大巴才感觉了事情的严重性。

那时正是黄昏时分，看了一天太阳的媚角，视线仍然没有离开太阳，她见证了太阳一天的轨迹，自东到西，由清晨的玫瑰红到中午的白色，再到黄昏中的橙黄色，然后圆润黄红的太阳就要慢慢滑入海水。她也慢慢向海水中走去，像是沿着太阳的路线，她的视线永远在远方，或者说一直在太阳上，走着看着，海水到了她腹部，她停了一下，往回看了一眼，那时大巴正躺在礁石上，没注意到她的举动。当她再次回过头去，太阳的下端刚好碰到海水，一面白色的帆透着暖色的光正在太阳中心滑动，这是一个感动人的画面，太阳要回家了，帆正在为她送行，一切都是那样恬静美好，不知是不是这个美丽画面的诱惑，总之，媚角没有停下脚步，没有犹豫地向那个太阳走去。

当大巴游到媚角身边的时候，海面上只飘荡着黑色的长发，太阳已经沉入海中，那是一天中最有意味最有哲理的一刻，是光明和黑暗交替的时刻，是明洁和晦暗握手的时刻，是图像和色彩消失的时刻。

那晚直到深夜，媚角才在一个医院的病床上苏醒过来。

苏醒过来的媚角没说话，也很平静，像一个饱经风霜的老人，又像从另外一个世界归来，目光散淡，表情木然，她盯住一个地方会看很长时间，然后叹息，叹息声从她内心深处随气流出来，带着她太多的秘密。大巴破译不了这些秘密，他怎么也没想到，一个社会公认的女强人竟如此脆弱，世间万物有许多说不清道不明的东西。

大巴试着问过媚角，但什么也没问出来，媚角不愿说的东西，她怎么也不会说的，直到烂在肚子里。

在天涯海角的几天，他俩互相约守关闭手机，关了手机就等于关了门，把世界关在门外。几天下来，特别看到媚角躺在病床上的样子，大巴突然感到惧怕，意识到该回去了，回到人群中去。对大巴而言，这几天是对他的一个考证，他经历了一个炼狱的痛苦过程，每当他面对大海，内心的潮水覆盖了整个南海，情感深处一片汪洋，除了水还是水，以至于在他和媚角亲密时，心中也想着水儿，竟然还喊出了水儿的名字。本来他应该严防死守，不露声色，但没办法，情到深处，心之所至，那是一种境界，是自然和生命的本真状态，纵有千军万马，铜墙铁壁，也不能阻隔情感的突然爆裂。

只是在忘我和癫狂状态下，大巴才喊出水儿的名字，常态下的大巴，尽量控制自己，不把对水儿的思念暴露出来，他的情感在他心中酝酿发酵，乃至升华，他不擅于诗，但爱情本身就是一首美丽的诗，所以情感的泉流在他心中流淌出这样的文字：

我认识一种爱情
分离之后才流到心中　水啊
我禁不住呼唤一声　再回过头去
水荡漾而来

接下来的任何情节
就注定和水有关　水儿
情感里泡出米的名字
在没有水的时候　捧起你
我听到了一种荡漾　一种
销魂的声音

我决定靠水而居
那是一个爱情的位置
心是源　水就不会断
把海水当作琴弦吧
我要歌唱　面对昨天和明天
指间荡漾的点点滴滴

我幸福疼痛地享受了人生

不仅仅是我　水

包容了整个世界

其实　从爱里淌出的

应该称之为酒

使人们柔情似水

或者壮怀激烈的酒

而水儿仍然是水儿

多好听的名字

　　大巴没想到自己能写出这样的句子，他认为情能造就天才，他甚至怀疑卡拖也写不出这样的诗句，他在心里反复默诵，他认为这样的文字，不能叫作写作，无论诗还是艺术，只要到了一种境界，就不再是技巧和经验，而是用心铺出来的，他想起美国著名诗人叶芝的一句诗：留在心灵的脚步，我们称之为情感。

　　大巴对水儿的情感，以及自己在大巴心中的位置，媚角自然清楚，她甚至认为，大巴和她亲热时，一定把她当成了水儿。

　　几天的两人世界如与世隔绝，大巴说他们就像死了还没埋的。无奈、无聊突袭心头，大巴忍不住就开了手机。刚打开，在卫生间里就接到一个电话，通了近半小时，什么电话这样长，媚角虽没听清说些啥，但她知道大巴是和谁通电话。当大巴从卫生间出来，脸上写满了烦恼，媚角说应该高兴才是。大巴没接话，只说了句该回去了，迟早要回去的，梦还有醒来的时候呢。当大巴说回去的时候，媚角脸上突然阴云密布，心情复杂。

　　她望着茫茫南海，叹了一口气。

二十六

大巴和媚角去海南的事，没人知道。如果在平时，谁不在两三天，甚至一周，并不奇怪，问题是，刚好大巴去三亚的第二天，网上那个作家就演了个现代版屈原，称世界浑浊，世事不平，世态炎凉，自己嫉恶如仇，要以结束自己的生命警示世人。走云劝对方别走绝路，并提出要见对方，对方不理走云，只在网上至真至诚，情深意长，那些感人的言语直击走云心窝，永别了，亲爱的。

走云急得捶头顿足，疯了一般，以绝食怀念那个作家，西跳急了，给大巴连续打了几天电话，都找不到大巴。默子也感到奇怪，不管大巴到哪儿，他不面告，也要电话说一声的，这么多人，谁都不知他的下落，事情不得不引起同志们的注意，西跳报了警。

刺艳对西跳说，大巴失踪这么多天，如果没出事，应该和水儿联系。刺艳说完刚转过身，就和两个警察碰了个满怀，一见警察，刺艳脸色就变了，警察对她说了声对不起，她还愣在那里，当知道警察是为大巴的事而来时，她才松了一口气。

两个警察找到默子和西跳，大家都认为警方负责，刚报了案，就服务上门来了。默子对警察印象不好，不是因为他被拘留过而是因为平时警察的表现令人失望，所以他态度冷淡。西跳却感谢不止。而警察了解的事，有些奇怪，似乎与大巴失踪风马牛不相及。

结束时，西跳问大巴的事有消息了吗，警察说现在还不能透露。

事情的确很复杂，是大伙始料不及的，在大巴失踪的第八天，西跳接到警方通知，大巴在市刑警队接受调查。听到这个消息，大家都被弄得丈二和尚摸不着头脑，合子说是不是弄错了，打个电话问问，结果大巴被公安机关收审无疑。

也许大巴真犯事了，这么多天消失得无影无踪，现在又进去了，而且去的不是派出所，而是市刑警队，警方不会无缘无故抓人的，这跟默子被派出所拘留不一样，大伙都急了，默子联想到警察问的那些问题，觉得事情并非偶然。

大巴被收进刑警队，大家不再去注意走云，走云吃多撑着了，要怎样闹由她去，而大巴的事，不能不关心。合子提醒默子问一下媚角，也许她知道得多一点，结果媚角的电话也不通。西跳说别去打扰媚角了，这个世界上要有人知道大巴的事，就一定是水儿，水儿都不知道就没人知道了。

连米朵都急了，卡拖却静如止水，不露声色，见同志们急成热锅上的蚂蚁，他说世上的路千万条，人的活法千万种，归去来兮，不要紧的，大巴丢不了，如果真的丢了，那也是天意，不必大惊小怪。世界分彼此两岸，有人在彼岸，有人在此岸，于我们来说，彼岸的人是丢了，而于彼岸的人来说，我们也算是丢了，其实世上之人没有丢不丢之说，一切随其自然，顺遂天意。

卡拖说完就对米朵笑了笑，并加了一句，如此而已。米朵听得似懂非懂，大家都听得如云里雾里，这卡拖为啥就这样深奥呢。

深奥个屁。西跳说卡拖说的全是废话。

其实最关心大巴的是刺艳，这是一个反常现象，她老是问，老大是什么原因进去的。西跳被问急了，就干脆来一句，强奸妇女，贩毒杀人，满足了吧。西跳的话像打雷，刺艳被搞得灰溜溜的。默子觉得这个女人反常，她怎么老问大巴进去的原因呢。

正说着，楼上就有人惊叫起来，真是撞见鬼了，同志们开始屏住呼吸静听，后来才听出是走云的声音。又咋了，大家一起上楼，披头散发的走云在电脑旁，死盯着屏幕，手不停地敲键盘，她没看大家，嘴里不停地说，他还活着，他还活着。

只见她电脑上有这样的字样：

雄性高原：宝贝，为了你，我活下来了，我怎么能丢下你不管呢。

走云：亲爱的，我也为你而活着。

雄性高原：世界为我们活着。

走云：我们因爱而活着。

啧啧，牙都酸掉了，走云却一脸神圣的表情，西跳看不下去，一键下去，电脑屏幕上稀里哗啦就什么也不见了。走云暴跳如雷，直愣愣地盯着西跳。

西跳对她说，你走火入魔，病入膏肓，该醒醒了。走云呆呆地看着大伙，没说话，她大概还沉浸在雄性高原的情怀中，没有清醒过来。见走云这样，大家都为她担心，西跳大声对她说，老大都被警察抓了，你还在这里玩什么网恋。

走云听西跳这么一说，大概是被西跳的话吓着了，她才回过神来，然后大笑，口中不断地说，怎么可能呢，怎么可能呢，你们别吓唬我，我不是吓长大的。过了一会儿，默子对她说，别在一个虚拟的世界里陷得太深。

走云点点头，此时像个小孩，但默子知道，要她彻底摆脱出来，很难。见走云听话的样子，西跳说，还是老师说的话管用。

水儿帮走云理顺头发，见走云回到现实状态，同志们都松了口气。

谁也没再管走云，来到市刑警队，要求看望大巴。刑警队自然不让看，这是有规定的，犯罪嫌疑人或接受调查人员在事情还没查清之前，是不能和外界接触的。其实这个道理谁都知道，也能理解，不能理解的是大巴被公安部门关了这么多天，却不通知家属和单位。刑警队说，大巴是昨天才进来的，并及时通知了奥赛公司。

这事奇了怪，大巴失踪八天了，刑警队怎么说昨天才进去的呢，西跳和刑警队理论，双方争执起来。田贵急了，揪住一个警察的衣领要动手，默子赶紧制止田贵，并向警方道歉。事情被田贵这一弄就坏了，警方扣下了西跳和田贵。

田贵被拘留，西跳下午出局。田贵不会有大碍，他那一拳头没打下去，所以警方拘留他，无非是出出气。

没打听到大巴的情况，大家就都回到公司。同志们关心的是大巴，群龙无首，公司濒于瘫痪，西跳被搞得焦头烂额。合子说她去找人，打听一下大巴的事，刚出门就遇到大巴前妻嘎隅和大巴女儿楚楚，虽然合子一口一个嫂子，但嘎隅还是朝合子冷笑了一声，之后再没理合子，而是问默子大巴躲到哪儿去了，孩子要上初中，学校还没落实，电话也打不通。嘎隅说了一大堆难事。

本来默子想隐瞒大巴的事，见她这样迫切，非要找到大巴不可，就把她叫到旁边，把事告诉了她，并告诫她别让楚楚知道。她知道此事后，态度就变了，变得善解人意，她问默子大巴犯了什么事，默子只能说不知道。

嘎隅在默子这里问不出个啥，就转身对合子说，该不是你把大巴藏到什么地方了吧。合子笑了笑说，我要藏就藏个又年轻又帅的，大巴嘛还不达标，如果你认为大巴是什么好东西，你就拿去吧。嘎隅也不示弱，子弹一样射出一句话：有些女人没男人，饥不择食。

默子把合子拉开，劝她们别吵，合子也本想一走了之，心里又不顺畅，就对嘎隅说，你的意思是你有很多男人，那我该贺祝你了，但我要告诉你，请你别再纠缠大巴，大巴已不再是你的男人，你别说我把他藏起来，我就是把他吃了也和你没关系。

合子说完，没等对方回过神来就扬长而去。

嘎隅脸上起了疙瘩，而且那些拧起来的肉在抖动，就像是气在鼓捣，默子一边劝她，一边把话岔开，直到她离去。

当初大巴和合子的关系，等于贴了公告，谁都知道，但他们终究没结婚，有人说合子是独身主义者，有人说合子那种人不会专一。和嘎隅结婚后，大巴和合子就自然分开了，但一个圈子里的人，免不了要接触，嘎隅因此对大巴不满，对合子也是心怀醋意，甚至仇恨。本来时间长了，恩怨也就淡了，没想到跳出个媚角，大巴和嘎隅因此离了，而近两年出了个水儿，也由他去了，只要他管楚楚就行，这次楚楚要上学，学校没落实，又见不到大巴的人影，嘎隅就找来了。

虽然嘎隅把楚楚带走了，却把孩子的事撂下了，同志们心头都犯堵，这事怎么一桩接一桩呢。其实刚才合子没走远，等嘎隅走了，她又出现了，默子对她说，宰相肚里能撑船，大人不记小人过。

合子笑笑说，我看在大巴的份上，话又说回来了，这嘎隅哪是小人呢，她男人被人拐了，她说说出出气还不行吗，我就是拐她男人的女人，她想咋地咋地，我认了。

丁是丁，卯是卯，楚楚读书的事，合子答应找人试试。

就在公司麻烦不断的时候，艺术吧区的餐饮、茶楼酒吧却火起来了，人气旺，不再是圈子里的人晃眼，已经成为社会性的休闲聚会场所。那天早上，从吧区传来口令声，振振有词，西跳对默子说，看看去，看这德哥到底搞些什么名堂。

吧区的院子里，尽是帅哥靓女，清一色的统一工作服装，整整齐齐地站了一排。德哥当过兵，有模有样地站在前面，掷地有声地训着话，刺艳站在旁边，见西跳和默子过来，就赶忙迎上来，说，德哥正在早训，也算是开个短会，把要说的事说说，集体背诵一遍宗旨和规定，再说说眼下出现的问题和改进的办法，等等，然后到大街上跑步，锻炼身体，这样做是培养职工集体意识，提高本集体的凝聚力和职工士气，更重要的是起到了宣传作用。见西跳两人过来，德哥一个正步迈了过来，虽说没敬礼，但意思很到位，他请两位老总也讲讲。西跳要默子先说，默子摇了摇手，西跳就走上前去说了两句，他对服务员们说，看到你们，我心情就舒畅，小伙子们一个字，帅，姑娘们也是一个字，美。帅哥美女在一起，没有干不好的事业，大伙好好干，把餐饮酒吧茶室的服务当成艺术品来完成，希望你们做事的质量也像你们的形象一样漂亮。

噼里啪啦，掌声像鞭炮一样响起。

默子在一旁想，餐饮酒吧茶室全都改门换面了，从根根上成了别人的，你西跳还掺和啥呢。西跳神气活现地训过话之后，就和默子离开，走了几步，愣了一下，和默子说了几句，然后转过身向刺艳招了招手，刺艳急忙走过来，三人穿过侧门，来到公司。

西跳要刺艳准备好二十万，急用。刺艳说账上没钱了。西跳说，怎么没钱了，那三十万流动资金呢？刺艳吞吞吐吐，见西跳穷追不放，刺艳只好说借给别人了。西跳听了拍案而起，这还了得。刺艳说，跟老大说过的，过两天就还。

不管刺艳怎样解释，即使大巴同意过，三十万啊，也没跟本人吭一声，就全借给了别人，西跳心里极不舒服，他对刺艳说，你赶紧把钱追回来。刺艳说，能问一下吗，西跳老总，你要二十万做什么用？西跳听刺艳这样问，没回答，倒是默子告诉刺艳，大巴出事，有用钱的地方。

听默子这样说，刺艳应了一声，就蹑手蹑脚地离去了。

看到刺艳离去的背影，西跳对默子说，我虽然对这女人掌管财权有意见，但客观地说，她的形象真是逗不得，气质高雅，身材迷人，我真想把她做了，但又怕大巴不饶我，她毕竟是水儿的表姐。

西跳问默子，难道你当初画她时，就没当回真流氓，可惜啊。

本来默子不准任何人提这事，谁提他跟谁急，但事都过去好几年了，他心中的疙瘩也慢慢消平了，经西跳这样问，他倒想满足一下西跳的好奇心，就把当时的情况说了。

有些事说不清，特别是人的感觉，默子对当时的刺艳和事发后的刺艳，感觉她前后判若两人，当时她气质高雅，还带有几分含蓄羞涩，特别是她的身材，散发出一种迷人的气息，可以说，她是默子画到过的最好的女模特儿，默子为她准备了最好的画布和画框。

那是一个早晨，阳光中飘着清丽淡雅的色彩感觉，她气质优雅，慢慢地脱着衣服，当她解下上衣时，她那对玉兔般的双乳滑落出来，活脱脱的，鲜活、滋润、娇艳而迷人，挺拔的乳豆傲视着默子他们，他们倒像那种低廉卑微的男人。她的乳晕约带一点偏蓝的粉紫色，对于油画来说，这是很迷人的颜色，默子力求准确地表达出来，就走近两步认真观察，其实也就是几秒钟的时间。

说到这里，西跳狡黠地打断默子的话说，是不是嘴凑到别人乳头上去了，眼神也有点那个。

西跳就是这样一个人，默子故意抹下脸来说，你还想不想听下去。西跳说当然当然，请你千万别停。

默子接着说，他带着两个学生一起画，画到第二天的时候，尽管默子一直在辅导两个学生，但他们还是找不到画的了，松闲下来后，两人在画室走来走去。默子对他们说，该干哪样干哪样去，默子这样说，是不想让他们影响他，其实他们早就不想画了，他们说已和同学约好的，要去打球，默子说那就赶紧去吧。

两个学生像脱缰的野马冲出画室，留下默子一人画着，难得这样好的模特儿，默子想画得完美一些。她的项链垂到了她的乳房上，蔚蓝色的珠子和温暖滋润的女性皮肤搭配在一起，无论是人体还是链珠都呈现出透人的色泽。默子忍不住上前仔细观看，说实话，他很想用手摸一下，但没有，他发现那一刻她的眼神有些不对劲，事后他庆幸自己没摸上去，否则就吃不完兜着走了，别人完全可以说你心术不正。

当室内温度降下来，默子还以为取暖器坏了，就叫女校工进来检查，她弄了十多分钟，取暖器又突然好了。眼看画就要好了，女校工问默子画好这幅画要卖多少钱，默子说像这样漂亮的模特儿，至少是几字开头的六位数。本来这是句玩笑话，后来默子琢磨，也许就是这句玩笑话，使旁边的模特儿心理不平衡，我脱光给你画，没拿到几个钱，你倒好，把画布上的我拿去卖大价钱。这导致女模特儿来了灵感，突发奇想，不知是要教训一下默子，还是想骗取钱财，总之，默子成了"流氓"。

当时，她的表情开始有了内容，一双眼睛直勾勾地望着默子，向他挤眉弄眼。他惊奇地发现她臀部下有一摊湿痕，自然不是她的小便失禁，默子是个成熟男人，自然知道那摊湿痕是什么，还能有什么呢，他知道她这是什么意思，但他不知道的是，她竟然能在此时此地此情形下发情。不过，经默子后来琢磨，以及她后来的所为，他突然明白，她的一切表现都是一个阴谋，她的目的也很明显，要默子就范，要他上当。实话说，男人到这种时候，一般是扛不住的。当时默子觉得她的项链很美，就凑近看了，一种女性下体的气息和荷尔蒙气息蔓延开来，默子当时虽说很冲动，但理智占了上风，他的欲念像海边的潮水一样退了下来，不能不退，这是实话。

第二天默子给她报酬时，她拿着钱掂了两下说，你就给我这么一点？默子没想到她会这样说，就告诉她，不是我给你的，是学校给的，是按人体模特儿酬金标准给的，我帮你到财务代领了。她没接钱，而是恶狠狠地对默子说，你对我要了流氓，你看怎么办？

默子当时以为她在开玩笑，看她恶狠狠的样子，默子大吼起来，这时一个魁伟的男人出现了，那男人没说话，而是一步步逼近默子，默子一步步后退，知道了情况不妙，自然这是一个预谋。

事后默子明白了她在画室里所表演的一切。

说好私了的，大概是嫌默子给的钱太少，后来她又提出要公了。开始默子以为她只是吓唬一下，毕竟这样的事传出去，对她也没好处，没想到这事真闹开了，明白人都知道，强奸是会有响动的，如果女方不愿意，还不叫翻天？但那天一点动静都没有，其间女校工也多次进画室，她可以作证，但女校工是临时工，找她作证的时候，已不知她的去向。

讲完后，默子苦笑了一下。西跳意犹未尽的样子，他说如果是我，干脆就把她奸了，然后心安理得地当一回流氓，结果你羊没吃着却惹得一身羊膻臭，流氓的帽子也戴上了，你真是不奸白不奸，要是真奸了她，她也许还不会告你，这样的女人，我见多了。

二十七

大巴和媚角从海南回来，刚下飞机，大巴就被警方扣押了，他不知什么原因，当时媚角腿都软了，并对警察说，这不关大巴的事，是我一个人的问题。媚角这句话，把警察搞得莫名其妙。

媚角眼睁睁看见大巴被警方带走，不得其解，直到大巴和几个警察坐上警车离去，媚角还没回过神来，她一回到家就病倒了。

大巴也没弄明白，警方为何扣审他，在刑警队这两天，警方问了他许多莫名其妙的问题，他什么也答不上来。开始警方以为他装糊涂，但慢慢认为事情并非这样简单，也许真正的罪犯还没抓到。

从警方的问话中，大巴感到事情跟贩毒有关，并明白是有人陷害他。这个陷害他的人是谁呢，不知道。他突然想起媚角，当时大巴被警方带走时，媚角对警察说，不关大巴的事，是我的事。当时媚角吓得脸色惨白。

本来不应该怀疑媚角，但媚角当时的表现，让大巴不得其解。难道是媚角害自己？大巴摇了摇头。他准备和媚角谈谈。

他给媚角拨了电话，结果关机。

大巴回到公司，只有西跳在，他忍不住拥抱了西跳。然后，西跳就把楚楚读书的事说了，大巴说哪还顾得了这个。西跳说别不重视，嘎隅已经来闹过一次了，合子被她骂了一顿，搞不好还会来。

他出来，并不说明事情结束了，他还要继续配合警方，不能外出，随喊随到，不能对任何人说起这事，实际上他被限制了自由。

大巴没让西跳说下去，而是给水儿拨了电话，水儿听到大巴的声音，有点喜出望外的兴奋，就说下午回公司，大巴说有事就忙吧，没事了再回来。

其实那段时间，水儿一直在准备独唱音乐会的事。

听到老大的声音，岔道、田贵和走云从不同的地方出来，这几天没在公司这个磁场里，大巴有如隔三秋之感，又像从另一个世界走回来，他摸了一把岔道的光头说，几天不见，小东西又长高了。岔道生怕大巴又消失了，把大巴拖到沙发上坐下，然后给大巴倒了杯水。

失踪九天的大巴回来，按以往的习惯，西跳会提出撮一顿，但这次他没有，那么多麻烦事还未了呢。

事实上，同志们听说大巴出来，就都来到公司，水儿、卡拖、米朵和合子一个都不少，卡拖和大巴拥抱了一下之后，水儿、合子，包括米朵，也相继和大巴拥抱。当和水儿拥抱时，大巴拍了几下她的后背，就像久别重逢一样，大巴眼里弄得湿润润的。西跳说都咋了，不就是进去了一回吗，不就是去了一回三亚吗，不就是几天时间吗？

合子说，今天应该高兴，我请客，叫餐厅多弄几个菜。说完就给刺艳拨电话，叫她准备菜饭，结果刺艳却不在，西跳骂道，这娘儿们搞啥去了，三天两头都不在，她到底在干啥，别成了日本间谍，我们都不知道。

大巴拨了媚角的电话，本想叫她过来一起吃饭，仍然没拨通。

那天饭是吃了，但吃得很冷清，气氛怎么也出不来，好像会有什么大祸临头一样，大家是从大巴的表情中感觉出来的。大巴虽然心情不好，但绝对不是为了自己的事，他有没有事，自己清楚，他担心的是媚角，他预感到媚角有事，这是去海南之前，他就感觉到了，后来的迹象也说明了这一点。

大巴意识到自己的情绪影响了大家，就想让同志们高兴起来，平时只要一点点好事，就能让大家的热情燃烧起来，此时值得高兴的事全跑到九霄云外了，一件也想不起来。饭后，同志们都没散伙的意思，找了间屋子喝茶，合子亲自为大家泡茶，自称专家，一边摆弄茶具一边侃侃而谈，从云南的茶马古道说到今天普洱茶的种种奇闻，一饼上好的普洱茶能卖几十万呢，最近几家普洱茶商在策划活动，准备组织一队大象，驮普洱茶徒步进北京。

西跳说这创意牛，我们也来点惊世骇俗的吧，干脆集体脱光衣服，到大街上玩一次行为艺术。

西跳的话引来几个女同胞的骂声，只有走云说好主意，最好不是裸裸，来点彩绘，我带头上街，没什么了不起的，不管男人女人不就那点东西吗？西跳对走云说，如是那样，那不等于我们帮你实现远大理想了吗，你不是说过要彩绘一百个男人体吗。走云对西跳说，你放心，我就是彩绘一百零一个，里面也不会有你。

大巴说扯远了，扯远了，我们要明白一点，不管搞什么，总要有个目的吧，刚才说大象驮茶进京，茶商们的目的不是要马戏，也不是乱精神，最终目的是赚钱，我们总不能脱光衣服到大街上走一气，回来喝西北风吧。

大伙的情绪好像开始回暖，合子请卡拖来两句精彩的。卡拖说，谈赚钱，我永远是个失语者，听你们说了半天不就是赚钱吗，干脆改弦易辙，都卖茶不就行了吗。西跳连连点头，说，有启发有启发。

看到卡拖不耐烦的样子，大巴就说翻一篇吧，别老是赚钱赚钱的。合子说我们是凡夫俗子，又都不是凡夫俗子，按我的观点，物质文明和精神文明一起抓，两手都要抓两手都要硬。

大巴跟大家讲起了滇东南，接近广西百色的大山中，有一处真正的世外桃源，民风古朴，世外一般地幽静，一条溪流绕村而过，从昆明出发，八个小时的汽车就OK了。大巴这一说，同志们的兴致就被提起来，都纷纷要求前往，大巴说，要去很简单，如水儿走得了，我们随时可以动身。

上次去香格里拉，等的是水儿，这次又是水儿，大伙只有等了，谁叫水儿是水儿呢。

说到旅行，有人就进入了状态，音乐里唱起了齐豫的《橄榄树》。屋内安静了下来，大伙闭上双眼，任那流浪的小鸟和溪流从心中经过，眼前是无边的原野，无边的森林，无边的苍茫，在无边的苍茫中，永远有一棵树，美丽的树，那棵树永远在天边，我们一路寻去，但永远也不能抵达，那棵树永远在天边，永远在地平线上，我们只能在路上，在探寻中。

一曲终了，卡拖竟然双眼含泪，米朵为他擦了，自己也有些控制不住情绪，眼泪也淌了下来。大家虽然没说话，脸上却写满了思绪和遐想，屋内静极了，远方为何如此牵动大家的情思，橄榄树为什么让人魂牵梦绕，远方究竟是一种什么样的地方，橄榄树究竟意味着什么，每次唱这首歌，大伙都会被那悠远、迷茫的意境所打动，也许人自出生那一刻起，就在流浪，就在寻找，所以才生出那样多的感慨和迷茫。

如果在以前，遇到这种时候，卡拖一定会抒发心中的感叹，妙语一番，深刻一番，但这次他没有任何言语，米朵告诉大伙，卡拖在家也经常听这首歌，听得望着远方发呆。

大伙的心都还没回落下来，大巴的手机突然响了，在静如止水的氛围中，大巴的手机尤其响，一种心绪突然断裂，大巴接完电话后，脸色就变了，大家以为又是警方找麻烦，只见他站起身来，只说了一句：媚角出事了。

听到媚角出事，反应最快的是默子，他问大巴具体情况。大巴没马上说话，而是等大伙散去后，才把事情告诉了默子和西跳。媚角因一起贿赂案，引出了另一桩经济案，案件正在调查中，估计很严重，有的事，认真起来就是事，不认真，马虎一下也过得去，这次是来真格儿的，本来媚角早有察觉，也找人疏通过，但抽刀断水水更流，没办法。

媚角出事，连锁反应，必定会影响奥赛公司的运行，一千万注册资金肯定是没了，几个人都很懊恼，西跳显得心事重重，不久就离去了。

夜在无边无际地弥漫，大巴来到默子画室，两人都睡不着，默子冲了两杯咖啡，是有名的普洱小粒咖啡，味道浓厚，大巴说咖啡没劲，喝两杯烈的。两人就喝起了云南人最爱喝的鹤庆干酒，默子平时都不喝酒，但不能不陪大巴喝一点，大巴喝得很猛。

媚角的事就像天塌了一样，默子说应该想办法救媚角。大巴摇摇手，说，别高看自己，怎么救？在这个社会里，艺术家只是弱势群体，况且这种事，一旦浮出水面，任何人都左右不了，不能孤独看待媚角的事，说白了，别人整的不是她，只是把她牵出来了而已，媚角是牺牲品。

默子一脸焦急的样子，说，那咋办？大巴说，凉拌。

不说这个了，大巴沉默了一会儿，对默子说，你到法国搞画展的事，别中断联系，钱的事我会想办法。默子说，我知道公司的钱都拿去给岔道治病了，你已经够意思了，就别再管这事了。大巴说公司还有点钱。默子说那是公司的看家钱，你用了公司不就垮了吗？说到这里，默子突然想那三十万流动资金的事，就问了大巴，大巴承认是他同意借出去的，默子说西跳为此大发脾气，提醒大巴，这样的事应该下不为例，刺艳那女人应该防范。

大巴点了点头，说明天就催她要回来。之后两人商量起睡美人广场的雕塑，这是基本定了的事，已经说好，明天签合同，这个工程拿下来，能赚几十万。

第二天，大巴进办公室准备合同材料，然后去城建，去之前，他给张处长拨了电话，然后再过去，但张处长应付了他几句就挂断了电话，说开发办有事，合同的事推迟。

姓张的丢下这句话，让大巴心里不踏实，一种不祥的预感袭上心头，会不会是因为媚角出事，姓张的不买账了，因为这个雕塑，城建纯粹看在媚角份上，张处长也尽了不少力，现在媚角出问题了，他也就没义务和你奥赛啰唆了。

签不成合同，大巴坐下来，倒了一杯水，理了一下情绪，把最近发生的事理了一遍。

从三亚回来，被刑警队扣押，女儿读书的事，媚角被检察部门收审，公司投标的几个项目拿不下来，一桩桩一件件，千头万绪，就像一团乱麻。天涯海角的恬淡和寂静，成了个不可思议的梦境，生活咋就这样折腾人呢。

自己虽被警方扣审，但自己心里清楚，一点事没有，接下来就该关心一下女儿了。一想起楚楚，他心里就不是滋味，女儿十三岁了，自己基本没管过，平时以艺术家自居，好像艺术家就可以不做家务一样，不做家务也罢，总不能不管家吧，而他基本没家的概念，嘎隔离开自己也是有道理的。这次楚楚升初中，如按片区划分，楚楚读的学校很差，而想上的中学是一所重点中学，进去很难，比上大学还难，上大学靠分数，读初中靠关系。结果大巴电话都打烫了，也没人能帮这个忙，一个著名艺术家就这么无能？叫天天不应，喊地地不灵，大巴很感慨，要是自己有一官半职多好，权力交换一下不就可以了吗，平时自己清高，从官们面前走过时，还抬着头，这一抬就没人理你了，你是艺术家，高傲是你的自由，但官们不帮你办事，也是别人的自由，你名气大咋了，女儿照样读不了重点。

大巴竟在办公椅上睡着了。

大巴觉得有人在旁边，他睁开了眼，果然，是刺艳站在那里。见大巴醒来，她神情很不自然，便开始为大巴抹办公桌。已经抹完了，她还不走，大巴问她有什么事，她吞吞吐吐，问大巴被警察扣押是为啥事，大巴说他们搞错了，没事，我不是出来了吗。见刺艳这样问，大巴还有一些感动，至少说明刺艳关心他。

本来大巴已经说清楚了，但刺艳还没走的意思，过了一会儿，她又问，警察没问你其他人的事吧？大巴反问，你指的是什么样的其他人。刺艳语塞，大巴说我自己没事就行，其他人就难说了，你放心我没事的。

刺艳收起办公室桌上多余的茶杯，心事重重地离去，大巴突然想到那三十万的事，就叫她回来，这一叫，惊得刺艳手中的瓷茶杯掉到地上，杯子的破碎声像一件恶性突发事件。刺艳的异常，并没引起大巴的注意，他更不知道，自己进刑警队竟然和这个女人有关。

刺艳答应很快要回借款。

刺艳离去，走云进来，把设计的一套方案给大巴，大巴刚要看方案，就接到嘎隅的电话，他知道是楚楚读书的事，虽不情愿和嘎隅多说，但他又不能不接。

大巴打完了电话，才发现走云一直坐在旁边，他这才铺开走云的方案看了，看着看着，大巴竟然大吼起来，像一头怒狮，他从来没发过这样大的火，连走云都被吓住了。西跳进来也没忙着说话，只是看了看走云的设计方案，看得西跳直摇头，西跳拍了拍走云的肩膀，走云不耐烦地摇了摇肩，西跳推着她往外走，边走边对大巴说，我叫她重新设计。走云转过身去的时候，大巴看到她T恤的背上写着几个字：活着还是死去，这是一个问题。

走云和西跳出去，大巴听到他们在外面嘀咕，西跳说，老大心情不好，你别惹他。走云说，怎么是我惹他呢，他心情不好，难道我心情就好？我还想找人发火呢。

西跳把走云弄出去之后，又转回办公室，对大巴说，她以前的设计蛮好的，都是网恋惹的祸，最近都恋得死去活来了，重在教育，重在教育。

平息下来之后，大巴也觉得自己过头了，想跟走云谈谈，西跳说，你千万别谈，你是领导，什么是领导，领导就应该时不时地发点火，这样才有威信，据此观点，你的火还发得不够，反正我是镇不住她的，这公司就是要有一个镇得住人的人，你看看那些单位上的官僚，想对谁发火就对谁发火，想骂谁就骂谁。我们这里个个艺术家郎当，温文尔雅，温良恭俭让，整尿不成。

如果在以前，大巴听到这样的高论，会付之一笑的，但此时他笑不起来。

几天之后，走云拿来的方案仍然是粪草，看到走云萎靡不振的样子，大巴对她说，网恋是种虚拟的情感，带有很强的游戏和欺骗成分，千万别认真。没想到走云反问大巴，你恋爱过吗？大巴被问得不知如何回答，交流和沟通成了问题，沟通也是需要基础的，只有找时机再说了。

大巴本想开着别克散散心，刚出门，就被田贵堵住，他身后站着一个三十多岁的女人，他说这是他城里的亲戚，原来在一家塑料厂，下岗两年了，想来公司做工。

这事还真为难大巴，公司现在这个样子，进人不是时候，他把意思跟田贵说了，田贵说他的亲戚两口都下岗了，女儿读初中，家里实在困难，田贵还特别强调，公司里需要一个打杂的。大巴想了想说，如果她家确实有困难，我们是可以收下她的，但你知道我们公司发不了多少工资，她最好找一个效益好的公司，能解决她家里的困难。田贵说她没技术没文凭，很难找工作，如果能收下她，少给点钱也可以的。

大巴想，连钱少都不在乎的人，大概真是走投无路了，就答应收下了，叫田贵先安排她做点事情。那下岗女工感激不尽，当她离去时，大巴发现她脚一瘸一拐的。

见西跳过来，大巴刚要说下岗女工的事，西跳就先问了那三十万的事，大巴解释说这事当初刺艳要得急，也就应急几天，过后，大巴去了三亚，没来得及跟西跳说。西跳说，当初没说也罢，问题是现在应该催回来。大巴说已经跟刺艳说过了。

两人正在谈事，两个警察就来到公司，大伙紧张起来，大巴很冷静，屁事没有的样子，两个警察翻看了员工名册，问了一些情况就走了。虽然自己一点事没有，但事情真是蹊跷，这公安盯着自己啥意思呢，大巴这样想道。

警察刚走，刺艳就来问警察来是啥事，大巴没好气地说不关你的事。他开始察觉到刺艳的异常。他打电话问水儿，水儿说她表姐应该不会有什么事。大巴相信水儿，可能是自己过于敏感。

果然，媚角出事不久，那一千万注册资金，就被理所当然地划走了，别小看这只是一个数字，在近两三年的项目竞标中，起过很大作用，甲方一看注册资金一千万，就知道你有实力，如果遇到工程纠纷，这注册资金会让甲方吃个定心丸，鸡毛小店是不会得到信任的，可以这样说，这个数字和方案质量一样重要。

　　不仅如此，民族文化公园的投入太大，却没得到回报，近段时间公司出多进少，别的不说，员工工资就是一大笔，俗话说不怕滴水毛利，只怕坐吃山空，如果再折腾两下，公司就算完蛋了。大巴心里很清楚，除了两辆小车一辆三菱小货车和不值钱的家当，公司就由表面的阔气变成了十足的捉襟见肘了，虽说账上有几十万，说穿了，那是本金和股东红利，是看家钱，如果把公司比作人，那点钱就相当于人的骨头了。

　　昆明的夏天没有酷热，最热的时候是五月，进入六月就进入了雨季，说五月热，最多也就是二十七八度，昆明真是一个过日子的天堂，但在这个天堂的夏天，大巴们经历了太多的事情，他本人瘦了一大圈；还好，在这个夏天里也办成了一件事，那就是楚楚读书的事，找了很多人都没起作用，最后是合子帮的忙，楚楚进了那所重点高中。

二十八

　　就在大巴准备给默子赴法画展的经费时，画展的事有了新进展，对方同意支付默子赴法的全部费用，只是售画的分成做了调整，他们看好默子的画，按照协议，默子还可以在法国逗留一段时间，如果情况好，默子将以此取得法国的永久居住权。皆大欢喜啊，在默子画展的经费问题上，大巴总觉得对不起默子，所以他花血本要给默子这笔钱，对此，他和西跳产生一些矛盾。

　　画展的事，进入了办手续阶段，指日可待，但中国办任何事，手续繁多，要盖许多公章，要填若干相同的表格，等这些表填好了，章盖完了，人自然也就脱了一层皮，算是另一种马拉松吧。

　　默子要去法国了，他想在走之前，撮合大巴和水儿的事，他想跟水儿挑明此事，但他又担心影响水儿。最近水儿很少来公司，她很忙，快毕业了，一方面到处找资料，赶写毕业论文，一方面正在准备自己的毕业独唱音乐会。学院对此非常重视，准备邀请北京和中央音乐学院的那几个权威前来助阵，此事已列入建设民族文化大省的一个项目，正在进入倒计时。艺院想借此机会宣推一下水儿，也想借此提升本校的知名度。有关水儿的毕业分配，省歌已经伸出了手，要她去做独唱演员，而院方认为水儿是难得的女高音，打算留校任教，如果留校，只需一年，就可能送到巴黎公费留学，这是校方和法国艺术教育机构签订的协议，目前已有一人去过了，水儿是下一个最合适的人选，潇一已将这一消息透露给了她。

毕业去向问题，水儿征求过默子的意见，默子当然认为留校为佳，她说留校对她有吸引力，那就是可以去巴黎深造，而想去巴黎的直接原因是默子也要去巴黎，到那时他们就可以在巴黎相逢，她说这个意思的时候，注意了一下默子的表情。她要去巴黎的想法过于浪漫，其实她对巴黎所知甚少，默子认为去一个自己喜欢的地方，或者说去一个值得去的地方，首先要对这个地方有所了解，甚至要有所研究，思想上心理上有足够的准备，这样才不枉此行，有所收获。

默子心里明白，她这个想法的目的，可谓是用心良苦，而默子却是认真的，他不想欺骗她，也不想欺骗自己。他曾经对她说过，你不要辜负了大巴的一片苦心，没想到她反问了他，说，我这样就辜负了别人一片苦心，那么你就不怕辜负了别人的一片苦心了吗？

厉害，她将计就计，将了默子一军，默子这是自己搬石头砸自己的脚，这丫头片子已经不是几年前的那个样了。

水儿和大巴的关系似乎自然多了，水儿不再回避大巴，大巴也尽量表现得淡定一些，男人和女人之间，关系很微妙，也许是大巴想退一步海阔天空，而水儿大了，也懂事了，她称大巴为哥，喊得亲热。本来水儿很忙，但那个双休日，他俩去了抚仙湖，很晚才回来，大家都以为他们进入角色了。

水儿想在演唱会上，请米朵为自己伴舞，那天，她把米朵约到公司商谈此事，结果，水儿临时被论文辅导老师找去谈事。米朵是一个人来的，她说卡拖最近不想出门。听米朵这样说，大巴就给卡拖拨了电话，结果无应答。米朵好像很无辜的样子，坐在角落里很少说话，她单纯内向的性格，大伙都很喜欢。

米朵老家在北京，她说她父母要回北京工作了，可能不久她也要回北京，她这样说时，语气里尽是伤感，她平时经常睁着一双大眼睛，流露出忧郁的神情，大家都不明白，她有一个优越的家庭，父亲是正厅干部，母亲是知名教授，哪来的伤感和忧郁。

她说她担心卡拖，卡拖成天读书，读得人经常发呆，不知他在想什么。西跳对她说，你放心，卡拖是在思考我们全人类的事，人类都这样了，他不发呆谁发呆，他是为了全人类发呆的，他是在和上帝会晤，他说过，在这个世界上，只有诗人才能和上帝对话。请你放心，当他不再思考的时候，人类就有了自救的办法。

听了西跳的话，米朵竟然也点了点头，样子很乖巧。

水儿来不了，米朵也就回去了。

刚才米朵在的时候，默子一直想着媚角的事。媚角被判了四年半，大巴说找个时间去监狱看看她，没想到默子说他已经去看过了，因为大巴忙，自己就一个人去了。默子这样说的时候，大巴有些意外，他看了默子一眼，那眼神有些探寻的意味，很快大巴就说也好，我太忙，你先去看看她是最好不过的事。

大巴说的是实话。

那是对媚角宣判后的第二天，只有宣判后才能探监，当时默子也想到约大巴，但不知出于什么考虑，最终还是一个人去了。

当媚角隔着玻璃看到默子时，还往默子身后看了看，然后问大巴呢？他当然只能说，大巴很忙，他过两天就来看你。默子告诉媚角他要去巴黎了。他这样告诉她，其实也是试探，看她有何反应，结果她没什么太大的反应，只是礼节性地祝他事业有成，开心快乐。

本想和她多说一点，但似乎不说为宜，二十分钟很快过去，默子最后对她说四年半时间不算长，再争取减刑，很快就会过去的，出去时，我们来接你。她笑了笑，说了声谢谢，然后又说你从巴黎回来接我？默子说无论我在哪儿，我都赶回来接你。媚角又说了一声谢谢。

默子把带来的东西留下后，就离去了。媚角打开，里面竟然有护肤膏之类的东西。看着这些，她认真想了一遍默子的模样。

大巴和默子正在谈媚角的事，西跳就出去了。这段时间，西跳很少在公司，公司的事基本就落到大巴身上，所以不能怪大巴没在第一时间去看媚角。公司的事让他大伤脑筋，虽说还有默子，但实质上的事情，默子是帮不上忙的，况且默子还要忙去巴黎的事。

西跳几天不露面，那天他终于回来了，大巴和他商量公司的事，他也心不在焉，一副无所谓的样子。更叫大巴想不到的是，他竟然提出要他的股金和红利，这不是要退股吗？后来大巴才知道，自民族文化园竞标失利后，西跳就在外面另起锅灶，注册了公司，媚角一出事，他就预感到公司彻底没希望了，所以以下决心自己干，他的目的是找钱，这大家都能理解，但在公司危难之时，西跳跳槽，提出分手，无疑是雪上加霜了。

大巴理解西跳的做法，也知道他开公司要用钱，就答应退他二十万股金和一部分红利，另外那位没见过面的股东始终没露面，而是西跳代为退股签字。

走云知道西跳退股的事后，就告诉大巴一个隐瞒了五年的秘密，她说那没见过面的股东根本不存在，事实是这样，当初入股时，西跳有二十万，因担心风险，就说其中十万是跟别人借的，几个月之后就要还，几个月之后，他看到公司渐渐有了起色，并知道大富姐媚角要加进来，就改口说另外那股东不愿退钱，要入股。其实入股的含意就是等着分钱，有利就入股，没利就说钱是借的，这叫见风使舵，进退自如。

当初这样对走云说了之后，西跳就后悔，他不准走云对任何人说，所以这个秘密在走云心里装了五年。这是大巴万万没想到的。

大巴对此非常气愤，他和西跳是多年的朋友，当初就没有任何规定约束股东的随意行为，现在西跳提出退股，也就不能不由他了。为此默子找过西跳。

默子对西跳说，如果你不把我当朋友，也不把我当同学，那我们今天就纯粹是两个男人之间的对话。

西跳说，这话就见外了，我们是同学，也是哥们儿，有话直说。

默子说，是哥们儿，是同学，你就手下留情，别把事做得太绝。

西跳说，我没怎样呀，任何事都有始有终，不能说这公司就无止境地开下去吧，开公司目的是找钱，而大巴不赚钱不说，还把公司办成了社会慈善机构，一意孤行地收容乞丐、下岗职工和高考女生，说白了是歌厅三陪女，不仅回收老田这样的人渣，花四十多万为乞丐治病，还把财务大权交给一个道德败坏的女人，并同意这个女人随便借钱出去，包庇纵容这样的事，更严重的是，这个女人伤害过你，默子，老同学。

没想西跳是这样一个小人，把事讲到这个份上。西跳说完后，默子沉默了十秒钟，然后捏紧拳头，逼近西跳。西跳知道情况不妙，刚想后退，而默子的拳头已经打了过来。

西跳逃之夭夭。

出门之后，西跳就后悔，不该说水儿是三陪女，特别是在默子面前，这不是跟默子过不去吗？西跳引起大伙的公愤，合子知道此事后，制止大巴，不能迁就西跳，一分钱也不能给他，大巴说天要下雨，娘要嫁人，由他去吧。

大巴算了算，总共要给西跳四十九万，而公司没这么多钱，那三十万刺艳还没还回来，刺艳说钱已经还回来存入账上，要去银行取，大巴叫刺艳到银行办一张四十九万的卡给西跳，刺艳心不在焉地应着，当时大巴并未注意到刺艳的异常。刺艳先到了住的地方，很快去了银行。

大约五十分后，没见刺艳回来，却等来了几个警察，全是刑警队的，大巴认识他们，他们对大巴说来执行任务，希望能配合。大巴一下子蒙了，以为是来抓自己的，他对警察说到底什么事，请你们说清楚，不然我很难配合。警察对大巴说，现在我们还很难说清，但真相很快就大白了。

大巴认真听着警察的话，生怕漏掉一个字，而警察只能告诉他这么多，他们反问大巴刺艳呢？大巴条件反射地问刺艳咋了？警察没多解释，只说有事要尽快找到刺艳，大巴看了一下时间，一小时过去，刺艳去银行还没回来，就意识到情况不妙，跟警察说了实情，几个警察听后随即赶到银行，而银行的人说刺艳已经离开银行半个多小时。大巴着急地问，她把钱取走没有？银行的人说，奥赛公司的钱，一共九十万，全被她提走了，账上一分钱都没了。

大巴听后，脸色突变，他对警察说，我们就算报案了，请你们一定要抓到她。

关于刺艳，当时警方没透露半点情况，后来大巴才知道，早在水儿刚到昆明报考艺术学院时，刺艳就开始贩毒，水儿住进她的出租屋，只见过刺艳一面，因风声紧，刺艳突然消失了。三年后，她又突然浮出水面，她来公司无非是找个平台，找个掩护体，目的不是打工挣钱，说白了，公司这点工资，她还看不上。她的代号叫"铁哥"，是一个贩毒组织的老大，她隐藏得很深，警方多年来一直在寻找"铁哥"，上次通过其他毒犯的电话监测，无意中发现寻找多年的"铁哥"就住在艺术公社附近，这一发现让警方欣喜若狂，但"铁哥"是男是女，警方并不知道，也许是"铁哥"这个称呼的误导，在警方的侦察中，一直对准男性。

那次通过电话监测，知道是一辆别克轿车前往交货，所以警方锁定了大巴，刚好那天大巴开着别克去了交货地点，也就是那个施工现场，六分钟后就离开了，并未交货，第二天大巴和媚角就去了海南。实际上，大巴和媚角的海南之行全在警方的掌控中，鉴于大巴的海南行和贩毒无关，再加上警方对毒犯电话的进一步监控，得知所谓的"铁哥"是个女人，并且仍然在艺术公社一带活动，警方就把注意力转移到了刺艳身上，但仅仅是分析加估计，所有一切都有待事实说明。通过对案情的进一步掌握，警方隐约感到大巴是替罪羊，为了推进办案，警方决定大巴从海南回昆明时，查审大巴，所以大巴和媚角在机场分手后，就被带到了刑警队。

在刑警队里，大巴一问三不知，只是他对开着别克去过施工场地的事供认不讳。据警方掌握的情况，他去施工工地的事可能是被人利用，并无作案迹象，就把大巴放了，放大巴也有麻痹和放长线的意思。

情况是这样，当时警方查找"铁哥"，刺艳有所察觉，就想把警方的注意力往大巴身上引，以保自己的安全。那次大巴去施工现场，别克的后备厢里确有海洛因，是刺艳趁他不注意放进去的，警方注意到大巴并不像交易毒品，并且没有交易，所以就没惊动大巴。大巴在施工现场只待了五六分，这是刺艳没料到的，按刺艳的设计，大巴去那里办事，一般会在两个小时左右，接货人可趁这段时间到大巴车上取货，这也算个火力侦察，如果事情真被警方发现，结果只会是大巴出事，因为接货人并不知道谁是"铁哥"，她自己是安全的。大巴成了个冤大头，自己扮演了"铁哥"都不知道。

已经发现了危险，刺艳也没有离开公司，没有离开昆明，这在一般人看来是不可思议的，但在刺艳看来，贩毒本身就是提着脑袋玩命，玩的就是心跳，她怀着侥幸心理，想牵着警察绕圈子，玩你警察没商量，她也知道警方获取的只是电话信号的范围，并不能确定谁就是"铁哥"，自己是安全的。

显然，刺艳低估了警方的智商。

当大巴被警方收审后，刺艳紧张起来，所以她反复问大巴在刑警队的事。

大巴知道事情真相时，对着天空大吼了两声，刺艳不但几年前加害默子，还加害于自己，把默子和自己都搞得身败名裂，本来这事够恶毒的，但没想到刺艳坏到这种程度。

事情回到当时，一伙人赶到银行，那时大巴什么也不知道，他跟警察说一定要抓住刺艳之后，就拨了刺艳的电话，结果是忙音，他带着警察找了所有刺艳可能去的地方，发现刺艳的宿舍乱七八糟，值钱的东西已基本拿走。大巴赶紧给水儿打了电话，水儿说她也不知她表姐的去向。

没想到大巴给水儿的这个电话，竟酿成了一个悲剧。

那时已是晚上八点，水儿在电话里得知表姐卷走公司钱款后，就对大巴说马上赶过去。她慌忙离开学校，校门对面刚好经过一辆出租，她一边招手一边闯过马路，事情就刚好坏在这个闯字上，还没等她闯过马路就被一辆中巴撞倒。现场的人说，当时那辆中巴不是开过来的，是飞过来的，那飞过的弧线像一把匕首，向水儿直刺过来，水儿的一声尖叫后，就躺倒在地。

那晚她穿的白色运动服，像一朵白色的百合花，花瓣被血染红，夜色被血染红。

二十九

　　大巴和默子一直等着水儿，九点过了还没等来，大巴就给她拨了电话，拨了无数次，都没人接，大巴最后一次电话是十点左右，电话终于接通，而接电话的人却不是水儿，而是一个交警，一听到那个声音，大巴就预感到出事了，关了电话，两人直奔医院。

　　抢救室的水儿血肉模糊，一直昏迷不醒，她的脸被白色的绷带一层层地裹着，医生们娴熟的动作，像在包裹一个没有生命的物件，大巴从门缝里看到这一切时，心头像被戳了一刀。大巴问旁边的交警，肇事司机抓到了吗？警察回答，目前没有。大巴一听，突然吼起来，目前没有？要到什么时候才有？你们是干什么用的。看到大巴失态，默子赶紧把大巴劝开，并对警察道歉。

　　不久西跳也赶了过来，默子和大巴都没和他说话，他站在一旁，正焦急地打着电话，他关心的并不是水儿，而是如何抓到刺艳，抓不到刺艳，钱就全没了。

　　那一晚，水儿的伤势得到处理之后，静静地躺在病床上，绷带把她的头缠得严严实实，嘴上套了氧气罩，手上打着点滴，已经看不出是水儿了。

　　西跳走了，大巴和默子在医院守了一夜。

第二天早上，米朵和卡拖、走云、合子，包括田贵、岔道全来了，看着水儿的样子，走云哭了，岔道虽然没哭，也没说话，却一直抓着水儿的手不放。过了一会儿，病房外挤满了艺术学院的老师和同学，潇一也来了，她走进病房，把一束花放到病床前，然后呆呆地看着水儿，她没说话，看得出她心里很难过。

医生不准其他人进病房，所以人们全都站在病房外，潇一走出病房，把默子叫到了过道尽头。从里往外看过去是逆光，所以看不清两人的面孔，却能感受得到两人内心的伤痛情绪。只听潇一说了句，但愿水儿没事。过后无话，沉默了许久之后，两人才又说起话来。

她问，你出国手续办好没有？

他说，好了。

她问，什么时候走？

他叹了口气，说，原定后天走，而现在，只有看看水儿的情况再定了。

她说，水儿伤势不因你走不走来决定，你听我劝一句，水儿有我们，你应该按原计划出国，这对你很重要，不管你们是什么关系，都应该这样。

他说，你少用这种口气，我和水儿有什么关系？你有些无聊。

她说，我不想和你争吵，这次你听我的，握握手吧，算是和你道别，祝福你。

潇一的话斩钉截铁，不容半点的质疑，默子不自觉地伸出了手，她的手还像以前那样温润，这是他最熟悉的一双手，双方的眼睛都有些湿润。

大巴也要默子按原计划出国。默子最大的愿望就是水儿苏醒过来，但事实上水儿一直昏迷不醒，医生说她的伤势严重，有可能永远都醒不来了。默子在想，如果她醒不来，她的将来谁负责，大巴？

想到这里，他突然想到应该通知水儿家里，但水儿家里的情况，没人知道，他想到了那个疤脸男人。她家里一定出了问题，每次问及这事，她都回避了，在昆明的几年中，她没回去过，其情况可想而知。

那天，在大伙都在场的情况下，当着大巴的面，默子在水儿脸上吻了一下，人到这种时候，总有些异常之举，默子眼眶湿润了，忍不住说道，水儿，我的好妹子，我们相处五年，是我把你带进了这个群体，我相信，你是爱这个群体的，这个群体也爱你，五年过来，大家结下了兄弟姊妹一样的情感。但我不能不告诉你，我今天下午就要离开你了，我别无选择，到法国是我多年的梦想，我为之奋斗多年，我不能失去这次机会，也许，这是我命运的转折点，希望你能理解，也希望你早点苏醒过来。答应我，当你苏醒过来后，我已经走了，请你原谅我的不辞而别。

默子没能等到水儿醒来，把一个沉甸甸的责任甩给了大巴。默子走的第二天，也就是水儿昏迷的第四天，水儿醒过来了。那时默子刚在巴黎降落，他第一时间和大巴通了电话。大巴说水儿是叫着默子老师的名字醒来的，她醒来后开始没意识，大约一分钟后，她的表情和眼神才告诉大家，她开始有了意识。她对大伙笑了笑，然后问默子老师呢，大巴没有告诉她实话，医生说过水儿不能激动，所以大巴告诉她，默子带学生采风去了，过几天就回来。

水儿能醒过来，真是不幸中的万幸，不然就成植物人了。

水儿清醒后，第一件事就是给老家打电话，她没说自己车祸的事，而是问她表姐的下落，她想为找到刺艳尽点力。但结果叫她失望，她关了电话，水儿内疚地看着大巴，大巴说你不要想得太多，安心养伤吧。

水儿在医院躺了一个月，在这段时间里，公司发生了许多事情，和原来其乐融融的氛围相比，连大巴都有恍若隔世之感。大巴似乎苍老了许多，眼中尽是失落和忧郁的情绪，变了个人似的。水儿听了他的话，突然问到刺艳抓到了吗？大巴摇摇头，说，不说她了。

他扶起水儿，走到窗前，这时才发现水儿脚是瘸的，大巴一时愣住了。当发现自己的残脚时，水儿一下子眼泪就出来了。大巴请医生想想办法，能不能让水儿不瘸，医生摇摇头。

水儿没再讲话，眼里含着泪水。

窗外是静静流淌的盘龙江，这时的盘龙江没有水鸟划行，没有碧波荡漾，并不抒情，也不妩媚。穿过城市的河流，浸着人类的体液，漂着人类的弃物，那一江波皱，尽是城市的闲话碎语，城市和市民的所有细节，一点一滴汇入其中。那种揉进了市民哀怨和各种情绪的水色，浑绿浊黄，说不清什么颜色，就像生活中的喜怒哀乐一样，呈现出捕捉不定的杂色。总之，这是与太阳和春天相反的颜色，太阳和春天是正色，这条江流是负色，有人几小时地看着江水发呆，有人形单力薄自愿打捞江上的弃物，但这些弃物，似乎是越捞越多，有人跳下去就再也没爬上来。总之，不管你愿不愿意，你都能看到，一些人类自己生产并称作垃圾的东西理直气壮，浩浩荡荡，像是在河流的大街上示威游行，不管你愿不愿意，这条江都会在你眼前病态般地流动，你可能会从它那缓慢低沉的流淌中感受到一种压抑，就像这座城市中芸芸众生的生活，庸常而烦琐。

出院的前一天，水儿看着江水，心情异常地平静，平静得有些出奇，她的脸色就像病房里的墙壁和床单，没有血色。本来皮肤就白皙的水儿，这时显现出一种脱俗的恬淡和安详。

大巴看到水儿这个样子，很想安慰她，又不知从何说起，不过，他还是说了，但不知是不是安慰，他的语气平静，像盘龙江水的流淌一样向水儿讲述起来。他说水儿，我知道因为最近发生的事情，让你心里很难过，你应该想开一点，你表姐的事不怪你，这不是你的错，你不必歉疚，你也为此付出了惨痛的代价。相反，我看到你现在的样子，我心里很难过，那晚，我不忙着告诉你表姐的事，你就不会出事，是我对不起你。不过，请你相信，如果你的脚会留下一点不便，大家都会帮你的。

对了，我应该告诉你，我们公司已经注销，公司注销的原因很多，文化公园投入太大，又没有回报；媚角出事，注册资金被撤走；工程拿不下来，西跳跳槽，你表姐刺艳提走公司所有的资金，至今未果。那是三个股东（实际上只是两个）的股金和红利，钱是被刺艳取走的，西跳要我负责，他说刺艳是我收留的，当然这也是事实，当初我看在你的份上，收留了你表姐。

当然注销公司更重要的原因，是我没有精力再纠缠此事了，也没能耐开公司找钱。其实当初我们开公司，最终的目的不是为钱，而是想过把瘾，多一种人生体验，更主要的是为了实现一种虚无缥缈的情结和理想，这个情结和理想的终结还是艺术，说直接一点是找钱来铺展我们的艺术之路。

很多年来，我们向往一种乌托邦式的境界，向往一个艺术的香格里拉，我在梦中见到过这样的地方，那里阳光朗照，百鸟灵动，清澈的河流是艺术家心中流淌出来的情思，广袤的原野是铺展开来的朴实无华的情怀，我们沐浴在大师的光辉和艺术的氛围里，我们感受着生命和艺术的美丽，感受着时光和心灵的辉映与祥和。可是梦一醒来就什么也没有了，我知道这种情结始于现实生活的无奈和无助，从虚无的梦境中，我们很难得到真正的精神滋养和灵魂拯救。我们为什么不能直面生活，在生活中寻找诗意，寻找浪漫、自由和平等，我们也许不能改变一个社会，但我们可以建立一个没有贪婪没有矛盾没有阴谋没有等级的，充满艺术、才情和关爱的吧区，一种社会边缘的生存方式。

媒体和社会说我们是典型的波希米亚，其实我们原本并不知道什么是波希米亚，更不知道波波族，只是我们的生活方式和生活态度和波希米亚不谋而合，有一些相似罢了。总之我们试图建立一种我们心中的理想生活，我们试图这样去努力，可是我们失败了，或者说我们身陷囹圄，被碰得头破血流，丢盔弃甲，现实生活就如此，这是合情合理的结局。

我们面前的江水照样流淌，我们的生活依然烦恼。

水儿，也许不是现实生活错了，是我们错了，我们原本可以做好一些事情，却硬要去做一些我们做不好的事情。上次，我去海南，在天涯海角的沙滩上发现一个小水塘，很小很小的水塘，我正看着里面的几条小鱼游戏，冷不防一个顽童甩下一块石子，水和鱼都溅到了沙滩上。小水塘水干了，再也养不了小鱼了，并且小水塘里的鱼是长不大的，小鱼只有放入大海才会长大。这使我得到了启示，不论人还是鱼，都有自己的生活空间和生命轨迹，人在生活中要找准自己的位置，尊重客观，才能有所发展，否则就事与愿违，事倍功半。事实说明，我们这样的人是不适合开公司，是找不来钱的。我们的定位是艺术家，我们的优势是艺术创作，如此而已。

水儿，我知道你一直爱着默子，但事到如今，我不能不告诉你，默子出国了，也许他还会回来，也许他再也不会回来了。爱是甜美的，也是苦涩的，爱上一个人又得不到对方爱的回应更苦涩。我体会得到，因为我也爱着一个人，同样没有着落。爱是一种说不清楚的东西，在我们这个圈子里，我发现了一个奇特的爱的圆圈，不知你是否察觉到这个用玫瑰串连起来的花环。事到如今，不必藏藏掖掖的了，我向你明说，这样吧，我先列出一个人名，再用箭头指向来表示他所爱的人，这样就形成了：媚角→大巴→水儿→默子→媚角。你不觉得这是一个有趣的圆，或者叫作有趣的循环吗？对了，你可能还不知道，默子一直爱着媚角，只是没表露出来，连媚角也不知道，我也是在媚角出事以后才得到证实的，默子喜欢成熟女性，我这样说，你不要难过，他对你是有感情的，只不过不是男女之间的那种感情，无论哪种感情都是珍贵的。

默子是我们这个群体中，你认识的第一人，是他带你走进了我们这个圈子，他处处关照你，帮着你，即使这不是男女之爱，但这绝对是一种亲情一样的情感，亲情是一种更牢固的情感。当初我们发现你出入夜总会时，我们都很着急，我们知道你不是一个坏女孩，你这样一定有其原因，后来才知道你是帮默子找证人。实话说，我很嫉妒默子，你为他付出了这么多，也许当初你并未意识到，你出入那种场所是很危险的，我们都很担心，怕你出事，他跟踪你，我也跟踪你，你不要误会，我们不是窥探你的隐私，而是出于一种责任，我们担心你身陷泥潭而不能自拔。

我们隐约感觉到，你的家庭可能出现了问题，最先我们问过，感觉到你有难言之隐，也就不便再问你了，我们只想帮你，让你感受到我们这个群体的温暖。如今默子走了，公司也不存在了，但我还在，我们还在，关心你，是我的事，是我们的事，至于我对你的个人情感，我是不会勉强你的，接不接受，是你的事。

水儿，明天你就可以出院了，这是你人生的一个新起点，经过磨难之后，你会感受到生命的珍贵，才会更加珍惜生命中的每时每刻。人生虽然不容易，还会有许多缺陷和不尽人意的地方，还会有很多烦恼和磨难，但我们还得走下去，并且是勇敢地走下去，只要生命存在，梦就不会停止，只要还有梦，我们就会有希望，生活就会有美好的一面，就像流淌的江河一样，生命的运行，有惊涛有平静，有欢畅的高歌，也有烦恼的低语，你说呢。

三十

水儿出事后，艺术学院准备放弃水儿的独唱音乐会，这是水儿最伤心的事，也是对她打击最大的事。大巴虽能够理解院方，但也为水儿感到遗憾，系主任对大巴说过，总不能让水儿瘸着脚上台吧，这不但对不起观众，在审美视觉上也极不谐调。

大巴说，其实在艺术上也有残缺美，最典型的就是米罗断臂维纳斯和罗马自由女神像。

系主任说，那主要是造型艺术中的绘画和雕塑，表演艺术就不同了，要靠真人的肢体语言去表达，人的肢体都不健全了，还能表达美吗？即使能表达，也是不谐调的，艺术和谐为美，都不谐调了，还美吗？

大巴没有驳斥系主任的观点，她说得也有道理，但观点归观点，大巴怕水儿接受不了，独唱会是她最大的梦想，所以大巴决定为水儿争取演唱会。他通过潇一，请求院方满足水儿这个愿望，潇一自然也想成全水儿，最后她说服了院方，水儿独唱音乐会如期举行。

水儿知道演唱会如期举办的消息后，激动得想从轮椅上站起来，结果刚起身，又跌倒了，大巴忙扶起她。当水儿重新坐到轮椅上时，显得心事重重，她在想，如果默子老师也能看到她的独唱音乐会多好。

没想到的是，大巴似乎触摸到了她的心思，就将她独唱会的事告诉了默子，默子知道后，为水儿高兴，他说争取回国参加，但叫大巴不要告诉水儿，万一来不了，让她失望，不如不告诉她。大巴答应了，不仅不说此事，也不再提和默子相关的一切。虽然这样，大巴还是注意到了，水儿闲下来时，就满腹心事的样子，有一天她问大巴，默子老师搞完画展还会回来吗？大巴没有回避，他对水儿说，默子的画展很成功，并且通过两个月的努力，他已经考入巴黎美术学院读硕士。

虽然法国的学校和国内不一样，管理上相对松散，但毕竟默子刚入学，提出回国有些不妥，并且默子在争取法国的永久居住权。

五月的一个夜晚，艺术学院表演大厅流光溢彩，宾朋满座，水儿独唱会的会标，像一面旗帜，台口放满了花篮。大巴为演唱会设计了舞美，潇一写了主持词，并和一男生主持了独唱会，电视台转播这台晚会。

这一段时间，水儿不仅准备演唱会的歌曲，还天天坚持锻炼，期待奇迹出现，盼望演唱会时，自己能像正常人一样走路。但这一愿望没有如愿以偿，对她情绪有些影响，潇一对她说，你已经能走路了，应该高兴，特别是演唱时，精神一定要高扬起来，要保证饱满的情绪。

水儿是坐着轮椅出场的，这是潇一的设计，与其让水儿瘸着脚出场，不如坐着轮椅出场，这样视觉上让人更舒服一些，并且给演唱注入了一种精神和内涵，让整个演唱会笼罩在一种特殊的背景和氛围中，这对演唱会，对水儿是有益处的。

当水儿坐着轮椅出场时，掌声像五月的春雷，鸣响在整个会场，第一支歌还没唱，水儿却先落泪了，她首先感谢学校和老师对她的培养。接下来，在演唱的间隙，潇一的主持词讲述了水儿的成长经历，实际上是在讲述大巴群体的故事。向日葵画会和奥赛公司的故事经常出现在媒体，自然观众并不陌生，所以赢得了观众的阵阵掌声。说起这个群体，水儿就泪流满面，她竟然站起身，向台下的嘉宾鞠躬。嘉宾席上坐着著名当代艺术家大巴，从深圳赶来的著名歌手合子，一身出家人打扮的著名诗人卡拖及舞者米朵、画者走云等等。

谁也没想到，当水儿说她为远在巴黎的画家默子唱一首歌时，默子已经赶到现场，并找了一个角落坐下，静静地听着她为他而唱的《快乐老家》，这首歌的旋律本来是欢快的，但被水儿唱得苍凉而迷茫，甚至是无奈：

它近在心灵

却远在天涯

我所有的一切都只为找到它

哪怕付出忧伤代价

也许再穿过一条烦恼的河流

明天就能够到达

我生命的一切都只为拥有它

让我们来真心对待吧

当时场内鸦雀无声，观众被水儿细腻、深情的歌声打动，默子在前厅买了一束花，请服务员帮他送到台上。当服务员告诉她，是远在巴黎的默子为她献的花时，她下意识地四处张望，也许是她意识到这只是默子送的花，并非他本人就在现场时，她很快回过神来，泪光在眼睛里闪动。

直到演唱会结束后，默子才来到水儿面前，默子出其不意，如同天降，连大巴也没想到，水儿再次从轮椅上站起，也许是过于激动，她起身时，再次跌倒，默子赶紧扶住她。她惊讶地看着默子，如同梦中。看到默子的突然出现，走云第一个冲上舞台，接着是合子、大巴、米朵和卡拖，最后潇一也围了上去，他们紧紧拥抱在一起，他们谁也没笑，所有人的眼睛都湿润了，电视镜头录下了这感人的一幕。

当大家冷静下来时，晚会服务人员送上许多观众送来的鲜花，其中一束上面写着彭一发的名字，大巴警觉地看了一下四周，因为他知道这是疤脸男人的名字，他是在为岔道手术化验时知道的，大伙也跟着大巴的目光四处张望，发现一个男人在进门处一闪就消失了。

对于大家来说，疤脸男人是个不愉快的情结，也是默子心中的一个谜团，本来这个谜团渐渐淡去，他也不想再去提起，没想到疤脸男人又出现了。默子注意到，水儿脸上一闪而过的不安。

领导和来宾一一退场，潇一留了下来。

大伙兴犹未尽，大巴建议到艺术公社坐坐，同志们纷纷响应，以前那样的感觉又回来了。大伙来到艺术公社，生出些门庭依旧人不同的感慨来，看到艺术公社的创始人，或者说看到真正的艺术家到来，德哥免了他们的所有消费。

看到艺术公社的超常人气和兴旺，大伙同样感慨万千，人和人怎么就那么不同呢，当初大巴他们经营艺术公社时，门庭冷落，除了圈子里的人，很少有其他人员。大伙正在感慨，德哥过来敬酒，他不停地说，托各位老师的福，让我德哥生意兴隆，财运亨通。他叫所有的服务员过来轮番敬酒，二十多个帅哥美女齐刷刷地站在大巴他们面前，为大巴们唱了一首敬酒歌。大巴带头站起来，同志们跟着起身，答谢德哥和服务员们。

德哥离去后，默子看了看四周，就说只差西跳了，说完就转过头来，用目光征求大巴的意见，大巴显然知道默子的意思，就说没事，可以叫他过来。

默子掏出手机就给西跳拨电话，被合子用手挡了，她说，还是免了吧，我们不想见他。大巴说，西跳的公司因涉嫌诈骗被查封了，案件正在调查中，他本人也被限制了自由，情绪低落。默子说就叫他过来开开心吧。合子说，他过来开心，我们不开心。走云说，真是天意，他也有今天，这完全是他努力的结果。默子说，我和西跳是同学，我最了解他，他是一个跟头栽到钱眼眼里面去了，为了钱，他身上的毛病一览无余，话要说回来，只要避开钱，他还是够朋友的，大伙和他毕竟相处多年，不必跟他计较。

合子有些不高兴地说，谁和他计较了，我们大老远地赶来，不说他可以吗？

大巴说，这个群体要聚在一起，很不容易，就不说不愉快的事了。

大伙如今各奔东西，默子去了法国，米朵去了北京，合子去了深圳，媚角进了监狱。大家可能还不知道，卡拖在米朵走后，就出家做了和尚。走云因见了那个作家网友，而变得孤僻和沉默，因为那不是什么作家，纯粹是个退休色狼，她一气之下，准备嫁到美国去了，新郎是个六十多岁的美国佬。田贵回老家种田去了，而岔道，这个可怜的孩子，有人看到他干起了老本行，又当了乞丐，大巴说一定要把他找回来。

生活就这样悄无声息地改变着每一个人，改变着这个世界，大巴们原本想改变生活，圆他们艺术和生活的梦想，没想到他们还没波波族起来，同志们就各奔东西了。

也许是疤脸男人的出现，水儿心事重重的样子，本来她是主角，话却很少，她注意到了大巴和默子的目光，并隐约感到这些目光中，有一种不解和询问的成分。再加上同志们为了她，大老远地赶来，她感到如果自己再有什么隐瞒，她就会自责和内疚，所以她给同志们讲起了那个疤脸男人，讲起了自己的家。

其实事情很简单，没什么传奇，也不神秘。水儿父亲早逝，做川剧演员的母亲找了一个商人，算是水儿的养父吧。水儿恨母亲，因为父亲在世时，母亲就和那商人关系暧昧，有一种说法，父亲是被母亲的所作气死的。这个商人原来也有家，后来离了婚，丢下一儿，不久走失，他和水儿母亲结婚后，其实对水儿很好，然而水儿不领情，对他恨之入骨。因他多数时间在外经商，最后也和母亲分了手，水儿来到昆明，这个商人竟然也来到昆明，要以父亲的名义关心水儿，这事只有刺艳知道，但水儿不准刺艳告诉任何人，这个商人就是疤脸男人彭一发。

大概母亲是川剧演员的缘故，水儿从小受到家庭熏陶，跟着母亲吊嗓，都说川剧的发音和民族唱法的发音相似，所以水儿的嗓音清亮甜润，这为她后来的声乐学习打下了良好的基础。应该说水儿的童年是幸福的，但疤脸彭一发出现后，这个家庭就不平静了，父亲变得郁郁寡欢，不久就病逝了。水儿也不能原谅母亲的行为，到高中时就住进学校，可以这样说，从那时起，一个家已经破碎了，虽然她再没回去，但得知母亲经常患病住院，她就想法挣钱带回去。

来到昆明，虽说疤脸给水儿买这买那，对水儿呵护备至，但一颗受伤的心再也温暖不起来，并且，凭一个少女的敏感，水儿感到疤脸男人对自己的关心里，同样有些暧昧，这是水儿最不能接受的，所以，疤脸男人来找她时，她甚至对他又骂又吼，并以砸盆甩碗来表示愤怒。

默子想起和水儿认识不久，第一次带水儿到大巴公司的那个夜晚，水儿看到美丽的昆明夜色想唱《我想有个家》，有了对她家庭的了解，她那晚想唱《我想有个家》就不再是偶然的了。

其实疤脸男人的事早就在大家心中淡去，因为事到今日，这已经不再重要，重要的是水儿在学业上取得了好成绩，已成功举办了个人演唱会，重要的是大伙和水儿是好哥们儿好姐妹。说到这里，走云又对大巴、合子，家长公家长母地叫开了，这样一叫，就又叫出了些家的气息，虽说这个家的概念是形而上的。

那一晚大伙熬了通宵，水儿竟然打起盹来，她实在太累了，准备了这么长时间的独唱会，神经没有轻松过，现在演唱会落下帷幕，画上了圆满的句号，本该好好歇歇，却和大伙熬夜。

水儿坐在默子和大巴之间，大家看到她乖巧地倒在默子肩上，不禁要产生一些联想。默子也在想，她为何不倒在大巴一边，这是一个很有意味的倒向，所以默子有些不自在，但又不便弄醒她，只能让她靠着。大巴在旁，一副无所谓的样子，就此情景，大家不会没有反应，越没反应越不正常，但说啥呢，默子也找不到合适的话，后来还是大巴打破了僵局，他对默子说，重任在肩啊。默子说革命工作嘛，我帮你扛了。

其实水儿并没睡着，只是太困，找个倚靠而已，她听到默子和大巴的对话，就抬起了头，呆呆地望着大家，像个不懂事的孩子。

那个夜属于大伙共同拥有，天一亮，同志们就各奔东西了，合子说她的返程机票是订好的，天亮就飞，晚上还要赶到深圳演出呢。米朵什么时候走还没定，要看卡拖的态度了，卡拖是出家人，从这个意义上讲，卡拖离大伙最远，都远到红尘以外了。卡拖话很少，并显得异常古怪。

在昆明逗留的两天里，默子去监狱探视媚角，这一次媚角没往默子身后看，也没有问起大巴，默子把一瓶法国香水递给她时，她笑了笑说，你送错对象了吧，这样贵重的东西不应该属于监狱，它应该属于一个漂亮的年轻姑娘。

默子对她说没送错地方，美丽在哪里都是美丽的。

媚角变了个人似的，对默子的来访不意外，也不惊喜，默子告诉她，他准备留在巴黎。他这样说好像是投石问路，她却说留在巴黎好，那里不仅是艺术家的天堂，还是人们向往的地方。

媚角自然不会完全知道默子的心思，他俩至今还是两个绝缘体，电一直没接通，也许永远也不会通了。

离开时，默子给媚角拍了几张照片，两人也合了影。

默子走的那天，水儿、大巴送默子到机场，快到检票口时，默子对大巴说就此止步吧。大巴站住了，他若有所思地对默子说，也许事情还没完。默子不解地问啥事呀？大巴说钱的事。默子被他说得莫名其妙。看默子一头雾水，大巴补充了一句：东山再起。还是那句话，赚钱不是我们的目的，但我们必须得有钱。

默子终于明白了大巴的意思，紧紧握了一下大巴的手，说，我就说嘛，就此罢手，不是你大巴的性格。有奥赛的经验，我相信你会成功。

两个老朋友竟然在大庭广众之下互相拥抱，一旁的水儿为他们的友谊而感动。当两个脱开后，水儿陪默子又往前走了几步，看到她一瘸一拐的样子，默子没管大巴站在几步开外，忍不住拥抱了她，并为她拂去了脸上的泪水。她理了一下自己的头发，叹了口气，然后望着远方，目光凄迷，他们说了最后几句话，她的话音游丝一般轻，像微弱的风声。

她说，你应该是法籍华人了，并且是永久的。

他说，世界上没有永久的事物，包括日月星辰。

她问，意思是你还会回来？

他说，不知道，我不知道巴黎是不是我的最后归宿。

她问，我的脚出了问题，法国的大学会收吗？

他说，应该会的。

默子还没说完，电话就响了，他一看是西跳的名字，就对水儿说了一声对不起，按开了接听键。

没等默子接完电话，大巴就走上前来，从后面一把搂住水儿，并用他那温暖宽厚的手帮她擦去了眼角的泪水，然后他对默子摇了摇手，说了一声再见。

默子看到大巴搂着水儿，就很有意味地向大巴点了点头，然后调开嘴，避开还没讲完的手机，对大巴和水儿说了一声再见。

三十一

送走默子，大巴扶着水儿往回走。他试图和她亲近一些，用手搂住她的腰时，她没反对，但也能感觉到她并没有完全接受。

第二天，大巴接到默子的电话，说他已安全到达巴黎。接完电话，大巴犹豫了一下，最后还是把手机递给水儿，说，你要不跟默子说两句？水儿接过手机，什么也没说，又把手机还给大巴。

那几天，大巴什么也没干，一直陪在水儿身边，事无巨细地照顾她，而水儿似乎比在医院时更沉闷了。大巴理解她，谁遭遇这种事故，都很难承受，何况一个女孩子，但大巴该说的话已经说完，他不知该怎样安慰她。

那天，大巴突然接到监狱的电话，说媚角患了重病，不愿配合治疗，不吃不喝，整天卧床不起，监狱按她提供的联系电话，给大巴拨了电话。

最近一段时间，发生了太多的事，弄得大巴焦头烂额，哪里顾得上媚角，而接到这个电话，他才想到这个世界上还有一个应该关心的人。他很快赶到监狱，在接待室。当媚角看到大巴，眼里突然有了光泽，然后对大巴说，快一年了，你竟然没来看我，就这么狠心？

听她这么一说，大巴算了一下时间，从媚角犯事至今，已经小一年，不知是时间过得快，还是没把媚角放在心上，他只到监狱看过媚角一次，愧疚之感突上心头，他赶紧道歉，并把带去的蓝莓，放到她面前。媚角忍不住吃起来，似乎是用这样的举动，表达对他的原谅。

而大巴提开蓝莓，说，还没洗呢，怎么吃上了。媚角说我两天没吃东西了，你不来，我就饿死，死了好，死了就没烦恼了。

大巴哼了一声，说，没想到一个叱咤风云的女强人，也这么脆弱，这不像你说的话。媚角叹了口气，说，我现在只是一个囚犯，囚犯想死是很正常的事。

媚角情绪激昂，大巴小声对她说，你不像有病的样子。媚角用食指竖在嘴唇上，唏了一声，说，别让他们听到，告诉你吧，只要你来，我就没病了，你不来，我就病，并且病得死去活来。

大巴皱了一下眉头，说，何必呢？不就是四年半的时间吗？

媚角语气坚定地说，你不来，就不是四半年，而是四十五年，你不来，我必须病。

媚角的语气，有些逼仄，她盯着大巴的眼睛，大巴没回避。四眼对视，他从她眼里看到了一团火，也看到一个身陷囹圄的人的悲凉神情。在离开监狱的路上，媚角这种眼神，一直印在大巴的脑海里，让他心里难过。他埋怨自己这段时间竟然把她忘了，无论从哪个角度讲，媚角都不是一个该忘记的人。

那天，水儿一个人待在奥塞公司，情绪低落，看着冷清的院子发呆。大巴回来，已是下午四点，他带回一些蔬菜和一条鱼，跟水儿说了一会儿话后，就开始做饭，并扬言要给水儿做出四菜一汤，水儿从没看他做过家务，更不用说做饭了，她不相信他能做出饭菜。没想到，两小时后，大巴真端上了四菜一汤，并且味道不错，这是她没想到的。

两人吃饭时，大巴对水儿说，今后我就是你的伙夫，请你录取。水儿忍不住一笑，说，哪儿敢呀，一个大艺术家，该干什么干什么，做饭的事交给我。

那段时间，两人没叫过外卖，更不下馆子，一般都是大巴下厨。水儿知道，他这样是逼迫无奈，如果有钱，他一定会请保姆，或者下馆子。

晚饭后，大巴推着轮椅上的水儿，顺着盘龙江的岸边散步，引来不少路人的目光。在这些路人眼里，大巴和水儿一定是情侣。起风时，他帮她理着吹乱的头发，并从路边摘下一朵花别在她胸前。走到一个街心广场时，水儿要求下地走路，大巴觉得锻炼一下也好，就抱她下了轮椅，并扶着她走路，虽说走得并不顺利，但水儿很开心，在暮色染尽的花前树下，晃动着他俩亲密的身影。

回到奥塞公司，在大巴的照顾下，水儿完成了洗漱，他把她扶进房间。在走出房间前，大巴犹豫了一下，最后还是离开了水儿。他坐在院子里，看着水儿亮着灯的窗户，他抽了一支烟，那忽明忽暗的烟头，像一桩闪现的心事。

那个夜晚，大巴怎么也睡不着，他看了一下时间，都凌晨两点了，他起来喝了一点水，听到外面风声大作，很快电闪雷鸣，一个闪电把整个院子照得通亮，紧接着，一个响雷爆裂，仿佛炸毁了房屋，炸开了脑袋。水儿突然叫喊起来，来不及穿衣、穿着裤叉的大巴跑到水儿房间，不知是他穿裤叉的样子、还是漫天的响雷让水儿一脸惊慌。他扶她靠在自己臂弯里，不断安慰她，她慢慢安静下来。

大巴没有忙着回自己房间，他的身子慢慢下滑，水儿也随着他下滑的身子平躺下来，他对她说，别怕，有我在。

水儿嗯嗯地应着，在亲近无间的身体贴合中，双方呼吸着对方的身体气息，他对着她耳根说话，嘴唇慢慢就含住了她的耳朵，她像只受惊的小鸟，却没有避让。他一手垫在她头下，另一只手很谨慎地伸向她胸部，她抓住了他的手，他不知她是表示拒绝，还是和他亲近，他想进一步试探，手就伸进了她的内衣。他感到她身体抖动起来，然后转过身，用背对着他，当他再一次动作时，她起身下了床，这个举动，让大巴明白了她的抵触，也让他有些尴尬，仿佛是为了缓解气氛，他仍然说了一句，别怕，有我。

大巴下了床，出了房门，很快，他又回到水儿房间。这次不同的是，他已穿上外衣外裤，坐在凳子上，握着水儿的一只手。水儿对他说，哥，没事了，你回屋休息吧。

而大巴并没有回自己房间，而是趴在桌上。看他这样，水儿过意不去，久久没有入睡。

第二天，快十点了，水儿才起床，洗漱完后，大巴把做好的早点送到她面前，她十分感激，但又心事重重地吃了早点。正吃着，手机就响了，她接听电话时，脸上慢慢绽出了笑容。电话结束后，大巴问该不是留校的事有眉目了吧？水儿说这次你说错了，不是有了眉目，而是已经最后定了。

听到这个消息，大巴抱起水儿在空中旋转，并说晚饭要庆祝一下。水儿说箫一老师说了，今天就得去报到。她这样说，让气氛有些回落，过了一会儿，水儿说，我得收拾东西了，学校已给我准备好了房间，今晚我就搬过去。

听水儿这样说，大巴心里一片荒凉，他多么希望她继续住在公司，但又不能阻止她。感觉到他情绪的变化，水儿又说学校关心我，我不能拒绝，再说了，住到学校，工作上也方便一些。

没办法，大巴只好开车送水儿去了学校。报到后，他帮她收拾房间，正忙着，箫一就来了，她把大巴拉到一边，说，水儿留校的事，最先一点问题都没有。后来水儿脚残后，就有人提出质疑，认为水儿专业再好，毕竟身有残疾，留校做任何工作，都不合适。后来我找院长说了水儿家里的情况，如果水儿不留校，回到四川老家，不仅没人管，她这样的脚残女生也很难找到工作。

自然，留与不留都有一大堆道理，但听了箫老师的话，院长考虑再三，最后还是留下了水儿。

大巴说，这要多谢你啊。

箫一没有客气，说，我的学生，我得负责，水儿的留校来之不易，今晚我们庆贺一下。大巴说，是该庆贺，我请客。箫一说，还是我请吧。三人来到附近一家餐馆，没吃多久就结束了，箫一从不婆婆妈妈，她的风格是意思到了就行。

大巴离开她俩，回到公司，情绪低落。以前人多，现在人去楼空，整个公司寂静无声，特别是水儿的离去，让他感到了前所未有的孤独，他心里难受。他没有开灯，无精打采地瘫倒在沙发上，身子压着一本书，也全然不知。黑呼呼的院子里辉映着淡淡的光影，一只猫从墙头跳下来时，弄出了一些响动，也没引起他的注意，这个时候，就是进来小偷，他也懒得去管。他想喝酒，起身取酒时，被凳子绊了一下，他朝凳子狠狠地踢了一脚。

取到酒，他又躺回沙发上。他没用酒杯，而是举起酒瓶就喝，好像瓶里装的不是酒，而是水。九点过一刻时，他的手机响了，特别的响，像警报。他骂了一句就按开了手机，结果是监狱打来的，说媚角又病了，要求马上见到他。他有点烦，说，都几点了？探监没有时间限制吗？对方说晚上是不能探监的，但可以特事特办，犯人犯病，要求见人，这种情况是可以考虑的。

什么特事特办，还不是媚角的关系起了作用，打电话的狱警是媚角的熟人。没办法，大巴不顾酒驾的危险，驾车去了监狱。两人见面时，大巴抬起手腕上的手表，说，你看，都几点了？媚角笑着说，我不是有要事商量吗？大巴说你以为你还是呼风唤雨的大老总呀，这里是监狱，你是……他本想说媚角是犯人，但没有说出口，而是换了一句话，说，好吧，你有何事商量，说说看。

媚角压低声音说，我在里面好好表现，你在外面找人疏通，争取减刑，早日出去辅佐你办公司。

大巴说，如果这样当然好，可我到哪儿去找人疏通啊。

媚角向他招了招手，要他凑近一些，然后说了一个人的名字，叫大巴找这个人，此人一定起作用，也一定会帮忙。大巴嗯嗯地应着，之后，两人握了一下手，互相鼓劲。

大巴本身就有东山再起的想法，他按媚角提供的联系方式找了人，从接触的情况看，如果媚角表现好，就有减刑的可能。他期盼着那一天，如果有媚角助力，公司一定会有起死回生的那一天。

大巴不能坐以待毙，他开始行动，为项目的事，四处奔波。

那天，一个陌生人来到公司，并叫他老总，他没反应过来。

我是岔道。听对方这样说时，大巴才从对方的神态中看出了一点岔道的影子，他哈哈一笑，还真是岔道，怎么长这么高了，声音也变了。

岔道说，我都快十六岁了。

大巴说，好呀，既然来了，就留下吧，今后跟我干。

岔道点点头，说了一声谢谢。

大巴摸着他的头说，小家伙，都会说谢谢了，不错。

忙时还不算啥，安静下来，水儿的影子总在大巴眼前晃动。水儿住进艺术学院后，一直在忙，有时大巴叫她过来一起吃饭，她总说有事来不了，几次约不来，大巴就有了心结，知道她在躲避。他琢磨过，水儿的变化和态度，应该是那次雷雨之夜造成的，他后悔当时自己的失态，后悔不该对水儿那样。

半年后的一天，大巴终于接到水儿电话，以为水儿要见他，他有些感动，想和她说两句亲昵的话，而水儿一开口，就说了第二天要去法国留学的事，并且一去就是一年。

大巴看了一下时间，当时已是晚上九点半，他心里清楚，水儿在这个时间打电话，明显没有见面的意思，果然，当他表达想见面的意思后，水儿说一年时间很快过去，等回来再见。

如果扒着指头一天一天地过，一年时间也不短。而水儿说的也没错，一年很快过去，所以有人说，一年很快，一天很慢，这是心理上的主观感受所至。

一年后，也就是媚角刑期两年多的时候，媚角被提前释放。大巴接她回到公司，她稍加休息清洗之后，就和大巴商量公司的事，一副"一万年太久，只争朝夕"的劲头。当大巴说城南立交桥壁有壁画招标时，她拍了一下办公桌，说，就从这个项目做起。之后，她不停地拨电话，告诉大家自己已经出狱，约大家一聚。看起来，这些都是生活上的事，而实际上，是她开启帮扶大巴的前奏。

几天之后，公司正在开会，进来两个穿戴时髦的男女。他们放下行李，走进办公室，一直走到大巴面前，大巴一抬头，先是一愣，然后叫了一声默子，就和默子击了一下掌，说，你说有人接你，我就没管你了。默子说我们还用客气吗？

默子偏了一下身子，让出身后的水儿。一身浅色休闲装的水儿，出水芙蓉一样自然随意，只是头上的一顶饰帽，显得她既清雅又时尚。

寒喧在所难免，旁边的忿道叫了一声姐，水儿这才认出忿道，便伸出手轻轻拥抱了他，忿道腼腆地低下头。媚角拥着水儿，仔细打量一番后，说，更漂亮了。水儿笑意盈盈地说，哪儿能呀，还和以前一样，倒是媚角姐更精神了。

激动不已的大巴，掏出手机，一边拨号一边说，我现在就把合子、米朵、卡拖、走云他们召回来，再远也把他们叫回来。媚角说，对，一个都不能少。默子用手挡了一下，说，不急，我和水儿回来就不走了，以后有的是时间。

大巴看了一眼水儿，说，真不走了？

水儿点点头，说，真不走了。

大巴问默子，怎么回事？你现在可是法国人了。

默子指着水儿说，是她硬要回来，我只好回来陪她了。

大巴随口说了一句，原来这样呀。

默子和水儿的事，大巴之前一点儿不知，但他心里清楚，默子这句话，说明了他和水儿的关系，他正要恭喜他们，第一就来了。水儿一个箭步上去和箫老师拥抱，看到这个情景，大巴觉得哪里不对劲，然后才一脸疑惑地拉过水儿，看着她的脚，要她再走几步，水儿也听话，在院子里走了几步，第一和大巴异口同声地说，不瘸了？真不瘸了！

默子接过话头，说水儿的脚已在巴黎治愈。听默子这么一说，大家高兴地拉着水儿转圈，第一对水儿说，今后你在讲台上就是一个完美女神了。

就在气氛被推到高潮时，院子里进来一个女人，大家的欢呼祝福声都停下了，那女人在门口站了一会儿，看人们静下来后，才走到默子面前。默子先是一怔，几秒钟后，他才握住女子的手，喊了一声杏。看到默子认出自己，杏的眼泪哗哗地往下掉。

怂道指着杏对大巴说，她几天前就来过，我告诉她默子老师今天回来。大巴点点头说，怪不得这么巧。

看到眼前这一幕，所有人一脸疑惑，特别是水儿，呆呆地看着默子，好像要他给出一个合理的解释，或许是下意识的心理活动，默子一边安抚杏，一边看了一眼水儿，眼神里晃动着不安。

写于2010年

改于2019年